KB093401

Fantasy Library VII

소환사

召喚師

SHOKANJI

by Narumi Takahira

Copyright © 1997 by Narumi Takahira

All rights reserved

Korean Translation Copyright © 2000
by Dulnyouk Publishing Co.

Original Japanese edition published by Shinkigensha
Korean Translation rights arranged with Shinkigensha
through Best Agency, Seoul

─────── 소환사 ⓒ 들녘 2000 ───────

지은이 · 다카히라 나루미/옮긴이 · 신은진/펴낸이 · 이정원/펴낸곳 · 도서출판 들
녘/초판 1쇄 발행일 · 2000년 6월 5일/초판 5쇄 발행일 · 2009년 5월 11일/등록일
자 · 1987년 12월 12일/등록번호 · 10-156/주소 · 경기도 파주시 교하읍 문발리 파
주출판단지 513-9/전화 · (마케팅) 031-955-7374, (편집) 031-955-7381/ 팩시밀리 ·
031-955-7393/홈페이지 · www.ddd21.co.kr/값은 뒤표지에 있습니다. 잘못된 책은
구입하신 곳에서 바꿔드립니다.

─────── ISBN 89-7527-177-3 (04830) ───────

소환사

다카히라 나루미 감수

신은진 옮김

들녘

들어가는 말

마법사는 옛날 이야기 속에서 악역 또는 현자로서 활약하며, 최근에는 게임에도 자주 등장하고 있다. 특히 마법사는 게임 세대에게 상당히 친숙해서, 마법사가 사용하는 여러 종류의 술법들이 그들 사이에 꽤 널리 알려져 있다.

마법사는 사용하는 마법에 따라 분류된다. 이 책에서는 여러 마법사들 가운데 특히 소환술을 부리는 '소환사'에 관해 다루고자 한다.

소환사란 어떤 특정한 목적을 이루기 위해 술법으로 누군가를 불러내어 이용하는 자라고 정의할 수 있다. 그래서 이들에게서는 음험한 이미지가 풍긴다. 아마도 대부분의 사람들은, 마법진 앞에서 주문을 외며 괴물을 소환하는 요상한 마도사의 이미지를 떠올릴 것이다. 물론 그것은 틀린 생각이 아니다. 하지만 그것은 어디까지나 소환사가 의식을 치르는 풍경에서 나온 이미지에 불과하다. 소환술이란 단순히 마법진을 이용하는 기법만 있는 것이 아니며, 또한 소환사가 언제나 괴물만을 불러내는 것도 아니다.

넓은 의미에서, 신을 불러내어 예언을 듣는 무녀나 신관도 소환사에 속한다. 일본에는 온묘지(陰陽師)라는 소환사가 있는데, 그들은 부적을 사용해 귀(鬼)를 부렸다. 그리고 중세의 연금술사도 정령을 소환함으로써 더없이 귀한 보배를 손에 넣고자 했다. 또한 승려나 요가 행자 중에도 각기 다른 장르의 소환술을 터득한 사람들이 있었다. 게임의 세계에 등장하는 좀비와 골렘 등의 생물은 바로 이러한 소환술에 의해 창조된 것들이다.

소환술과 술자(術者)는 아주 다양할 뿐 아니라, 그 역사도 무척 오래되어 세계 곳곳에 전승과 흔적이 남아 있다. 그리고 현대에도 소환사는 형태를 바꾼 채 살아남아 있다.

이 책에서는 동서고금의 소환술과 술자의 실태를 소개하고 있다. 소환사들의 각 캐릭터는 술법의 형태와 소환 대상, 파워 소스 등 몇 가지 데이터를 근거로 세분화했다. 이 책을 읽고 독자 여러분이 신비와 힘을 구했던 사람들의 숨결을 느낄 수 있다면, 나로서는 그보다 더 큰 보람이 없을 것이다.

새 천년 어느 날,
다카히라 나루미

•차 례•

네가 원하는 것은 부인가 영광인가?

그렇지 않으면 신에 이르는 진리인가?

피와 재앙인가?

우리들 소환사는

가만히 앉아서 시간과 공간을 초월할 수 있다.

초월(超越)적인 힘을 가진 이계(異界)의 주민을

이 세계로 불러낼 수 있다.

그리고 그들을 움직이게 하면,

모든 바람이 이뤄질 것이다.

자, 이계로의 문이 열렸다.

이형(異形) 생물들의 잔치는 이제, 시작된다……

고대 유럽

대자연의 힘을
자기 것으로 만든 소환술

고대 유럽 하면 사람들은 어떤 이미지를 떠올릴까?

거대한 곤봉을 거칠게 휘둘러대는 전사, 화장을 한 마술사, 그리고 깊은 숲 속에 나타났다가 사라지곤 하는 요정들……. 아니면 북구 바다를 휩쓸고 다니던 바이킹의 용맹스런 모습일까?

고대 유럽은 중세와는 전혀 다른 세계였다. 이 지역에 사는 소박한 사람들은 로마 제국의 침략으로 기독교로 개종당하게 될 때까지는 대자연을 숭배했다. 그렇기 때문에 이 시대에는 자연과 대화할 수 있는 술자의 존재가 매우 중요하게 여겨졌다. 소환사들은 사회 중심에 있으면서 자연의 혜택을 받아들이고 재난을 방지하기 위해 활약했다.

자연 전체를 숭배하던 그들은 점차 가장 가깝고 쉽게 접할 수 있는 수목(樹木)을 신앙의 대상으로 삼게 되었다. 특히 북유럽 전역은 울창한 삼림으로 뒤덮여 있어 수목 신앙이 매우 번성했다. 북구 신화에 나오는 이그드라실이라는 거대한 나무는 이런 수목 신앙의 좋은 예일 것이다.

이 지역의 대표적인 소환사로는 우선 드루이드를 꼽을 수 있다. 그들은 떡갈나무를 통해 신들의 힘을 얻어 갖가지 마법을 행사했다. 드루이드는 부족의 정점에 선 존재로서 나라의 모든 결정권을 쥐고 있었다. 왕이나 귀족조차도 드루이드의 뜻을 거역하는 일은 불가능했다.

이런 드루이드와는 성격이 다르지만 북구의 무녀 볼바 또한 고대 유럽 문명이 낳은 위대한 소환사였다. 생과 사에 관한 사상은 인간이 살아가는 곳이라면 어디든 있게 마련이다. 고대 유럽에서는 환생에 대한 생각이 주류를 이뤘다. 사람들은 '죽음은 꿈에 지나지 않는다'고 생각하며 언젠가는 이 세계에 다시 태어날 것으로 믿었다. 또한 죽은 자는 산 자를 지키는 정령이 되며, 방법만 알면 그들과 교류할 수 있다고 생각했

다. 볼바는 죽은 자와 대화할 수도 있고, 그들의 힘을 빌리는 주술도 알고 있었다. 게다가 조건만 갖추면 정령들을 통솔하는 신들과도 교류할 수 있었다.

죽음이 꿈에 지나지 않는다고 생각하면 거칠고 절도 없는 생활을 하게 되기 십상이다. 그래서 이 지역 사람들은 죽음을 그다지 두려워하지 않았다. 특히 북구의 전사들은 죽음을 존중했으며, 후세에 불길하게 여겨졌던 사상을 길조로 받아들이기도 했다.

고대 유럽 세계에서는 문자가 그다지 많이 사용되지 않았다. 고도의 지식을 갖고 있던 드루이드들은 구전으로 문화를 계승했던 것이다. 그런데 볼바를 비롯한 북구의 술자들은 룬 문자를 사용했다. 그러나 이것은 뭔가를 기록하기 위한 문자가 아니라 신의 힘을 소환하여 발동하기 위한 주술적 수단이었다. 룬을 사용하는 술자 또한 고대 유럽을 대표하는 소환사라 할 수 있을 것이다.

고대 유럽의 소환사들은 정령 소환이나 기후 통제 등 대자연과 관계된 주술에 뛰어났다. 그래서 자연을 부정하는 문명과는 떨어져 살아왔다.

켈트인의 대현자

드루이드
DRUID

- 술자의 분류　　： 드루이드
- 행사하는 소환술 ： 신을 소환하는 점술, 기후 통제
- 힘의 근원　　 　： 오크 신목(神木)의 마력
- 술자의 조건　　 ： 고도의 지식과 마력
- 대표적인 술자　 ： 오로비스트, 루프

> 켈트의 땅(현재의 영국과 프랑스)에서 신의 의사를 전하는 존재로서 정치
> 와 입법, 종교, 의술, 점, 시가, 마술을 행한 자들을 드루이드라고 한다.
> 신과 요정이 인간과 함께 살았던 고대 유럽에서 유일무이한 최고의 소
> 환술사였다.

드루이드란?

　켈트어로 '드루'란 떡갈나무(오크), '위드'는 지식을 의미한다. 이 두 단어
가 드루이드의 어원으로 여겨진다. '확실히 그들은 오크를 신목으로 삼아 제
사지냈으며, 많은 지식을 갖고 있었다.

　고대 로마의 영웅 카이사르는 당시엔 아직 미개했던 유럽을 침공하여 켈트
인들과 접촉했다. 그의 저서 『갈리아 전기』에 따르면 당시 켈트 사회에는 두
종류의 계급이 있었다고 한다.

　바로 드루이드와 기사였다. 그 밖의 사람들은 노예와 마찬가지로 왕의 명령
에 복종했던 듯하다. 하지만 켈트의 왕은 실질적으로는 부족의 리더가 아니
었다. 드루이드가 신의 의지를 물음으로써 고귀한 가문의 기사들 중에서 왕

이 선출되었다. 즉, 왕은 장식물에 지나지 않았을 뿐 실권은 드루이드가 쥐고 있었던 것이다.

신을 숭배하지만 실제 정치는 인간의 손으로 행한 로마인들의 눈에는 모든 것을 신에게 맡기는 켈트인 사회가 이상해보였다. 그러나 신의 의지에 따라 부족의 장래를 점치고 정령 소환술을 다루는 드루이드는 켈트 사회 속에서 주술적인 지도자로서 군림했다. 그리고 그들이야말로 유럽권 마술사들의 원조였다.

나무의 정령

일반적인 드루이드는 오크를 깎아 만든 지팡이를 갖고 있었다. 지팡이의 재료가 되는 오크는 파나케아[1]가 기생하고 있는 것을 최고로 여겼다. 드루이드의, 아니 켈트인의 신앙 대상은 오크였다. 당시 유럽은 대부분이 울창한 숲으로 뒤덮여 있었다. 인간이 거주하기 위해 개척된 토지는 수목의 바다에 뜬 작은 섬과 같았다.

나무를 신으로 숭배했던 것은 켈트인뿐만이 아니었다. 일본에서도 신목에게 제사를 지냈으며, 고대 앗시리아의 아슈르바니팔 왕(기원전 9세기) 또한 날개를 가진 원반상의 태양과 생명의 나무[2]로 신성(神性)을 나타냈다.

나무로부터 신탁을 받고자 하는 행위나, 생활권에 성스러운 숲이 존재하는 것은 세계 어디에나 있는 흔한 일이다. 코스 섬의 아스클레피오스 성소에서는 사이프러스(측백나무의 변종)를 베어 쓰러뜨리는 것이 금지되어 있었다. 로

---

1) 파나케아 : 다른 나무에 기생한다. 이른바 기생목. 겨우살이과의 상록 기생 관목으로, 보통은 팽나무나 너도밤나무 등에 달라붙어 기생한다.

2) 생명의 나무 : 날개를 가진 원반상의 태양은 이집트에서 영향을 받은 것으로 생각된다. 또 생명의 나무는 카발라에서 말하는 생명의 나무와는 별개의 것이다.

마인들도 로마의 창시자 로물루스와 관계 있는 거룩한 무화과나무를 숭배했으며, 그 나무가 시들면 패닉 상태에 빠졌다고 한다.

오크 숭배와 파나케아

유럽의 숲에서 오크는 흔히 볼 수 있는 나무였다. 고대인이 남겨놓은 문헌에도 자주 나오며, 유적에서는 오크로 만들어진 길도 발견되었다. 또 오크 열매는 식용으로도 사용했다.

그렇다면 숭배의 대상인 나무를 베어 쓰러뜨리거나 그 열매를 먹어도 괜찮았을까? 실제로 오크 숭배는 특정한 나무나 숲이 그 대상이었다. 좀더 구체적으로 말하면, 드루이드가 신성하다고 본 것은 파나케아가 달라붙어 있는 오크였다. 보통 파나케아는 오크에는 기생하지 않는다. 좀처럼 볼 수 없기에 더욱 신성한 것으로 여겨졌던 것이다.

드루이드와 스톤헨지

유럽 각지에는 스톤헨지(stonehenge)라고 불리는 수수께끼의 고대 유적이 남아 있으며, 이것이 드루이드의 의식과 깊은 관계가 있다는 설이 있다. 그러나 그 관련성에 대해서는 아직까지 증명된 바가 없다.

예를 들면 이런 일이 있었다.

1831년, 밀라노의 스칼라 극장에서 〈노르마〉라는 오페라가 상연되었는데, 내용 중에 '스톤헨지를 배경으로 드루이드가 황금낫으로 파나케아를 자르는' 장면이 있었다. 사실 이것은 아무런 근거도 없는 장면 연출이었다. 이 장면의 배경은 원래 '신비의 숲'이었다. 이전에 영국에서 〈노르마〉를 상연했을 때, 무대 장치가 배경을 스톤헨지의 모형으로 새롭게 바꿔 대성공을 거둔 적이 있었다. 그 후로 신비의 숲 대신 스톤헨지가 배경으로 사용되었던 것이다.

파나케아가 휘감겨 있는 오크, 그것은 신이 심은 신성한 나무로 생각되었다.

드루이드가 널리 보급시킨 사상

켈트인은 환생 사상을 믿었다. 인간뿐만 아니라 동물과 식물에게도 영(靈)이 있으며, 영혼은 불멸이라고 보았다. 드루이드는 죽음이란 끝이 아니라 새로운 입구, 새로운 삶으로의 휴식기간이라고 주장했다.

'눈에 보이지 않는 종족' 이라는 개념도 켈트에서 시작된 사상이었다. 다난 신족(神族)이나 요정, 눈에 보이지 않는 요정의 나라, 영원한 젊음의 나라 같은 것들은 사람이 사는 마을에서 떨어진 숲 속에 존재하며, 이쪽 세계와 밀접하게 연결되어 있다고 믿어졌다. 그래서 유럽에서는 신이 영웅과 결혼하거나, 영웅이 요정의 연인이 되거나, 요정이 인간의 아이를 낳는다는 식의 전설이 많이 남아 있다.

드루이드의 종류

드루이드는 큰 권력을 갖고 있었지만 너무나 광범위한 일을 했기 때문에 점차 세 계급으로 분화되어갔다. 첫 번째는 입법자, 두 번째는 제사와 정치, 세 번째는 시인이다. 각각을 살펴보면 다음과 같다.

드루이드(입법자)

이 계급에 속한 자는 고도의 지식을 소유하며, 입법이라는 가장 중요한 일을 담당했다. 드루이드에게는 여러 가지 특권이 주어지므로 많은 사람들이 드루이드가 되고자 지원했다고 한다. 지원자는 숲 속 깊은 곳이나 동굴 속에서 혹독한 고행을 쌓았다. 드루이드의 비의(秘儀)를 전승하기 위해서는 20년이나 되는 긴 세월이 필요했다. 이렇게 얻어진 지식은 비밀을 지키기 위해 개인의 머릿속에만 기록되었다. 엄격한 고행을 거쳐 드루이드가 된 자들의 정점에는 우두머리가 있었다. 그야말로 켈트의 최고 권력자가 되는 셈인데, 그런 수장은 많은 드루이드들 중에서 선거로 뽑았다.

와테스(제사와 정치)

와테스는 드루이드의 조수 또는 관리의 역할을 했다. 그러나 정무를 수행했기 때문에 조수라 하더라도 권력을 갖고 있었을 것이다. 그들은 주로 드루이드가 집행하는 제사 의식을 거들고 제물을 다루는 일을 담당했다. 이외에도 드루이드의 대변자로서 많은 일들을 처리했다.

시인(기록자)

시인은 전설이나 신화, 영웅담을 전승하는 자들이다. 그들은 문자를 사용하지 않으면서도 몇 세대에 걸쳐 형성된 과거의 기록을 전승할 수 있도록 훈련받았다. 시인은 마치 살아 있는 기록장치 같았다. 나라의 법률과 종교의 교의, 왕가의 역사, 전쟁의 양상까지 모두 운율을 붙인 시가로써 암송하며 전했다.

시인은 훗날 '필라(전설이나 고사를 외워서 이야기하는 자)' '보에르지(악기를 켜며 노래하는 시인)' '바드(음유 시인)' 등으로 분화되어 발전해갔다.

시와 언어는 영혼이 모습을 나타낸 것이며, 드루이드의 주문처럼 초자연적인 힘이 깃들여 있다고 믿어졌다. 이 때문에 말을 자유자재로 구사하는 바드는 높은 지위를 차지했다. 그들은 역시 드루이드의 일종이며 왕보다 상위 계급이었다. 시인의 기분을 상하게 한 탓에 자신의 목을 내놓은 왕이 있었다는 기록도 남아 있다.

멸망과 부흥

켈트인은 용맹했지만 민족으로서의 통일은 이루지 못했다. 한때는 폭발적인 기세로 광대한 지역을 지배했지만, 그로 인해 각 부족은 소원해지고 말았다. 이베리아 반도를 통일한 후 세계 정복을 향해 움직이기 시작한 로마가 통일국가였던 것에 비해, 수는 많지만 부족 단위로 대항할 수밖에 없었던 켈트인에게 승산은 없었다. 이런 가운데 대 로마 전선을 펴자고 결심했던 것 역시 드루이드였다.

켈트인의 촌락에는 반드시 드루이드가 있었으며, 촌락마다 드루이드끼리의 네트워크를 갖고 있었다. 드루이드의 수장 둠노릭스에 의한 호소와 베르킨게토릭스에 의한 봉기로, 로마의 영웅 카이사르는 갈리아에서 2년간이나 발이 묶였다.

로마인은 서유럽 제압 후 켈트인에게 종교 금지령을 내렸다. 원래 종교에는 관대했던 로마가 이런 결정을 내린 것은 그만큼 드루이드를 위험시했기 때문이다. 아무튼 이로 인해 술자는 점차 모습을 감추게 되었다. 와테스와 시인은 간신히 살아남았지만 최고 권력자인 드루이드의 존재는 인정되지 않았다. 그들은 권력자이며 고도의 지식을 갖고 있었던데다 마술까지 행사했기 때문이다.

역사의 흐름 속에서 켈트인이 점차 로마에 흡수되면서 드루이드의 권위는 실추하고 지원자도 없어졌다. 이리하여 드루이드는 후계자가 끊기고 절멸한 것처럼 보였다.

그러나 뜻밖에도 1872년 독일에서 드루이드의 결사가 설립되었다. 이것은 훗날 다른 결사와 결합하여 드루이드의 국제적 비밀결사가 되었다. 그 회원은 '인식과 지식' '예술 이해와 의욕' 이라는 두 단계를 거쳐 '결정과 의욕' 을 가르치고 실천하는 제3의 단계로 나아갔다. 영국의 수상이었던 윈스턴 처칠도 1908년에 블레넘 성에서 드루이드 협회에 입회[3]했다고 한다.

드루이드의 소환술

피로 얼룩진 의식

드루이드는 정령이나 신을 소환하여 자연을 다스리고, 신탁을 행하며 병을 치유했다. 의식 때 드루이드는 오른손엔 오크 지팡이, 왼손엔 파나케아를 잘라 만든 황금낫, 그리고 흰옷에 금 흉패(胸牌)와 마법의 버클을 둘렀다. 의식은 매월 6일(월령 6일)에 거행되었다. 정기적으로 신탁 등을 행했을 것으로 추정된다. 장소는 오크로 둘러싸인 성스러운 숲으로 정해져 있었다. 숲 중심에 있는 오크 거목의 뿌리 부분에 드루이드석을 놓으면 준비는 완료된다. 드루이드는 오크 나무에 올라가 황금낫으로 파나케아를 자른 다음 흰색 천 위에 올려놓는다. 그런 후에 제물로 준비해둔 두 마리의 흰 수소를 도살했다. 이것이 의식의 대략적인 흐름이었다.

전투 의식

전투 의식은 전사를 보호하고 그들을 용감하게 만들기 위해 거행되었다. 이 술법은 한꺼번에 많은 자들에게 효과를 나타냈다. 드루이드의 술법을 시행받은 전사는 열광적으로 변했으며 죽음도 두려워하지 않았다. 전투에 임해서는 갑옷 등의 방어 도구는 물론 옷조차 착용하지 않았다. 마술로 신의 힘이 충전되어 전신이 뜨겁게 끓어오르기 때문이었다. 다시 옷을 입을 수 있는 상태로

---

3) 특히 유럽의 상류 계급에서는 최근 수백 년 동안 어떤 비밀결사에 속하는 것이 일종의 사회적 지위의 상징처럼 되어 있다. 꼭 이상한 의식에 참가한다는 것이 아니라 어른 흉내를 내는 놀이라고 생각하면 쉽게 이해할 수 있다.

진정되기 위해서는 냉수 속에 들어가야 했다.

기후 통제와 왕의 선출

드루이드의 술법 중에서도 가장 유명한 것은 기후 통제술일 것이다. 이 술법은 드루이드 가운데서도 특히 우수한 자만이 사용할 수 있는 고도의 소환술이었다. 신의 힘이 깃들여 있는 오크 지팡이에서 힘을 끌어내어 술법을 사용했다. 그들은 바람이나 안개를 자유자재로 발생시키고 때로는 태풍조차 일으켰다. 또 드루이드는 왕도 뽑았다. 우선 두 마리의 소를 제물로 정한 후 그 고기를 드루이드가 먹고 잤다. 그런 다음 드루이드의 꿈속에 나왔던 자가 왕이 되는 것이었다. 그리고 나이가 들어 쓸모가 없어진 왕을 의식의 검으로 찌른 후, 그 피가 나오는 상태에 따라 다음 왕을 선택하는 일도 있었다.

켈트의 대제

5년마다 거행된 켈트의 대제(大祭)에서는 많은 제물이 신들에게 바쳐졌다. 제물로 사용하기 위해 드루이드는 죄인을 대기시켜놓았으며, 머릿수가 부족한 경우에는 전쟁을 일으켜 거기에서 발생한 포로로 보충했다. 많은 제물을 바침으로써 보다 강력한 힘을 얻을 수 있다고 여겼기 때문이다. 또 제물로 풍작을 기원하기도 했다.

제물을 죽이는 방법에 관해서는 횡격막(橫隔膜 : 흉강과 복강을 나누는 근육성의 막 - 옮긴이) 상부를 칼로 찌르는 식으로 그 방법이 정해져 있었다. 그리고 희생자가 쓰러졌을 때의 자세나 수족의 경련 상태까지 모두 신탁의 기준이 되었다.

검을 사용하는 방법 외에도 여러 가지가 있었는데, 제물을 신전 기둥에 매달아놓는 일도 있었다. 또 버드나무 가지나 건초로 만든 거대한 형상 속에 희

생자를 밀어넣고 횃불을 던져 불태워 죽이는 일도 있었다. 버드나무 가지에는 수목이나 식물의 정령이 살고 있다고 믿었기 때문이다.

드루이드의 성지와 재판

드루이드들은 매년 1회, 카르누테스족 영지의 국경지대에서 회합을 열었다. 이곳은 그들의 성지이며 켈트의 중심지이기도 했다. 이 성지에는 각지에서 분쟁을 일으켰던 사람들이 재결(裁決)을 받기 위해 찾아왔다. 드루이드는 신탁에 따라 재결을 행했다. 여기서의 재결은 절대적이며, 개인이든 부족이든 무조건 따라야 했다. 이 금기를 깨뜨린 자는 공희(供犧 : 신에게 희생을 바치는 의례 - 옮긴이)가 금지되었다. 신에게 제물을 바치지 못하면 신으로부터 버림받은 불경한 죄인이 되는 셈이어서 모두에게 따돌림을 당했다.

드루이드의 용자, 루프

루프는 리용, 리그니츠, 라이덴 등 켈트의 신들을 자신의 육체 안으로 소환한 술자로 유명하다. 그는 황금투구와 갑옷을 착용하고 녹색 어깨띠에 황금샌들을 신었다고 한다. 하프를 연주하고, 시를 창작하고, 집을 짓고, 철을 단련했으며, 마술을 이용해 전쟁에서 이기는 등 그에 관한 많은 전설이 남아 있다. 그의 술법은 매우 다양해서 신들의 소환 외에도 자신이 단련한 무기에 마법을 부여할 수도 있었다. 나아가 척후나 전령으로서 까마귀를 다루었다.

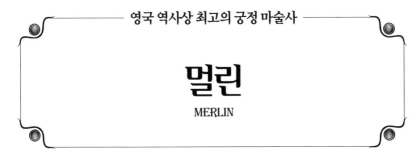

멀린
MERLIN

- ● 술자의 분류 : 드루이드
- ● 행사하는 소환술 : 기후 통제, 신탁, 정령 소환
- ● 피소환체 : 정령, 용
- ● 힘의 근원 : 오크 신목의 마력, 스스로의 생명력
- ● 술자의 조건 : 고도의 지식과 마력

세련된 드루이드

아더 왕의 전설을 모르는 사람은 없을 것이다. 바위에 박혀 있는 성검 엑스칼리버[4]를 뽑은 것을 계기로 영웅이 된 아더는 영국의 왕으로 군림했다. 이 아더 왕의 참모로 유명한 현자가 바로 멀린이다.

소환사로서 그를 분류한다면 아마도 드루이드에 해당될 것이다. 그러나 엄밀히 말해 정통 드루이드라고는 할 수 없다. 멀린이 살았던 시대에 켈트 문명은 로마의 침략을 받아 이미 쇠퇴했기 때문이다. 멀린 또한 드루이드의 술법을 신과의 교류수단이 아닌 마술로서 인식했던 듯하다.

멀린에게는 과거의 드루이드들처럼 거느려야 할 부족이 없었다. 게다가 드루이드의 존재는 로마에 동화된 켈트인들로부터 "낡은 사교(邪敎)를 위해 순직하는 자"로서 경원시되는 경향이 있었다. 그러므로 이 시대에 드루이드가

---

4) 성검 엑스칼리버 : Excalibur. 마검 엑스칼리버라고도 불린다. 최초의 것은 멀린이 만들었다고 하는데, 아더 왕의 소유가 된 후 부러지고 말았다. 이후 '호수의 귀부인'이 새로운 엑스칼리버를 아더에게 주었고, 그가 죽은 후에는 이 귀부인에게 반환되었다고 한다. 영국에 진정한 왕이 나타날 때는 엑스칼리버도 출현한다는 이야기가 전해 내려온다.

되고자 한 자5)는 '오직 심원한 지식에 다다르기를 원하는' 구도자였을 뿐이었다.

기독교화와 드루이드의 변화

드루이드는 마술사인 동시에 정치가이며 사제였다. 로마인에게 정무를 뺏긴 후 켈트에는 기독교가 더욱 깊숙이 파고들었고, 드루이드는 사제로서의 역할까지 잃고 말았다. 드루이드는 오직 마술사로서만 존속이 허가되었다. 이 시대에는 켈트인들 사이에서조차 드루이드가 행하는 의식이 모두 이상한 마술에 관한 것이라고 인식되었다.

멀린을 비롯한 드루이드는 기존의 술법 외에 정령을 불러내는 술법을 개발했다. 훗날 유럽에는 정령 소환을 전문으로 하는 월록(Warlock)이 등장하는데 이것이 그 선례였던 셈이다. 사람들은 일찍이 드루이드를 신의 사자로 믿었지만 점차 마술사로 간주하기 시작했다. 그리고 그 힘을 두려워함과 동시에 마술사의 존재를 혐오하게 되었다.

대마법사의 전설

아더 왕 이야기는 어디까지나 전설이므로 멀린이 언제 태어났는지는 확실히 알 수 없다. 고전적인 이야기에 따르면 그의 어머니는 몽마(인큐버스)에 의해 임신했다고 한다. 예수 그리스도의 강림으로 말미암아 지상에 선(善)이 초래되자 지옥의 몽마들은 이에 대항할 사악한 사도를 탄생시키고자 했다. 그 결과로 태어난 멀린은 그리스도와 동등한 힘을 가진 존재가 되었다.

---

5) 집안이나 혈통에 관계없이 고된 수행을 참고 지식을 얻을 수 있다면 누구나 드루이드가 될 수 있었다.

멀린과 관련된 명소

영국과 프랑스에는 멀린과 관계 있는 여러 명소가 있다. 이는 멀린이 얼마나 유명했는지를 보여주는 증거다. 이들 명소에는 멀린의 유령과 묘 등이 있는데, 정통한 전설에 따르면 그가 비비안에 의해 영원히 봉인되어 지금도 살아 있다고 한다.

• 멀린의 샘 : 브르타뉴의 발렌트에 있다. 1853년에 바티칸 교황청이 금지령을 내릴 때까지 이곳을 순례하는 풍습이 현지에 남아 있었다.

• 멀린의 동굴 : 틴타젤에 있으며, 이곳에는 멀린의 망령이 나온다고 알려져 있다.

• 멀린산 : 윌트셔의 말보로 칼리지의 부지 내에 있는 작은 산. 멀린이 매장되었다고 전해지는 장소 중 하나다.

• 멀린 언덕 동굴 : 카마젠에 있는 동굴. 이곳도 멀린이 매장되었다는 장소 가운데 하나다.

• 멀린의 묘 : 멀린의 묘라 불리는 장소는 이 밖에도 세 군데가 더 있다. 하나는 브르타뉴의 칸 듀 토르누아에 있는 무덤이고, 또 하나는 일 에 빌레누, 그리고 오티 드 비비앙느다.

그러나 태어난 즉시 세례를 받았기 때문에 그렇게까지 사악해지지는 않았다. 그 외에 요정의 피를 이어받았다는 설도 있다. 어쨌든 그는 태어나면서부터 마술사로서의 소질이 있었다. 드루이드는 원래 수행을 통해 지식과 마력을 손에 넣지만, 멀린은 소질을 타고난데다가 수행까지 더했으므로 보다 강력한 술자가 될 수 있었다.

왕궁에서의 활약

멀린은 아더 왕이 태어나기 훨씬 오래 전부터 살았던 듯하다. 그 무렵 그는 로마의 드루이드 배제정책으로 인해 지배계급에게 냉대를 받았다. 그러나 아더를 발견한 후 그를 육성하고 얼마 되지 않아서는 궁정에 들어가 왕을 보좌하게 되었다. 아마도 그때까지는 멀린을 보는 세간의 눈길이 그리 좋지 않았을 것이다.

아더 왕이 엑스칼리버를 바위에서 뽑았을 때도 "저것은 마술사의 환영에 의한 속임수가 틀림없다"고 일부 사람들은 비방했다. 그럴 정도로 드루이드는 신용할 수 없는 자로 여겨졌다. 또 검의 힘을 믿는 기사계급에게도 마법을 사용하는 자는 이해가 가지 않는 존재였다. 그러나 아더 왕을 섬기면서부터 멀린의 이름은 좋은 의미로 널리 알려지게 되었다. 아더 앞을 가로막아 선 많은 문제를 해결하고 또 적절한 조언을 해줌으로써 기사 사회로부터도 이전의 나쁜 인상을 불식시키고 신용을 얻었다.

주문과 비비안

마술 분야에서 멀린이 이룬 공적 중 한 가지로, 마술을 만인이 취급할 수 있도록 한 것을 들 수 있다. 그전의 드루이드들은 20년이 넘는 긴 세월 동안 엄격한 수행을 쌓으면서 마술을 터득했다. 그러나 멀린은 주문 그 자체에 힘을 넣는 방법을 궁리했다. 즉, 주문만 알고 있으면 개인의 마력이 그리 높지 않더라도 마술을 행사할 수 있게 한 것이다.

이처럼 멀린이 이른바 인스턴트 주문을 개발했던 이유는 자신의 기술을 이어받을 후계자를 원했기 때문이었다. 아더를 만날 무렵 이미 상당한 고령이었던 그로서는 제자를 천천히 육성할 시간적 여유가 없었다. 그래서 어느 정도 소질을 가진 자가 단시간에 마스터할 수 있는 주문을 만들어냈다.

무한한 마력 덕분에 영국 최대의 마술사로 평가받은 멀린이지만 한때는 현자답지 못한, 보통 사람과 같은 실수를 범한 일이 있었다. 이 실수는 그의 목숨을 뺏는 원인이 되고 말았다.

멀린은 비비안이라는 여성을 사랑했다. 그는 나이 차이가 많은 연인의 마음을 사기 위해 그녀에게 어떤 주문을 가르쳐주었다. 바로 인간을 한 장소에 감금하는 주문이었다. 비비안은 멀린과의 사이가 틀어지자 멀린에게 그 주문을 사용했다. 이리해서 대마법사 멀린은 스스로 고안해낸 주문 때문에 영원히 유폐당하고 말았다.

멀린의 소환술

멀린 또한 드루이드들이 모두 가지고 있는 오크 지팡이를 늘 지니고 있었다. 그는 정령을 불러모으기 쉬운 장소를 몇 군데 알고 있었으며, 거기에서 여러 가지 마법을 행사했다.

용의 소환

아더 왕의 아버지, 우더 펜드라곤이 브리튼 섬을 통일시키기 위해 활약했던 중에 생긴 일이다. 당시 멀린은 우더를 도와주고 있었다.

우더는 콘월 공작을 상대로 싸웠지만, 전설의 검 엑스칼리버를 뽑음으로써

영국의 왕이라는 사실을 증명한 결과 싸우지 않고 승리를 거뒀다. 향연이 벌어지고 분위기가 한창 무르익을 때 우더 왕은 콘월 공작의 부인인 이그레인을 보고 반해버렸다. 이로 인해 다시 싸움이 일어났다.

그런데 콘월 공작의 성은 안벽 맞은편에 있는데다 양측의 군대에 의해 길이 가로막혀 있었다. 교착 상태에 빠졌던 것이다. 밤이 되자 멀린이 왕에게 말했다.

"우더여, 너의 정욕이 초래할 결과가 무엇이든지 상관없다면 용을 불러내 저 성까지 건너게 하자."

이윽고 왕의 승낙을 받은 멀린은 주문으로 날씨를 조종해 안개를 발생시켰다.

"우더여, 너의 정욕이 용에게 비상할 힘을 주어 바다를 넘어서 저 성까지 다다를 길을 보여줄 것이다."

이말을 들은 왕은 출현한 용을 타고 날아가 적의 성에 내려섰다. 우더의 모습은 멀린의 마술에 의해 콘월 공작의 모습으로 변해 있었다. 이리하여 우더는 감쪽같이 이그레인과 밤을 보낼 수 있었다. 이날 밤 임신하게 된 이그레인은 전쟁이 끝난 후 아더를 낳는다. 그리고 전쟁 또한 우더측의 승리로 끝맺게 된다.

한편 강대한 마력을 가진 멀린도 큰 마술을 행사하느라 체력을 모두 소모한 듯, 이 일이 있은 후 며칠 밤낮을 생사의 갈림길에서 헤맸다.

영혼의 예언

멀린의 육체는 비비안에 의해 갇혔지만, 그 영혼은 상당히 자유롭게 움직였다. 멀린의 영혼이 자주 사람들 앞에 나타나 예언을 했던 것이다. 프랑크 왕국 카롤링거 왕조 시대의 일이었다.

카를 대제 곁에서 활약하던 여전사 블라드만테 앞에 출현한 멀린의 영혼은 "너로부터 에스테 왕가가 창시되고 자자손손 번영할 것이다"라고 말했다고 하며, 이는 그대로 실현되었다. 그 밖에도 신성로마제국 시대의 호엔슈타우펜가의 미래를 예언한 것으로도 알려져 있다. 멀린의 영혼은 대개 10년이나 20년, 혹은 백년 이상 미래의 일을 예언했다고 한다.

볼바
VÖLVA

- 술자의 분류 : 샤먼
- 행사하는 소환술 : 죽은 자의 영혼 소환, 예언, 정령 소환, 늑대 등으로 변신
- 피소환체 : 북구의 신들, 비틀
- 힘의 근원 : 물푸레나무 지팡이에 의해 결집된 마력
- 술자의 조건 : 높은 감수성, 룬에 대한 지식, 영(靈)과의 친화성

북구 및 게르만 신화에 나오는 무녀를 볼바라고 불렀다. 그들은 다른 샤먼과 마찬가지로 황홀감 속에서 신을 소환했다. 마법 문자로서 유명한 룬 문자도 북구에서 발명되었다. 볼바가 룬을 적극적으로 사용한 것은 아니지만 그 둘은 깊은 관계가 있다.

세이드 마술과 간드 마술

볼바는 세이드 마술과 간드 마술이라는 두 가지 술법을 행사할 수 있었다. 둘 다 술자의 높은 감성을 필요로 하는 소환술이었다. 이 때문인지 대부분의 볼바는 여성이었다. 특히 세이드 마술을 행할 때 술자는 성적 엑스터시를 경험한다고 한다. 신을 불러들이는 것은 신과의 교합을 의미하는데, 이때 신 혹은 영은 남자였다. 그러므로 볼바는 여자로서의 역할을 다하는 셈이다. 그런 까닭에 더더욱 술자의 감성이 불가결하다고 여겨졌던 것이다.

북구 사람들[6]은 북구 신화의 신들을 신앙했다. 세이드 마술은 술자가 트랜

---

6) 스칸디나비아 반도를 중심으로 한 지역이 북구인데, 이 경우엔 독일 북부 지역에 살았던 게르만 민족도 포함한다.

스 상태에 들어가 신들을 소환하는 것이었다. 볼바는 신을 받아들이는 매체가 되며, 이때 조수로서 주술 노래를 부르거나 마술을 소리 높여 읽는 자가 필요했다. 그런데 정식 세이드 마술의 의식은 대단한 노력이 요구되었다. 신들을 부르기 위해서는 막대한 양의 공물과 제물이 필요했던 것이다. 예를 들면 스톡홀름 근교에서는 9년마다 대제사가 열렸는데, 그때마다 모든 동물의 수컷이 아홉 마리씩 제물로 준비되었다.

하지만 대제 때엔 그렇게 했다 하더라도 평소 그렇게 많은 제물을 준비할 수는 없었을 것이다. 그래서 볼바는 신보다 레벨이 낮은 영 비틸을 소환했다. 비틸은 인간이 사는 장소에 머무르고 있는 선한 영으로, 신과 인간의 중개 역할을 했다. 대개의 술자는 자신과 잘 맞는 선한 영을 몸 속에 불러들여, 그 지식을 얻거나 예언을 들을 수 있었다. 비틸의 예언은 날씨 예측이나 가축의 번식 상태 등 일상 생활에 관계된 사항이 많았다.

세이드 마술이 다른 영을 체내로 불러들이는 것과는 반대로, 간드 마술은 술자의 영혼을 육체와 분리시키는 기법을 썼다. 이는 온갖 지식을 얻기 위해 사용되었는데, 볼바는 간드 마술을 사용하여 늑대나 새의 모습으로 변신해 세계 속을 이동할 수 있었다.

그후의 볼바

중세 기독교의 성직자나 켈트의 드루이드와 달리 볼바는 주술적 권력자가 아니었고, 어디까지나 예언자로서 존재했다. 그래서 기독교가 침투해오자 볼바의 수는 자연스럽게 줄어들었다. 예컨대 아이슬란드의 사가[7] 속에서는 옛날부터의 수호령, 즉 비틸이 기독교의 적이 되어 영지(靈地)에서 쫓겨나 방랑하

---

7) 사가 : saga. 노르웨이어로 이야기라는 뜻. 북구에 전해지는 일련의 민화를 가리킨다. 신화나 영웅 전설이 많다.

는 트롤8)로 변화해가는 모습이 그려져 있다. 또 현대엔 볼바와 그 소환술이 완전히 잊혀지고 말았다. 룬 마술과 마찬가지로 룬을 사용하거나 읽는 사람도 연구자를 제외하면 거의 없다고 할 수 있다.

볼바의 소환술

예언

예언만이 아니라 의식을 집행하기 위해서는 특별히 영험한 장소가 필요했다. 이른바 성지다. 성지로 지정되기 위한 특별한 지형적인 조건은 없었다. 바위가 있는 곳이나 산머리, 제방이나 섬 등 다양한 장소가 선택되고, 그곳에 사당이나 성당이 만들어졌다. 이러한 영소(靈所)는 스칸디나비아 반도 전역에 1백 군데 이상 남아 있다. 또한 많은 볼바들이 성스러운 물푸레나무 지팡이를 갖고 있었다. 지팡이는 마력을 집중하는 데 쓰기 위한 것으로, 룬을 새겨넣음으로써 효과를 높이는 일도 있었다.

술자는 몸을 깨끗이 하고 영지에 들어가 단순한 리듬의 시를 읊조리며 신이나 영을 불러냈다. 마술을 행할 때 사용되었던 시는 지금도 남아 있으며, 그 사본이 덴마크 왕립도서관에 소장되어 있다.

베르세르크(=버서커) 마술

신의 힘을 체내에 불러들여 육체와 정신을 강화하는 마술도 있었다. 이는 세이드 마술과 조금 다르며, 볼바가 전사 등에게 부여한 소환술이었다. 이 마술을 시행받은 자는 신의 힘이 있는 동안에는 불사신이 되어 계속 싸울 수 있었다. 오딘 신의 힘을 빌리는 것이 정통 마술이지만 매우 어려워서 대신 늑대

---

8) 트롤 : Troll. 돌과 같은 견고하고 거대한 체구를 가진 괴물. 요정의 일종으로 여겨지기도 한다(『판타지의 주인공들』 '트롤' 편 참조).

룬 마술

북구의 마술 중에 룬 마술이라는 것이 있다.

이것은 룬 문자를 사용하여 신의 힘을 소환, 다양한 마술을 행사하는 것이다. 술자는 룬 문자를 특정한 것에 새기거나 주문으로 외어야 했다. 이 문자나 주문의 조합 등을 통해 다양한 마술을 행사할 수 있었다. 룬 마술은 정확한 지식만 있으면 본인의 소질에 관계없이 할 수 있었다. 이 점은 볼바의 마술과는 전혀 다르다고 할 수 있다.

하지만 공물을 충분히 바치고 높은 영적 능력을 가진 술자가 행한다면 룬 마술은 보다 확실한 효과를 낼 수 있었다.

볼바는 전문가는 아니지만 술자로서의 소질을 타고났기 때문에 룬 마술을 행사할 수 있는 능력이 충분히 있었다. 또한 그들은 효과를 높이기 위해 룬 문자를 사용하기도 했다.

룬 문자는 조각하는 것을 전제로 한 문자이며, 기본적으로는 나무에 새겨 사용했다. 현재 북구에 남아 있는 것은 비석 등에 새겨진 것으로, 가장 오래된 것은 2세기경의 유적에 등장한다. 마술적인 목적 때문에 개발된 문자였지만 일상 속에서 기록을 남기기 위한 문자로 사용되기도 했다. 이 때문에 한때는 북구 밖으로도 전해졌다. 그러나 정보 전달에는 적당하지 않은 언어였던 탓에 서서히 쇠퇴했다.

룬은 그 문자를 발명했다고 전해지는 북구 신화의 최고신 오딘과 깊은 관계가 있다. 북구 왕족들 사이에선 특히 오딘에 대한 강력한 신앙이 있었던 듯하다. 이 신앙은 기독교와 융합되어 발전했다.[9]
그러나 이는 일시적인 현상일 뿐, 10세기에 오딘 신앙은 완전히 쇠퇴하고 말았다.

---

9) 스칸디나비아 사람들은 토르 신의 망치 심벌을 부적으로 가지고 다녔다. 기독교가 북구에 막 들어왔을 무렵, 사람들이 십자가를 망치와 비슷하게 만든 것도 그런 이유에서였다. 그러나 부족의 왕들이 기독교로 개종한 후 북구의 신들은 악마로 전락하고 말았다. 10세기 말경의 올라프 왕은 대대적으로 기독교화를 행하여 성왕으로 불렸다.

나 곰의 영을 부르는 것이 일반적이었다. 지원자는 맹수의 영을 쉽게 받아들일 수 있도록 야수 생활의 시련을 받았으며, 늑대나 곰의 가죽을 몸에 걸쳤다. 이 마술의 영향을 받았는지 맹수의 모피를 입고 그 동물로 변신하는 주술도 생겨났다. 이 변신술은 중세는 물론 근세까지 남아 지역에 따라서는 19세기까지 계속되었다.

룬의 행사

룬 마술의 기본은 문자를 새기는 것이다. 원하는 바를 이루기 위해서는 효과적인 위치에 올바른 방법으로 바른 종류의 룬을 새겨야 한다. 마술을 행할 때는 다음과 같은 지식이 가장 중요했다.

① 룬의 각인
　각인의 정확함에 따라 마력을 불어넣을 수 있는지 없는지 결정된다.
② 룬의 해독
　자신이 새기는 룬에 대한 정확한 지식. 다른 자가 새긴 룬을 읽어내는 능력.
③ 룬의 염색
　각인에 바른 염료를 칠하면 마술의 효과는 증대한다.
④ 룬의 시행
　마술을 발동시키는 방법이나 발동 조건에 관한 바른 지식이 필요하다.
⑤ 룬의 기원
　룬은 신들에게 기원하기 위한 매체다. 신에게 바라는 것을 닿게 하기 위한 지식도 필요하다.
⑥ 룬의 공희(供犧)
　원하는 바를 이루기 위해서는 신에 대한 감사와 신앙심을 나타낼 수 있는 제물이 필요하다. 이런 공희에 관한 지식.
⑦ 룬의 장송(葬送)
　제물이 된 영혼을 신들에게 보내기 위한 지식.
⑧ 룬의 파괴
　아주 조금 바꿔 새기는 것만으로도 마술의 결과는 달라진다. 이것은 만에 하나 틀린 마술이 발동되었을 경우 그것을 취소하기 위한 지식으로, 구체적으로는 룬을 안전하게 파괴하는 지식이다.

중세 유럽

수난 시대를 뛰어넘은 소환사들

사람들에게 마술과 마법의 전성기가 언제인지 물으면 대부분 중세 유럽 시대라고 답할 것이다. 대체로 이 대답은 맞다고 할 수 있다. 그러나 중세 유럽 세계를 한마디로 규정지을 수는 없다.

고대 사회에 제국을 수립했던 로마인들은 '토가(Toga : 헐렁하고 우아하게 주름을 잡은 로마 시민 특유의 겉옷 - 옮긴이)를 착용하고 라틴어를 말하는 자가 사는 모든 영역'을 로마제국이라 말했다. 그렇다면 그 풍부한 토지를 탐내며 주위의 민족들이 활발하게 활동하던 모든 지역을 '유럽'이라고 정의내릴 수 있을 것이다.

로마제국의 붕괴와 더불어 시작된 것이 중세라는 시대였다. 게르만 민족의 대이동, 바이킹의 침공, 그리고 이슬람 교도들의 활동 또한 중세 유럽을 말하는 데 빠질 수 없는 중요한 요소다. 그리고 무엇보다 중세 유럽사는 마술의 역사이기도 하다. 마술은 사람들의 이동과 함께 곳곳으로 전해져 각각의 환경에 걸맞은 발전을 이룩했다.

그 좋은 예가 연금술일 것이다. 고대 이집트에서 시작된 연금술은 일단 아라비아에 들어간 이후 이슬람권에 파병되었던 십자군이 유럽으로 돌아갈 때 함께 유입되었다. 또한 유대교 내에서 입으로 전승되던 카발라는 유럽에 들어온 후 토착적인 자연 마술과 융합하여 새로운 마술로 다시 태어났다.

중세 유럽의 모든 마술에는 공통된 특징이 있다. 그것은 외국에서 유입된 후 탄압을 받아 사회의 뒷전으로 물러난 뒤 일반에게서 은폐되는 형태로 침투했다는 점이다. 탄압 하면 역시 마녀를 연상할 수 있다. 중세에 마녀사냥이 활발히 행해졌던 점에서 알 수 있듯이, 마법을 사용하는 자는 위정자들로부터 심한 박해를 받았다. 술자는 마법으로 생물을 창조하기도 하고, 자연 속에서 힘을 끌어낼 수도 있었다. 당시 권력자들은 이런 불가사의한 것들로 인해 자신의 목숨과 사회의 평화가 위협받지는 않을까 두려워했다. 상대가 칼을 들고 있다면 맞서 싸워보겠지만 마법에는 전혀 대항할 수

없었던 것이다.

또 중세 유럽을 지배했던 교회의 입장에서도 마법은 교리에 반대되는 이단일 수밖에 없었다. 생명을 만들어내는 연금술사, 악마를 소환하는 위치(Wich), 신보다 고위의 정령을 소환한다는 월록(Warlock), 그리고 신에 이르려 하는 카발리스트……. 중세의 모든 술자는 탄압을 받고, 사회의 이면에 틀어박힐 수밖에 없었다. 그러나 그들은 사라져버린 것이 아니었다. 오히려 사회와의 관계를 끊음으로써 더욱 고도로 발전했다고 할 수 있다. 마술사의 술법은 세속적인 것에서 보다 높은 것을 추구하는 기술로 변화해갔다.

훗날 르네상스에 의한 고대의 기술 회복과 종교 개혁으로 마술은 다시 사회의 전면으로 부상하게 되었다. 그리고 잠복기를 뛰어넘은 술자의 후예들은 고도로 발달된 마술을 사람들에게 선보이는 데 성공했다.

연금술사
ALCHEMIST

● 술자의 분류　　：앨커미스트(연금술사)
● 행사하는 소환술：고차원적인 힘의 소환, 생명의 재생과 창조
● 피소환체　　　：4대원소의 정령
● 힘의 근원　　　：우주 전체에 가득 차 있는 정령의 힘
● 술자의 조건　　：풍부한 지식, 탐구심, 신앙심
● 대표적인 술자　：엘리어스 애슈몰[10], 메리 앤 사우스[11], 에일레나에우스 필라레테스, 도사(道士) 알베르투스[12], 알렉산더 세튼, 피에르 르 로랑 바르몽

> 금은 어떤 것으로도 부식되지 않으며 영원히 아름다운 광채를 유지할 수 있는 금속이다. 연금술은 다른 물질에서 금을 생성하는 기술이다. 연금술사는 이 세계의 모든 물질에 머물러 있는 정령을 소환해 '원소를 다시 조합하는' 것이 가능하다. 이 기술을 응용하면 호문쿨루스라는 인조 생명체를 만들 수 있다고 한다.

소환사로서의 연금술사

……기묘한 형태의 병과 서적이 꽉 들어찬 실험실에서 신경질적으로 보이는 노인이 화덕을 향해 서 있다. 그는 철과 납 등의 비금속(卑金屬)을 가열하거

---

10) 엘리어스 애슈몰 : 옥스퍼드의 애슈몰린 도서관의 설립자. 1652년 『영국의 과학 극장』을 저술한 것으로 유명하다.

11) 메리 앤 사우스 : 저서 『포이먼드 레이스』『아스클레피오스』 등. 에메랄드 비문(碑文)의 영어 번역으로 유명해졌다. 연금술이 고대 신비적 종교의 암호라고 주장했던 인물.

12) 알베르투스 : Albertus. 본명은 알버트 리델이다.

나 혼합하여 금이나 은을 만들어내려 하고 있다……

연금술사라는 말을 들으면 이런 이미지를 떠올리기 쉽다.

돌과 금속을 순화할 수 있을 뿐만 아니라 그 속에서 비밀의 황금을 얻을 수 있다고 생각하고, 더 나아가 그 속에서 마법의 돌이나 가루를 발견할 수 있을지 모른다고 생각하는 사람들이 많았다. 중세 유럽의 연금술 연구는 바로 비금속을 주무르는 것에서부터 시작되었다.

연금술사들은 '자연계의 물질에는 각각 본질을 나타내는 정령이 존재한다'고 믿었다. 본질을 나타내는 정령에는 흙, 물, 공기, 불의 네 종류가 있는데, 이는 원소에 해당된다. 신은 네 종류의 원소를 특정한 비율로 섞음으로써 수없이 많은 종류의 물질과 생명을 창조했다고 한다.

그렇다면 반대로 4대원소의 비율을 변화시키면 다른 물질을 만들 수도 있지 않을까? 연금술의 기초 이론은 원소의 비율을 조정하여 다른 물질로 변화시키는 것이며, 따라서 술자는 정령을 다루는 소환사라 할 수 있는 것이다.

원소의 성질과 변환

연금술의 4대원소는 근본적인 특질에 따라 습(濕), 온(溫), 건(乾), 한(寒)의 네 가지로 표현된다. 흙은 한과 건, 불은 온과 건, 물은 한과 습, 공기는 온과 습 같은 식으로 각기 두 가지의 특질을 갖고 있는데, 그중 한쪽이 압도적으로 강하다. 예컨대 흙은 건, 불은 온, 물은 한, 공기는 습이 강하게 나타나는 것이다.

원소끼리 공유하고 있는 특성을 이용한다면 다른 원소로 변성시킬 수 있다. 즉, 공기는 습을 매개로 해서 물로, 흙은 건을 매개로 해서 불로 변화시킬 수 있다. 또 반대로 원소의 특질 중 한 가지를 없앰으로써 두 가지 원소가 제3의 원소로 변하기도 한다. 예를 들어 불과 물은 각각 건과 한을 제거하면 공기가 될 것이다.

모든 물질은 이 네 가지 원소로 이뤄져 있다. 물질이 변화하는 것은 그것을 구성하는 원소가 변하기 때문이다. 그렇다면 절단된 나무를 가열하는 과정을 예로 연금술의 이론을 증명해보자.

가열된 나무의 절단면에 물방울이 생기는 것은 나무에 물이 들어 있기 때문이다. 물은 증발하므로 나무에 공기가 들어 있다고 말할 수 있고, 가열하는 것에서 불을 포함하고 있음도 알 수 있다. 그리고 재가 남는 사실을 통해 흙을 포함하고 있다는 것 또한 알 수 있다.

나무뿐만 아니라 모든 물질에 대한 변화 과정을 조사함으로써 함유된 원소의 비율을 알 수 있다. 연소, 용해, 농축, 증류, 승화, 결정화 등 화학 변화를 시키면 원소의 비율도 변한다. 즉, 어떤 물질이라도 다른 물질로 변할 수 있다는 결론이 도출되는 것이다.

그런데 4대원소에는 각각 대립하는 원소가 있다. 예를 들어 물과 불은 대립하는 원소다. 두 가지가 같이 있으면 서로의 성질을 없애버린다. 그러나 연금술사들은 물과 불이야말로 금속류를 구성하는 원소이며 금속의 기원이라고 생각했다. 불로 구성된 물질은 유황(온과 건), 물로 구성된 물질은 수은(한과 습)이다.[13] 유황과 수은이 여러 가지 순도와 비율로 결합해 다양한 금속이 생기는 것이다. 그렇다면 유황과 수은이 완전한 순도를 계속 유지하며 결합된다면[14] 완전한 금속, 즉 금이 완성될 것이다.

실제로 금은 희소 금속이다. 은, 납, 양, 철, 동은 생성시의 순도나 비율이 완벽하지 않기 때문에 생긴다. 그러나 이런 열등한 금속도 본질적으로는 금과

---

13) 유황도 수은도 모두 상징적인 호칭으로 사용되었을 뿐, 우리가 알고 있는 물질과는 다른 것인 듯하다. 연금술에 관한 문헌은 매우 많이 남아 있지만, 모든 술자는 비법을 숨기기 위해 암호 같은 단어를 사용했다.

14) 단, 물과 불은 서로 대립하는 원소이므로 보통 방법으로는 결합시킬 수 없다고 생각했다.

같은 성분으로부터 만들어진 것이다. 그렇기 때문에 술자들은 적절한 처리를 더해주면 이런 것들을 금으로 바꿀 수 있다고 생각했다.

메르쿠리우스

연금술에서 수은은 가장 중요한 금속의 하나이며, 연금술사들 사이에서 신격화되어 메르쿠리우스 신으로서 신앙의 대상이 되었다. 로마 시대 초기에 만들어졌던 메르쿠리우스 신상은 고대 이집트의 명계 신 아누비스처럼 재칼의 머리를 갖고 있었다.

연금술사들은 왜 금을 창조하는 과정의 금속에 지나지 않는 수은을 신으로 제사지냈던 것일까. 이것은 그들의 철학 및 사상과 깊은 관계가 있다. 연금술사의 정신적인 목표, 그것은 금을 만들어내는 것이 아니었다. 그들이 '금'이라 부르는 것은 진정한 가치가 있는 것 — 숨겨진 지식과 비술이었다. 그리고 그것을 손에 넣기 위해서는 신계(神界)와 직접 커뮤니케이션하는 것이 필요했다.

수은을 영어로는 머큐리라고 한다. 그리스 신화의 헤르메스 신이 어원이며, 그는 신과 인간 간의 커뮤니케이션을 주관하는 존재였다.

현자의 돌과 생명의 변성

금 이외의 금속을 금으로 바꿀 때는 아무래도 필요한 영약이 있을 거라고 생각했다. 이 영약은 '현자의 돌' 혹은 '엘릭서(elixir)'라고 불렸다. '돌'이라 불리긴 했지만, 현자의 돌이 실제로 어떤 형상이며 어떤 성질의 것이었는지는 알려져 있지 않다.

연금술사들의 궁극적인 목적은 현자의 돌을 손에 넣는 것이었다. 그것만 있으면 얼마든지 금을 만들 수 있었기 때문이다. 전설에 의하면 금속을 변성시키는 효과는 현자의 돌이 가진 기적의 극히 일부분에 지나지 않는다고 한다. 이를 사용하면 생명의 변성조차 가능하다는 것이다.

덧붙여 생명의 변성을 위해서는 금속 변성에 사용하는 유황과 수은 외에

염(鹽)[15]이라는 물질이 필요했다. 동물과 식물에는 광물과는 다른 정령이 존재하므로 생물을 구성하는 어떤 근본적인 원소가 있을 터였다.

연금술의 진리에 다가가며 현자의 돌이 가진 비밀에 접근할 수 있었던 고명한 술자들은 금의 변성보다는 생명의 변조나 창조에 이끌리게 되었다. 완전한 생명의 창조로 그 목표가 바뀌었던 것이다.

세계를 구성하는 모든 정령들을 자유롭게 조종하고 또 완전한 생명을 부여해주는 지고한 보물, 그것이 바로 현자의 돌이다. 현자의 돌은 단순한 지식이나 원료가 되는 물질만으론 만들 수 없다고 생각했다. 또 한 가지 중요한 요소, 바로 신의 기적이 필요했다. 신의 힘을 빌려 물질의 정령과 결합되지 않는 한 현자의 돌은 출현하지 않는다. 당시 사람들은 연금술사가 되기 위해서는 신의 힘을 소환할 수 있을 만큼의 깊은 신앙심과 정직하고 깨끗한 영혼이 필요하다고 믿었다.

기원은 이집트

연금술의 기원은 고대 이집트에 있다. 원래 이집트의 연금술은 '금을 만드는' 기술과는 그 의미가 약간 달랐다. 이집트에서는 국내에서 금을 산출함과 동시에 주변 국가와의 교류를 통해 국외에서도 금이 들어왔다. 그러나 자연에 존재하는 금은 순금이 아닌데다 산지마다 다른 금속이 혼합되어 있었고, 색에도 미묘한 차이가 났다.

사람들은 순금을 원했으나 구하기 어려웠다. 게다가 금은 왕의 장식품으로 없어서는 안 될 금속이었다. 왕의 명령으로 금을 순화하는 기술이 촉진되었고, 곧 금을 정련하는 치금술(治金術)로서의 연금술이 생겨나게 되었다.

---

15) 염(鹽) : 여기서 말하는 염은 소위 말하는 염화나트륨(소금)이 아니다. 생명의 근원 원소를 나타내는 말이다. 참고로 염과 유황, 그리고 수은을 합해 3대 원소라고 한다.

그후 로마제국 시대에 알렉산드리아와 그리스에서 유출된 연금술은 제국 전역으로 퍼져나갔다. 그와 동시에 점성술, 그노시스파, 엘레우시스의 밀의 16), 이시스와 오시리스의 숭배, 세라피스 신앙과 태양신 숭배, 페르시아, 시리아, 이라크의 네스토리우스파 등의 신비주의 교의와 신화 등이 연금술과 결합되었다. 본래는 금속 정련 기술이었던 연금술은 이렇게 하여 신비적인 학문으로 변화하게 되었던 것이다.

로마제국의 멸망 후, 연금술은 본고장이 되어야 할 유럽이 아니라 아라비아 세계에 전해졌다. 그러나 아라비아에서 연금술이 어떤 식으로 발전을 이룩했는지에 대해선 그다지 자세한 기록이 남아 있지 않다.

기독교의 탄압

연금술이 중세 유럽에 직접 계승되지 않았던 이유 중 하나는 기독교의 개입을 들 수 있다. 잡다한 종교가 서로 섞여 있는 당시의 연금술은 교회측에서 볼 때는 사악한 존재였다. 심한 탄압을 받은 연금술은 그로 인해 더욱 더 신비의 베일에 싸이게 되었다.

그런데 얄궂게도 아라비아의 연금술은 십자군 원정을 통해 유럽에 전해지게 되었다. '무한히 만들어지는 재산', '불로불사(不老不死)'. 이 두 가지는 인간에게 뿌리치기 힘든 유혹이었기 때문에 연금술은 점차 널리 퍼져나갔다. 교회의 탄압은 계속되었지만, 권력자 중의 몇 사람은 이 매력적인 술법과 술자를 계속 보호했다. 그런 가운데 연금술의 비의(秘儀)는 철저히 숨겨져, 아무도 진리에 도달할 수 없게 되었다.

시대가 흐르고 과학이 신비를 구축하기에 이르자 연금술은 속임수 마술이

---

16) 엘레우시스의 밀의 : Eleusiuiau Mysteries. 고대의 식물 숭배와 풍작 기원 의례에 의해 확립된 식물과 인간의 생명 대응.

라 하여 사람들로부터 잊혀지고 말았다.

현대의 연금술사

그러나 연금술사는 그 연구와 실험 과정에서 여러 가지 화학 물질을 발견했다. 이것이 과학의 발전에 공헌한 것은 두말할 것도 없는 사실이다. 역사의 무대에서 사라져버린 기법이긴 하지만, 그 이론은 결코 케케묵은 것도 위증도 아니었다. 예를 들면, 유황과 수은과 소금은 양자와 중성자와 전자로 바꿔놓을 수 있다. 또 장차 고차원적인 에너지가 발견된다면 과학에 대혁명이 일어날지도 모른다. 그렇게 되면 돌에서 금을 정제하는 것도 불가능하지 않을 것이다. 고명한 연금술사일수록 실험에 중점을 두지 않고 이론을 연구했다. 그리고 연금술사가 구하던 것들은 시대를 초월해 지금도 이어지고 있다.

연금술사의 소환술

연금술사는 물질을 매개로 네 종류의 정령을 소환하는 술자다. 각각의 정령을 소환하기 위해서는 그에 걸맞은 적당한 환경을 준비해야 한다.

연금술사는 수많은 아이템을 사용했다. 그 한 가지로 금속이 있다. 금, 은, 수은, 동, 철, 주석, 납—이 일곱 종의 금속에는 순결한 정령이 깃들여 있다고 여겨져 자주 이용되었다. 이 금속을 가열하는(=불의 정령의 힘을 제어하는) 것은 연금술의 기본이므로 화로를 비롯한 가열 도구는 필수품이었다. 또 기구 가운데 펠리컨이라는 병도 빼놓을 수 없다. 이것은 불과 물의 정령의 방사(放射)를 받고 물질을 순화시킬 때 사용되었다. 즉, 순환적 증류를 행하는 증류기로서, 독특한 형상을 하고 있다. 이 형상으로부터 재생의 상징인 피닉스의 상징도 표현되었다.

그 밖에 '식물의 수액'이라는 것도 있다. 이것은 금속을 변화시키는 일종의

화학 약품이라고 생각하면 좋을 것이다. 달[月] 식물의 수액, 생명의 물, 만취의 포도주, 메르쿠리우스 베제타빌리스(메르쿠리우스의 식물) 등 전문적인 이름이 붙어 있었는데 그 정체는 알 수 없다.

또한 술자는 많은 상징 마크를 사용했다. 현대식으로 말하면 화학 기호나 화학식 같은 것일지도 모른다. 상징의 의미를 이해하면 정령을 제어·지배할 수 있다. 유명한 상징으로는 살라만더, 피닉스, 라이온, 드래곤, 우로보로스[17] 등이 있다. 연금술사의 방에는 상징과 닮은 형태의 병이 많이 놓여 있었다.

몇 가지의 심벌과 도안을 짜맞춘 그림이 오늘날에도 전해지고 있다. 일반인 이 봐서는 그 의미를 알 수 없지만, 연금술에 상세한 지식을 가진 자라면 정령

17) 우로보로스: 스스로의 꼬리를 무는 뱀. 옛날부터 무한의 상징으로 여겨졌다.

을 불러내기 위한 재료와 방법, 과정을 이해할 수 있게 되어 있다. 연금술에 관한 그림은 주문이 씌어진 마술서 같은 것이기 때문이다.

현자의 돌 제조법

연금술사에게 궁극적인 아이템은 현자의 돌이다. 현자의 돌 창조야말로 술자의 궁극적 목적인 것이다. 일단 입수하면 모든 정령을 지배할 수 있으며 불로불사할 수 있기 때문이다. 그러면 현자의 돌을 제조하는 순서를 살펴보자.

① 흑화(닉레드) : 제1원질, 즉 원료를 순화시키기 위해 비밀의 불인 불의 정령을 소환한다. 소환할 때는 연금술사 자신이 응집한 생명력을 불의 정령에 맞춰 융합시킨다.

② 백화(알베드) : 흑화시킨 제1원질에 열을 더 가해 기를 분리한다. 이때 제1원질의 내부에 존재하는 유황과 수은을 심령 에너지를 쏟아넣어 융합시킨다.

③ 녹색 사자 : 백화시켜 생긴 흰 돌('현자의 수은'이라고 부른다)을 완전히 순화시킨다. 필요없는 정령을 차례로 소환하여 불순물을 제거한다. 12회에 걸쳐 순화시킨 물질을 다시 산(酸)으로 용해시키면 녹색으로 변한다.

④ 현자의 돌 : 녹색 사자를 더욱 순화하는데, 이것만으로는 현자의 돌이 완성되지 않는다. 신으로부터 기적의 힘을 소환해 계속 주입해야 빨간 물질이 완성된다. 이것이 바로 현자의 돌이다.

중세의 의술과 약국

예로부터 의술과 마술은 동일시되었다. 풀이나 과즙으로 하는 병 치료는 옛날부터 행해졌지만, 지금과는 그 사고방식이 매우 달랐다. 마술을 통해 약초 등에 깃들인 정령을 불러내어, 환자의 체내에 머무르는 정령의 흐트러짐을 보정한다고 생각했다. 혹은 병의 원인이 되는 악령을 환자의 체내로부터 소환해 봉하고, 악령으로 인해 파괴되었던 환자의 신체를 약으로 수복한다고 생각했다.

이 사고방식은 중세가 되어서도 전혀 변하지 않았다. 5세기의 인물, 성 아우구스티누스도 "기독교 신자의 발병 원인은 모두 악마 탓이다"라고 기록했다. 그런데 신에 대한 신앙심 때문에 높은 사람은 병이 났을 때 마술로 치료해서는 안 된다고 생각했다. 의술도 마술의 일종이므로 신에 대한 모독이라고 여겼던 것이다. 기독교 신자는 성자 혹은 성스런 유물에 의해서만 병을 치료받을 수 있었다.

18세기가 되어서도 일부 지방에서는 성스러운 유물에 의한 치료법만이 합법적이며, 그 외에는 모두 비합법적인 것으로 정해져 있었다. 그렇지만 교회에서 병을 고치기 위해서는 많은 기부금이 필요했기 때문에 의술과는 별개인 약만 취급하는 약국도 등장했다. 당시 약국 앞에는 그럴듯한 마법진이 그려져 있었다. 치료약 속에 '좋은 정령이 도망가지 않도록, 그리고 바깥에 떠돌고 있는 악령이 들어오지 못하도록' 한다는 의미였다.

약국 안에는 이상한 냄새가 맴돌고 주술적인 약물이 즐비하게 갖춰져 있었다. 예컨대 대머리에 효과가 있는 약은 "질그릇 병에 쥐를 넣고 점토로 덮개를 한 뒤 불 옆에 파묻는다. 그것을 1년간 불의 열기로 덥힌다"는 방법으로 만든 것이었다. 이 약은 너무나 강력해 손에 직접 닿으면 손가락 끝까지 털이 돋아났다고 한다.

파리똥이나 미친개가 입에서 내뿜은 거품, 요정의 날개 등 약국에 있는 것은 조잡한 것들뿐이지만 자주 쓰이는 물품도 있었다. 예를 들면 감자와 설탕, 담배, 후추 등이었다. 해외에서 들여온 진귀한 것들로 가운데는 코카(coca)나 키나(kina) 등 진짜 약으로서 효능이 있는 것도 섞여 있었다. 외국=이교(異教)의 땅에서 들여온 이들 품목 중에는 교회에서 금지한 것도 있었다. 이 때문에 약국에 출입하는 자는 얼마 지나지 않아 이단으로 판정받기도 했다.

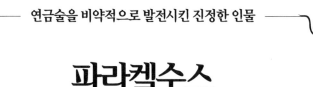

파라켈수스

PARACELSUS

- 술자의 분류 : 앨커미스트
- 행사하는 소환술 : 4대 정령의 힘을 소환, 신의 기적
- 피소환체 : 4대 원소의 정령, 호문쿨루스
- 힘의 근원 : 우주 전체에 가득 차 있는 정령의 힘
- 술자의 조건 : 풍부한 지식, 탐구심, 신앙심

의사로서의 파라켈수스

연금술사 파라켈수스는 매우 유명한 인물이다. 영적인 존재를 나타내는 '염(소금)'에 관한 발상은 그의 머리에서 나온 것이다. 만일 파라켈수스가 없었다면 연금술은 정령이나 신의 힘을 소환하는 마술이 아니라 사기꾼의 도구로서밖에 그 역할을 다하지 못했을 것이다. 그가 연금술을 최고 수준으로 올려놓은 것은 확실하다. 파라켈수스는 비술을 혼자 영유하지 않고, 그 기적의 힘으로 병 때문에 괴로워하는 사람들을 치료했다.

의사는 환자로부터 병에 관한 지식을 얻어 병에 대처했다. 그러나 파라켈수스는 '자연으로부터 배우지 않으면 병을 치료할 수 없다'고 생각했다. 그래서 그는 인간과는 관계없는 듯이 보이는 자연 현상에 눈을 돌려, 당시로서는 최고의 자연 과학이었던 연금술을 공부했다.

"그들은 무엇이 동(銅)을 생성하고, 무엇이 황산염을 합성하는지 모르기 때문에, 역시 무엇이 나병을 초래하는지 알지 못하는 것이다. 철을 녹슬게 하는 것이 무엇인지 알지 못하는데 어떻게 궤양을 치료하겠는가. 외부의 사상이 인간에게 장애를 일으키는 것이 무엇인지를 생각하고 명시해야 한다. 인간이 스스로의 장애를 명시할 수는 없다."

연금술의 개념으로 생각하면 인간도 4대 정령(땅, 물, 불, 바람)의 원소로 이루어져 있다. 그렇기 때문에 더더욱 의사는 자연에 주목해야 하며 연금술사가 아니면 안 된다는 것이다.

위대한 연금술사의 프로파일

파라켈수스의 본명은 필리푸스 아우레올루스 테오플라스투스 봄바스투폰 호엔하임이며, 1493년에 스위스에서 태어났다. 부친은 기사의 혈통을 강하게 이어받은 의사였고 어머니는 교회 관계자였다고 전해진다. 아버지의 영향이었는지 파라켈수스는 박사 학위를 따낸 후 유럽 각지를 방랑하며 의사로서의 기술을 높이고, 마침내는 바젤에서 대학 교수가 되었다. 파라켈수스는 서구를 여행하는 동안 의학과 함께 연금술을 공부해 그 기술을 마스터했던 것 같다.

비난받는 이단자

파라켈수스는 연금술에 깊이 빠지면서 의사로서의 능력도 크게 향상되었다.[18] 그리고 자신의 주장이 틀리지 않다는 것을 알고부터는 교회와 이에 지배된 사회를 통렬히 비판했다. 그가 살았던 시대는 마침 교회의 권위가 약해졌을 무렵이었다.

종전의 기법을 계속 사용한다고 해서 비판받던 의사들은 파라켈수스가 연금술(=마술)에 손을 내밀고 있는 것을 이유로 역습에 나섰다. 그러나 파라켈수스는 이런 비난에 굴한 적이 없었다. 그렇기는커녕 자신의 의술과 연금술에 받아들일 필요가 있으면 종교상 금기에 속하는 일이라 해도 전혀 개의치

---

18) 파라켈수스가 너무나 간단히 병을 치료하자 환자들 중엔 치료비 지불을 주저한 자도 많았다고 한다.

않고 받아들였다. 파라켈수스에게 연금술은 신의 커다란 조화로서, 그 자신의 질서 속에 짜넣어져 있었다. 그렇지만 그가 사회의 이단자라는 사실에는 변함이 없었다. 때로는 압력에 굴복해 정착지에서 쫓겨난 일도 있었다. 더구나 파라켈수스는 대학 교수가 된 후에도 수상쩍은 약국에 빈번히 출입한 일로 추방 처분을 받은 적도 있었다.

교회를 비판하기는 했지만 파라켈수스는 평생 동안 가톨릭 교회에 충절을 지켰으며, 프로테스탄트에 몸을 던지는 일은 없었다. 그는 자신의 신앙에 대해 이렇게 말했다.

"나는 주에 속하고, 주는 내게 속한다. 나는 내 직분 밖에서는 주에게 속하고, 주는 주의 직분 밖에서 내게 속한다."

그의 활력은 갈등에서 왔으며, 대립의 긴장을 게을리 하면 에너지를 가질 수 없었다. 그리고 무엇보다 진정한 연금술사가 되기 위해선 신앙심을 빠뜨릴 수 없었다. 제5원소=신의 기적을 소환하지 않고서는 '현자의 돌'을 창조할 수 없었기 때문이다.

파라켈수스의 소환술

파라켈수스에게 연금술은 금을 만들어내기 위한 수단이 아니었다. 완전한 생명을 탄생시키는 것이 목적이었으며, 그 때문에 연금술사가 되었던 것이다. 이 같은 파라켈수스의 꿈은 훗날 연금술사들의 궁극적인 목적이 되었다.

그는 연금술로 얻은 지식과 기술로 인조 인간 호문쿨루스를 만들고, 또 의술에도 적극적으로 활용했다. 이제 파라켈수스의 술자와 의사로서의 두 모습에 대해 알아보기로 하자.

가짜 연금술사

연금술사 중에는 우아한 생활을 한 사람들도 적지 않았다. 그들은 이렇게 외치곤 했다.

"나는 금을 만들어낼 수 있다. 하지만 그러기 위해서는 연구비가 필요하다."

유럽 각지의 귀족과 유복한 상인 중에는 이런 이야기에 현혹되어 연금술사의 후원자가 되는 사람들이 있었다. 교회 밖에서 마술을 실천하는 것은 금지되어 있었지만, 연구실을 지하에 만들어 모르게 하면 가능했다. 그러면서 연금술사는 연구 기간 동안 충분한 연구비를 얻어 쾌적한 생활을 할 수 있었다.

후원자가 재촉하면 가짜 연금술사는 대부분 "자금이 좀더 있으면……" 하고 대답했다. 심한 경우엔 선조 때부터 물려받은 토지를 전부 팔고 무일푼이 되어버린 후원자도 있었다.

연금술사들은 말을 제멋대로 만들어냈다. 후세에 남겨진 전문서는 많지만 모두 불명확한 표현들이어서, 정작 그들이 무엇을 말하고 싶었는지 파악하기는 힘들다. 술자들은 교회의 추궁을 피하거나 비밀을 숨기기 위해 이 같은 조치를 취했고, 결국 정확한 기록을 남기지 않았던 것 같다. 그러나 이것은 가짜 연금술사가 얼마나 판쳤는지를 드러내는 증거기도 하다.

환자 치료

파라켈수스는 마이크로코스모스의 연금술이라는 개념을 갖고 있었다. 인간의 몸은 우주와 자연에 대응해 있고, 자기 치유능력도 갖추고 있다는 생각이다. 그는 위가 그 역할을 하고 있다고 생각해서, 아르카나를 조합했다. 아르카나란 액상비약(液狀秘藥) 비슷한 것을 말한다. 이것을 적절히 조합함으로써 몸 속에 있는 정령의 힘을 조정하고 병을 치료했다.

그중에서도 기묘한 약으로 알려져 있는 것이 발삼이다. 발삼은 '체내 액체 상태의 소금'이며, 무미아를 주성분으로 한다. 무미아란 중세 유럽에서 거래되었던 의약품이다. 또 이것의 정체는 이집트에서 발굴된 미라의 파편이라고 알려져 있다. 발삼은 소금 혼합물의 도움으로 사체를 부패하지 않도록 만들 수 있었다.

파라켈수스는 특히 중병의 환자를 현자의 돌을 사용해 치료했다. 즉, 그는

현자의 돌을 창조하는 데 성공했던 것이다. 그는 그것을 자신의 검 자루에 넣고 다녔다고 한다.

호문쿨루스의 소환

파라켈수스뿐 아니라 고명한 연금술사들은 모두 완전한 생명의 창조를 목표로 삼았으며, 실제로 성공한 술자도 있었다. 호문쿨루스는 라틴어로, 직역하면 '작은 사람'이라는 뜻이다. 파라켈수스의 저서 중에는 호문쿨루스 제조법이 기록되어 있다.

"……가장 아름다운 크리스털 글라스로 만든 크고 청결한 용기를 하나 준비하라. 그리고 그 안에 달이 초승달일 때 모은 가장 순결한 5월의 이슬을 한 되(약 1.8리터)가량 부어라. 그 다음엔 건강한 젊은이에게서 채취한 혈액을 두 되 분량 더 넣어라. 그런 다음 이 혼합물을 한 달 동안 방치하라. 그러면 맑은 물이 위로, 불그스름한 흙이 밑으로 분리될 것이다. 물을 다른 그릇에 옮겨 붓고, 거기에다 동물의 팅크를 1드램[19] 더하라. 최초의 용기에 남은 불그스름한 물질은 끊임없이 약한 열을 가하면서 또 한 달간을 방치하라. 그 물질에 점점 일종의 방광을 만들고, 미세한 혈관과 신경이 그 표면을 망처럼 덮도록 하라. 4주마다 제2의 그릇에서 액체를 가져다가 이것에 흩뿌려라. 4개월이 지나면 펄떡펄떡하는 소리와 생명의 움직임을 느끼게 될 것이다. 용기 속을 들여다보면 그야말로 아름다운 한 쌍의 소년소녀를 발견할 수 있을 것이다……"

이 한 쌍의 소년소녀가 바로 호문쿨루스다. 키는 6인치고 식욕은 적으며, 동물의 팅크를 한 달에 한 번 2그레임[20]만 주면 6년 동안 행복하게 살 수 있다. 그들은 한 살이 되면 자연계의 많은 비밀을 말해준다.

---

19) 1드램이 어느 정도의 양인지는 확실치 않다. 이것 또한 연금술의 독특한 암호였던 듯하다.

20) 드램과 마찬가지로 암호적인 단위.

악마와 계약을 맺은 사도

위치
WICH

- 술자의 분류 : 위치
- 행사하는 소환술 : 악마의 힘을 이용한 다양한 기술
- 피소환체 : 악마, 퍼밀리어(심부름꾼 악마)
- 힘의 근원 : 악마의 힘
- 술자의 조건 : 악마에 대한 신앙, 악마와의 계약, 반대로 악마를 굴복시킨 자
- 대표적인 술자 : 파우스트, 질 드레, 코르넬리우스 아그리파

데빌이나 데몬으로 불리는 사악한 존재와 계약하고 자신의 영혼 등을 팔아 넘기는 대가로 강대한 힘을 얻은 자……. 그들은 악마 소환사다. 중세 유럽의 악마 소환사들은 통틀어 위치라 불렸다. 위치는 '마녀'로 번역되기 때문에 흔히 여자만 해당되는 것으로 생각하는데, 실제로는 남자 위치도 존재한다. 또 남자 위치는 요술사(월록)로 해석되기도 한다.

악마와의 계약

위치는 악마와 계약함으로써 힘을 얻는다. 악마와의 계약에는 크게 두 종류가 있는데, 두 경우 모두 술자가 피로 서명함으로써 계약이 완료된다. 첫 번째 계약은 악마에게 몸과 영혼을 팔아 넘기고 평생 그리고 죽은 후에도 악마의 종이 되어 섬기기로 약속하는 영구 계약이다. 이 계약을 맺은 위치는 악마로부터 전폭적인 신뢰를 얻으며 강한 힘을 소환할 수 있다.

이에 비해 '50년간 충실히 섬긴다', '나의 첫 번째 아이를 악마에게 바친다', '악마의 적을 쓰러뜨릴 것을 맹세한다' 같은 한정적인 계약도 있다. 그러나 이런 계약은 치르는 대가가 작은 만큼 악마로부터의 답례도 별로 없다.

악마와의 계약은 반드시 술자의 자유 의사로 이루어져야 한다. 악마는 강매나 방문 판매는 하지 않는 것으로 알려져 있다. 악마를 소환하는 것도 술자의 의사에 따라 이루어지는 것이 보통이다. 계약을 맺은 위치는 신체 어딘가[21]에 악마의 키스를 받는다. 그러면 거기에 '악마의 문장' 이라 불리는 반점이 생긴다.

이것은 위치가 부리는 퍼밀리어(심부름꾼 악마)에게 피를 줄 때도 사용한다. 악마를 소환한 다음 오히려 그를 굴복시킴으로써 술자의 심부름꾼으로 부리는 방법도 있다. 그러나 이렇게 하기 위해서는 악마의 행동을 제어하는 강력한 마법진과 술자의 뛰어난 실력이 필요했으므로 쉬운 일은 아니었다. 편의상 이런 퍼밀리어도 위치라고 불렀다.

풍작을 기원하는 제사

위치는 샤바트라는 파티(나중에 다시 설명)를 여는 것으로 알려져 있는데, 이 독특한 의식은 위치의 역사와 깊은 관계가 있다. 샤바트가 활발히 행해졌다는 사실은 중세 유럽의 기록에도 나와 있다. 하지만 그 기원은 좀더 옛날로 거슬러 올라간다. 로마 시대에 매년 2월 15일 열렸던 루페르칼리아(Lupercalia)라는 축제가 바로 그것이다.

루페르칼리아는 산양 발굽을 가진 자연신 판(Pan)을 기리기 위해 개최되었다는 설과 로마 신화의 시조가 된 로물로스와 레무스에게 젖을 준 이리를 기리기 위한 것이라는 설이 있다. 제사는 파라티누스 산기슭에서 개최되었다. 산 옆 동굴에는 이리의 청동상이 안치되어 있으며, 사제는 이곳에 산양과 개

---

21) 악마의 인은 유방이나 엉덩이, 허벅지 안쪽 등 성적 부위에 있는 경우가 많다.

를 제물로 바쳤다.

의식 중에는 제물로 바친 동물의 피를 두 젊은이의 이마에 칠한 다음 우유에 적신 모직물로 피를 닦아내는 과정이 있었다. 그리고 산 제물로 사용되었던 동물의 피투성이 가죽을 가늘고 길게 재단한 후에, 로마 거리에서 사람들이 모인 가운데 닥치는 대로 채찍질했다. 이때 여성이 채찍에 맞으면 불임이 치유된다고 믿었다.

한편 시대를 거슬러 올라가 고대 그리스의 디오니소스 제사와의 연관성도 추측할 수 있다. 제사의 내용과 신도들의 행동이 샤바트와 매우 비슷하기 때문이다.

아무튼 야만적인 제사는 고대 사회에 항상 등장한다. 희생 제물을 바치거나 춤을 추거나 난잡한 성교를 행하는 것 모두 풍작을 축복하거나 기원하기 위한 행사였다고 할 수 있다.

마녀사냥

마녀가 악마와 계약을 맺는 것은 당시 기독교 사회에서 볼 때 완전한 이단이었다. 교회는 "모든 마녀와 마법사는 악마와 계약을 맺은 자며, 악마의 힘으로 마법을 사용하는 최악의 이단이다"라는 판결을 내렸다.

악마와 계약한 마녀에게는 악마의 문장이 있게 마련이다. 이 문장은 바늘로 찔러도 통증을 느끼지 않으며, 피가 흘러나오는 일도 없다. 이런 특징을 이용해 이단 심문회가 열리게 되었다.

만일 마녀라는 판정을 받은 자가 정말로 마녀라면 계약에 따라 악마의 원조를 받을 수 있었다. 그러나 공식 기록을 살펴보면 이단 심문에서 유죄 판결을 받은 마녀들에게 악마의 원조는 없었던 듯하다. 마녀사냥을 해도 그 목표는 진짜 위치가 아니었던 것이다.

마녀사냥은 18세기까지 남아 있었지만, 위치는 현대까지 존속한다. 그러나 중세 마녀처럼 피비린내 나고 난잡한 의식을 행하거나 사악한 마법을 사용하진 않았다. 특히 영국에는 마녀협회가 있으며, 협회원인 마녀들은 주술이나 점 따위를 행하고 있다. 이들은 점술가나 주술사, 혹은 단순한 오컬트 매니아로 알려졌다. 위치가 사회에 끼친 영향이 강해지자 '위치 크래프트(wich craft)'라는 말까지 나오게 되었는데, 이는 각종 주술을 나타내는 단어로 쓰이게 되었다.

위치의 소환술

힘의 제어

악마와 계약하기 위해 악마를 소환하려면 신중해질 필요가 있다. 악마는 계약하려는 자에게 공격을 가하진 않지만, 반쯤 장난으로 소환하는 경우엔 생

명을 보장받을 수 없기 때문이다. 그러나 일단 계약하고 나면 그후에는 간단히 힘을 끌어낼 수 있으며, 소환도 쉽게 할 수 있다. 어지간한 실수가 없는 한 악마도 자신의 수족이 되어 일하는 종에게 해를 끼치지는 않기 때문이다.

소환에 필요한 것들

우선 다른 세계에 사는 자들의 통로가 되는 마법진과 불러내고 싶은 악마를 상징하는 카드가 필요하다. 이 밖에 지팡이, 검, 향수 또는 향나무, 성수, 부적, 양질의 양피지, 오망성(五芒星), 육망성(六芒星), 필기용 펜과 잉크 대용으로 사용할 피, 제물 등을 준비해야 한다.

샤바트

샤바트(Sabbath)란 위치와 악마가 모이는 파티를 말한다. 이것은 인적 없는 땅이나 황폐하기 그지없는 장소, 혹은 산처럼 일반인이 쉽게 접근할 수 없는 곳에서 개최된다. 위치들은 악마에게 부여받은 힘[22]으로 그곳에 가는 것이다. 예컨대 사람들에게 위치란 단어를 들려주면 하늘을 나는 빗자루 탄 모습을 상상할지도 모른다. 그런데 그것이 정말로 샤바트로 향하는 위치의 모습인 것이다.

샤바트에서는 가장 먼저 새로 위치가 된 사람을 소개한다. 그 다음은 기독교 교회의 의식과 매우 비슷하다. 차이점이라면 숭배 대상을 신이 아닌 악마로 삼고, 성스러운 의식을 부정한 의식으로 바꾼다는 것이다. 그래서 이 의식을 흑미사라고도 한다.

① 악마와의 계약을 통해 부여받은 힘으로 괴물과 같은 산양을 소환한다.

---

22) 공중을 날거나 심부름꾼 악마의 등에 탄다.

② 악마의 요구에 따라 십자가를 짓밟는다.

③ 악마의 세례가 실시되고 계약이 이루어진다.

④ 마지막으로 난교가 이루어진다. 이 난교로 인해 태어난 아기는 다음 샤바트의 제물로 바쳐진다.

종복인 괴물의 소환

테닐스의 위치가 행했다는 소환술이다. 자신의 뜻대로 다룰 수 있는 동물을 소환한다. 소환된 생물은 위치에게 복종하지만 잘 따르는 것은 아니다. 소환하는 곳은 자신의 집이나 땅 등 준비하기 쉬운 장소가 선택된다. 술자는 마법의 소도(小刀)를 갖고 있는 경우도 있다.

악마의 소환과 사역

악마를 불러내 부리고 싶은 경우엔 '마법의 원'을 사용한다. 직경 9피트[23]의 이 원은 특별한 소도 끝으로 그린다. 다 그린 후에는 원 중심에 들어간다. 다른 소환술과 마찬가지로, 술자는 자신의 몸을 깨끗이 해야만 한다. 그리고 향나무에 불을 붙여 양초 하나를 밝힌다. 술자는 '여러 행성의 7정령의 시술'이라는 주문을 새 양피지에 쓰고 세 번 외운다. 이렇게 했는데도 만약 상대가 나타나지 않으면 그 뒤로 사흘간 더 계속해야 한다. 그러면 악마는 반드시 출현해서 소원을 물어온다.

---

23) 약 270센티미터.

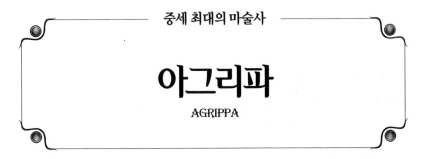

중세 최대의 마술사

아그리파

AGRIPPA

- 술자의 분류 : 월록, 위치, 앨커미스트, 카발리스트
- 행사하는 소환술 : 4대 정령의 소환, 악마 소환
- 피소환체 : 악마, 정령, 사령(死靈)
- 힘의 근원 : 자신의 정신력, 마법진, 주문서
- 술자의 조건 : 악마를 복종시키는 힘, 악마를 과신하지 않을 것

선천적인 자연 신비주의자

아그리파는 악마 소환사이지만, 연금술사와 카발리스트로서도 유명하다. 게다가 죄인을 붙잡기 위해 죽은 자의 영을 부른 일도 있다. 그는 실로 전지전 능한 능력을 가진 마술사였다.

마술 연구 분야에서 아그리파는 카발라와 헤르메스학을 융합시켰고, 연금 술의 대가 파라켈수스와 함께 16세기 마술계의 쌍벽으로 불렸다. 그의 본명 은 하인리히 코르넬리우스였으며, 1486년 독일 쾰른에서 태어났다. 이 대마술 사의 전기를 쓴 하인리히 모리는 아그리파가 폰 네테스하임이라는 고귀한 일 족 출신이라고 주장하지만, 이는 상당히 의심스러운 주장이다. 아그리파 자신 이 쾰른의 창설자 이름과 연관지어 폰 네테스하임을 자칭했다는 것이 아무래 도 더 설득력이 있는 것 같다.

단, 생가가 유복했다는 것만은 분명하다. 아그리파는 막 신설된 쾰른 대학 에 입학해 교육을 받았다. 여기서 그는 신(新)플라톤학파의 철학자 프로클로 스에게 큰 영향을 받고, 철학자로서 유명해졌다. 그러나 아그리파는 철학자가 되기엔 너무나 모험을 좋아하고 한없는 호기심을 가진 인물이었다.

10대 후반에 그는 신성 로마제국의 황제 막시밀리안 1세의 궁정 서기가 되었다. 그리고 밀정으로서 적국인 프랑스를 향해 떠나라는 명령을 받았다. 파리 체재 중 아그리파는 자신과 가까운 정신의 소유자와 카발리스트로 활동하는 자들을 만났다. 그가 마술적인 것에 매혹되기 시작한 것도 이 무렵이었고, 특히 게마트리아[24]에 강한 흥미를 품었다. 그는 돌 대학교 내부에서 많은 신봉자를 얻고, 신학박사 학위를 획득했다.

훗날 아그리파는 막시밀리안 황제의 딸인 마가레트와 사랑하는 사이가 되었다. 그러나 이 사랑은 이루어지지 않았다. 카발라에 흥미를 가진 사실 때문에 프란체스코 수도회[25]로부터 규탄을 받고 영국으로 망명할 수밖에 없었던 것이다. 영국에서 몇 개월을 보낸 후 아그리파는 이탈리아로 건너가 르네상스 마술과 카발라를 완전히 자신의 것으로 만들었다.

연구가로서의 공적

아그리파는 약관 24세에 세 권으로 된 오컬트 철학론을 써냈다. 논문의 제1권은 자연 마술, 제2권은 천공적 마술, 제3권은 의식적 마술로 구성되었는데, 이를 통해 그가 젊어서 마술의 최고 경지에 다다랐다는 사실을 엿볼 수 있다.

아그리파는 "마술은 요술이나 악마와는 관계가 없으며, 관계 있는 것은 예언과 투시력 등의 여러 가지 오컬트 능력이다"라고 말했다. 그리고 "공상력 혹은 상상력은 영혼의 정념에 대한 지배력을 갖고 있다. 상상력은 체내의 우

---

24) 게마트리아 : Gematira. 『수(數)의 과학』으로 알려져 있다. 히브리 문자에는 각각 수가(數價)가 설정되어 있으며, 이것을 이용해 특정인들 사이에서만 통하는 '암호'를 짤 수 있다. 예를 들어 어떤 단어에 사용된 문자의 수가와 다른 단어의 합계 수가가 일치하면 이 양자는 관계 있는 것으로 간주된다.

25) 프란체스코 수도회 : 1209년에 창립된 탁발(托鉢) 수도회. 청빈주의를 택하고 포교 활동에 전념했다.

발적 요소를 변화시키는 면이 있다. 그래서 정신이 육체를 변화시키는 것"이라고 주장하기도 했다.

현대식으로 말하면, 자기 암시는 정신과 육체에 커다란 영향을 미친다는 말과 일맥 상통한다. 인체의 구조가 거의 이해되지 않았던 중세 시대에 아그리파는 수백 년이나 앞선 이론을 전개했던 것이다. "사람은 마술을 행사할 수 있는가"라는 물음에 그는 다음과 같이 대답했다.

"누구든 그러한 힘은 갖고 있지 않다. 다만 4대정령과 공생하며 자연을 정복하고 하늘보다 높은 곳에 도달한 자만이 천사를 넘어 아키타이프26) 자체에 이른다. 그럴 때 그는 천사들과 한 조가 되어 모든 것을 달성한다."

당시에 인쇄 기술은 발명되어 있었지만, 이 책이 인정받고 출판되기까지는 20년 이상의 세월이 필요했다.

영광 없는 유랑의 생애

아그리파는 뛰어난 술자이며 마술 연구가였지만, 위대한 인물로 세상에서 인정받은 것은 사후의 일이다. 그의 생애는 불운의 연속이었다. 특히 대성공을 이루려는 순간마다 꼭 방해를 받음으로써 좀처럼 목적을 이룰 수 없었다.

예를 들어, 그의 일생의 대작이라고 할 수 있는 『과학과 예술의 허영에 관하여』27)를 출판했을 때 그의 후원자였던 황제 카를 5세의 분노를 사 투옥되기도 했다. 『과학과 예술의 허영에 관하여』와 그후에 출판된 『오컬트 철학론』

---

26) 아키타이프 : 무질서로 보이는 모든 현상의 배후에 있는 근원적 조화. 마술사의 신념에 따르면, 세계란 하나의 디자인 혹은 기계처럼 완전한 것이며, 그 모든 부분은 필연적으로 일정한 질서로 연결되어 있다. 또 이 근간에 있는 존재야말로 신이라 여겨진다.

27) 『과학과 예술의 허영에 관하여』 : 아그리파의 대표적 저작물 가운데 하나. 모두 1백 장으로 구성되어 있다. 인간이 해왔던 모든 학문에 관해 논하고, 그것을 부정하는 내용이다. 그는

등의 저서는 아그리파의 진의를 이해하지 못한 사람에겐 인간과 신을 모독하는 내용으로밖에 받아들여지지 않았다.

또 개인적으로, 그는 아내와 두 번이나 사별했으며 최후의 반려자였던 세 번째 아내는 악처였다. 이로 인해 정신과 육체가 피폐해졌고, 나중에는 파산으로까지 내몰리고 말았다. 그러나 다행스럽게 마녀사냥의 희생자가 되진 않았다. 군인, 의사, 외교관, 철학자로서 뛰어난 재능이 있었기에 각국의 제후들에게 중용되어 비호를 받을 수 있었던 것이다.

물론 교회와 충돌하지 않았던 것은 아니다. 아그리파는 관제 변호사가 되었을 때 요술사로 의심받던 소작농의 부인을 돌봐주었다는 이유로 이단 심문관에게 주목을 받았다. 또 저작물의 출판 전후로 성직자들 사이에서 마술사로 알려지게 되었다. 결국 평생 동안 가톨릭과 맞설 수밖에 없게 된 것이다. 아그리파는 1535년 그레노블에서 사망했다.

유럽의 사제 중 반 이상이 마술사인 그를 혐오했지만, 에라스무스[28]를 비롯한 지식인들로부터는 대단한 존경을 받았다. 사후 아그리파는 자신이 남긴 저서를 통해 유럽에서 비난과 존경을 한몸에 받았지만 후대에 커다란 영향을 준 것만은 사실이다. 16세기 후반부터 17세기에 걸쳐 서구에서는 좋든 나쁘든 마술에 대한 관심이 높아졌다. 다양한 마술 연구서가 출판되고, 그 결과 마녀사냥이 더욱 활발히 행해졌다.

"인간은 무엇에 관해서도 확실히 알 수 없다"고 결론짓고 있다. 전반에는 자연 과학, 후반에는 마술에 관해 기술되어 있다. 그는 마지막 장에서 "신의 말 외에 확실한 것은 없다"고 매듭지었다.

28) 에라스무스 : Erasmus, Saint, 네덜란드의 인문주의자. 수많은 고전을 부흥시켰으며, 저서 『우신예찬(愚神禮讚)』으로 세상에 널리 알려졌다. 신부들의 타락을 풍자하고, 종교 개혁에 커다란 사상적 영향을 끼쳤다.

전쟁에서 마법을 사용한 남자

아그리파는 군인으로서도 뛰어난 능력을 갖고 있었다. 하지만 어떤 이들은 그가 마법을 이용해 전쟁에서 승리를 거둔 게 아닐까 하는 의혹도 품었다고 한다. 카탈루냐의 '흑채(黑砦)' 탈환과 '빌라로드나 성채' 로부터의 철수 작전에 관련된 그의 활약은 유명한 이야기로 전해진다.

처음부터 아그리파가 군인의 신분으로 현지에 간 것은 아니었다. 카탈루냐의 헤로나라는 영주가 소작농의 반란으로 영지에서 추방당했을 때 마침 그 장소에 있었기 때문에 지휘봉을 잡게 되었던 것이다. 흑채는 벽촌에 있는 성이었지만 헤로나에게는 중요한 곳이었다. 아그리파는 교묘한 계략으로 이 성을 되찾았다.

그러나 반란의 규모가 더욱 커지면서 이번에는 빌라로드나 성채에서 고립당하는 상황이 벌어졌다. 아그리파는 성채가 무너질 것이라고 판단하여 부근의 늪지대에 있는 탑으로 병사들을 이동시켰다. 이 탑의 뒤쪽에는 산이 있었고 탑에 도달하려면 좁은 계곡을 통과해야만 했다. 그래서 그는 계곡의 길목에 짐수레를 쓰러뜨려 놓고 바리케이드를 구축했다.

이 전쟁에서 아그리파가 마법을 사용했다는 증거는 없다. 그러나 짐수레로 만든 바리케이드 정도로 피에 굶주린 반란자들을 물리친다는 것은 무리한 일이 아닐 수 없다. 오히려 버려진 빌라로드나 성채 벽이 더 튼튼했을 것이다. 그러나 이 짐수레 바리케이드는 몇 번이고 되풀이되는 반란군의 공격을 끄떡없이 견뎌냈다.

바리케이드를 뚫지 못한 반란군은 작전을 바꿔 병량(兵糧) 공세를 폈다. 아그리파측은 2개월간의 고립으로 인해 식량이 완전히 떨어진 상태였다. 탈출 외에는 방법이 없었다. 그러자 아그리파는 탑 뒤의 험한 산 너머로 전령을 보냈다. 산 끝에는 호수가 있고 거기서 좀더 가면 사원이 있었는데, 사원측에서 아그리파의 군대를 보호해주기로 허락했

던 것이다. 아그리파 일행은 급경사의 산을 기어올라가 사원에서 보내
준 배로 호수를 건넘으로써 무사히 탈출에 성공했다. 그런데 2개월간
의 병량 공세로 무척 쇠약해졌을 사람들이 천연 요새와 같은 산의 급경
사를 어떻게 넘을 수 있었을까? 생각해보면 이상한 이야기다.

아무튼 아그리파는 탈출에 성공했고, 그 뒤로는 부근 농민들로부터 두
려움의 대상이 되었다. 그러나 영주 헤로나가 반란군에 잡혀 살해되는
바람에 아그리파의 분투는 결국 헛되이 끝나고 말았다.

아그리파의 소환술

아그리파에 의하면, 마술에는 자연적 마술과 수학적 마술이 있고 또 악령을 부르는 나쁜 마술과 카발라를 통해 천사를 부르는 좋은 마술이 있다. 그는 모든 종류의 마술에 정통했던 듯하지만, 여기서는 실제로 그가 행한 것으로 알려진 소환술을 중심으로 소개하겠다.

개의 영혼 소환

아그리파는 한때 검은 개를 기르며 무척 귀여워했다. 그는 (연구를 통해) 마의 세계에 빠져들었기 때문에 애견에게 악마의 해가 미칠 것을 두려워했다. 그는 개에게 자신의 옆을 떠나라고 명했다. 그러자 개는 강물에 뛰어들어 자살해버렸다. 훗날 아그리파는 그 개의 혼을 소환해 작센공 앞에서 연설을 시켰다. 이때 주인을 그리워하는 개의 연설이 너무나 감동적이어서 눈물을 흘리지 않은 사람이 없었다고 한다.

물거품 생명

아그리파의 집에 하숙하고 있던 학생은 호기심이 많았다. 그는 마술사가 일하는 방을 보고 싶어 견딜 수 없었다. 그래서 아그리파의 아내에게 부탁하여 방 열쇠를 빌렸다. 방에 들어간 학생은 책상 위에 놓여 있던 주문서를 펼쳐보았다. 그러자 악마가 출현했다. 악마는 학생에게 무슨 용무인지 물었지만 그는 두려운 나머지 아무 대답도 하지 못했다. 이런 태도에 화가 난 악마는 학생의 목을 졸라 죽여버렸다.

얼마 후 집으로 돌아온 아그리파는 사태를 파악하고는 황급히 악마를 불러냈다. 그리고 죽은 학생을 잠시 동안 다시 살려놓도록 명했다. 자신이 학생을 죽인 것으로 고발될까봐 두려웠기 때문이다. 이윽고 되살아난 학생은 광장을 향해 걸어갔다. 그리고 갑자기 푹 쓰러지더니 원래의 사체로 돌아갔다. 사람들은 그가 갑작스런 심장 발작으로 쓰러진 것이라 생각했다. 그러나 사체의 목덜미에는 목을 졸린 흔적이 선명히 남아 있었다.

악마에 의한 영매술

아그리파는 범인을 알아내기 위해 악마의 영을 소환했다[占斷]. 그 독특한 기법은 다음과 같다. 우선 빗과 핀셋, 조수를 두 명 준비한다. 빗은 핀셋에 매달고, 그 핀셋을 두 명의 조수에게 시켜 집게손가락으로 들게 한다. 준비가 끝나면, 아그리파가 몇 명의 용의자 이름을 차례로 부른다. 이때 범인의 이름이 불리면 빗이 흔들리기 시작한다. 빗을 처음에 회전시키는 방법도 있는데, 이 경우엔 범인의 이름이 불렸을 때 회전이 멈춘다.

아그리파는 이 점단을 평생 딱 세 번밖에 하지 않았지만 모두 성공했다. 첫 번째는 절도범을 찾아내기 위해, 두 번째는 자신을 시샘하는 자가 자신의 새 덫을 망가뜨렸을 때, 세 번째는 귀여워하던 개가 행방불명되었을 때다.

아그리파는 그후론 점단을 행하지 않았다. 자신이 점단 때문에 이용했던 상대가 악마란 것을 알고 있었던 그는, 반대로 악마에게 빠져들 것을 두려워했던 것이다. 이처럼 주의 깊게 악마를 접하는 것도 악마 소환사에게는 중요한 일이었다.

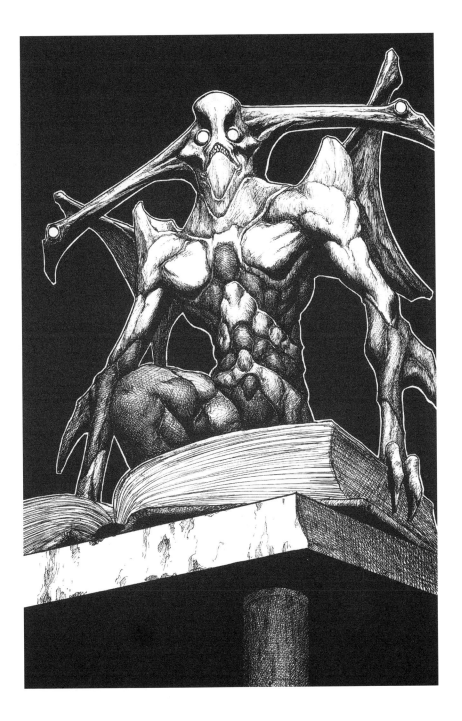

- 술자의 분류 : 위치, 네크로맨서, 메디움
- 행사하는 소환술 : 악마 소환
- 피소환체 : 악마 메피스토펠레스, 사체
- 힘의 근원 : 자신의 정신력, 악마의 힘
- 술자의 조건 : 악마를 복종시키는 주문, 각종 아이템

수수께끼에 휩싸인 악령술사

악마를 소환한 것으로 유명한 술자 중의 하나가 파우스트 박사일 것이다. 독일의 시인 괴테는 『파우스트』[29]라는 작품을 썼다. 괴테는 19세기 초에 이 작품을 발표했는데, 주인공 파우스트는 동명의 전설적 인물에 힌트를 얻어 창작한 인물이다. 전승으로 내려오는 파우스트는 메피스토펠레스라는 이름의 악마를 불러내 혼을 팔아 넘긴 대가로 세계의 지식을 얻고자 했다.

민간 전설이 존재하긴 해도 파우스트가 언제 어디에서 태어났고 무엇을 하는 자였는지는 확실히 알려지지 않았다. 그러나 그가 위대한 마술사로서 세상에 알려졌고 기록도 다수 남겨져 있으므로 실존 인물이었다는 것은 분명하다.

알려지지 않은 파우스트의 비밀에 관해서는 많은 연구가 이뤄져 왔다. 여러 가지 설에 관해서는 나중에 말하기로 하고, 여기서는 가장 신빙성 높은 이야기를 뽑아 소개하겠다.

---

29) 『파우스트』 : 사실 이 작품은 악령술사에 관한 문헌이 아니며 파우스트의 전기도 아니다. 괴테는 인간의 갈등과 이상을 그리고 싶었던 것이며, 악마 메피스토펠레스는 이른바 파우스트 마음의 일부로 표현되어 있다.

출생의 비밀

쉬폰하임의 트리테미우스 수도원장의 서신에 의하면 파우스트는 1480년 독일의 그리니트링겐에서 태어난 것으로 전해지는데, 오랫동안 이것이 정설이라 여겨져 왔다.

그러나 레이프돌프 수도원의 부원장인 길리안 라이프의 각서에 쓰인 예언자의 출현에 관한 기록, 그리고 세례명과 별의 위치로 추측한 결과, 1478년 4월 23일이 파우스트의 탄생 연월일로 받아들여지게 되었다.

파우스트의 양친에 관한 전승도 애매하다. 그리니트링겐에서 사람들의 소문으로 전해진 이야기에 의하면, 요르크 겔라하라는 부자가 '파우스트'라는 이름의 시녀에게 손을 댄 결과로 태어난 것이 파우스트라고 한다. 성장한 파우스트는 대학에 다녔으므로 유복한 집안에서 자랐고 어릴 때부터 수준 높은 교육을 받았던 것으로 추측된다. 그 당시 교육을 받기 위해서는 많은 돈이 들었기 때문이다.

젊은 파우스트는 당시의 시민 사상이 주입되는 교육을 받았다. 정직하고 근면하게 일하고 안정된 생활을 보내는 것, 외부로부터 보호된 마을 안에서 일하는 것, 이것이 행복한 시민으로서의 이상적인 삶이었다.

파우스트는 원래부터 머리가 좋은 인간이었던 것 같다. 높은 교육과 이상이 주입된 결과, 그는 사생아라는 태생적 약점에 신경 쓰는 일 없이 당당한 인간으로 자라났다.

파우스트 출생에 관한 이설

파우스트의 출생에 관해서는 몇 가지 이설이 존재한다. 이 논쟁은 수백 년에 걸쳐 되풀이되었고 지금도 결론이 나지 않았다. 여러 가지 설 중에서 몇 가지만 소개하겠다.

우선 마인츠의 인쇄업자 요한 푸스트가 파우스트였다는 설이 있다. 푸스트=파우스트라는 것이다. 그의 인쇄 공장에서 종교 개혁과 관계된 중요한 저작물이 세상에 나왔다는 것이 하나의 증거로 받아들여졌다. 푸스트는 마술사라는 규탄을 받았다. 참고로 푸스트는 인쇄술의 발명자 요하네스 구텐베르크의 동료였다.

그 밖에 폴란드에서 마술과 종교를 기묘하게 혼합해 상당한 제자를 모았던 파우스트 조치노라는 인물이 전설의 파우스트란 설도 있다. 파우스트가 한때 '사벨리쿠스' 라는 별명을 사용했던 때가 있으므로 사벨리쿠스가 본명이고 파우스트는 가명이 아닐까하는 설도 나왔다. 마술사가 익명을 사용하는 일은 자주 있었고, 그것이 본명으로 정착되는 경우가 많았기 때문에 이 설도 일리가 있다.

괴테 연구가 에른스트 보이트라는 '게오르그 헬름쉬테타' 라는 인물이야말로 파우스트라고 추리했다. 헬름쉬테타는 1466년에 태어나, 1483년에 하이델베르크에서 학업을 시작했다.

마술 신부와의 만남

그리니트링겐의 동쪽에 마울블론이라는 곳이 있다. 이곳은 1146년에 호엔슈타우펜 왕조가 시트 수도회로 하여금 토지 개간과 최신 재배방법을 보급시키도록 한 곳이다.

파우스트의 시대에는 개간도 끝나고 수확도 증가해 생활이 풍족해졌다. 바쁜 것은 재산 관리를 담당한 자뿐이었으므로 다른 수도사들은 학문에 힘을 쏟을 수 있었다. 도서관의 장서도 상당히 충실해서, 이곳에는 전설적인 페르시아의 마술적 철학자 아비겐나[30]의 저서도 있었다고 한다.

늙은 수도사들은 자신들의 지식을 이어받을 우수한 젊은이를 찾고 있었다. 그래서 라틴어 학교의 학생이었던 파우스트의 방문을 환영했다. 파우스트는 수도사가 되진 않았지만, 10년간에 걸쳐 수도원과 밀접한 관계를 맺었다. 그동안 파우스트는 '마술 신부'로 불리는 인물과 만나게 되었다.

신부는 청년에게 연금술을 비롯해 당시 알려져 있던 마술의 모든 것을 가르쳐주었다. 이 마술 신부와의 만남이 파우스트를 선량한 시민에서 마술사 지원자로 변신하게 했다. 파우스트는 이곳에서 연금술 실험을 되풀이했다. 하지만 이에 관련된 재능은 부족했던 듯 황금 제조에는 실패했다.

적대자

쉬폰하임의 요하네스 트리테미우스 수도원장은 마술에 정통했던 사제로, 왕실과 많은 귀족에게 영향력을 행사한 인물이었다. 그는 파우스트의 영원한 방해자로 알려져 있다.

---

30) 아비겐나(980~1037) : 페르시아의 마술사, 의사, 철학자이며, 중세 스콜라학과 철학에 큰 영향을 주었다. 전설에 의하면 손을 대는 것만으로도 환자를 치료하고, 잠겨 있는 문을 조작 없이 열 수 있었다고 한다.

두 사람은 1505년 5월 게른하우젠에서 우연히 만났다. 당시 파우스트는 마술사로서 그럭저럭 이름이 알려지기 시작한 무렵이었다. 그는 이 고명한 마술사와 서로 아는 사이가 되자 그를 통해 학계 인사나 귀족들을 소개받고자 했다.

그런데 면회에 응한 트리테미우스는 과민한 반응을 보였다. 고명한 술자였던 만큼 파우스트의 재능과 마술적인 분위기를 느꼈던 것일지도 모른다. 그때 이후로 트리테미우스는 자신의 영향력을 이용해 파우스트를 방해하기 시작했다. 한 예로 훗날 파우스트가 황제 카를 5세 앞에서 알렉산더 대왕의 영을 소환해보였을 때 그는 "저것은 내 기술을 모방한 것이다"라고 말하며 다녔다고 한다.

파우스트의 소환술

파우스트는 악령술사라는 명칭에 걸맞게 악마나 사령을 불러내는 소환의식을 행함에 있어서 희생 제물 등 피비린내 나는 요소가 많았던 것 같다. 그와 관련된 작은 일례를 소개하겠다.

메피스토펠레스

파우스트는 세계의 모든 지식을 얻기 위해 메피스토펠레스라는 대악마를 불러내 계약했다. 메피스토펠레스는 파우스트의 조언자 혹은 잘 어울리는 동료였다. 그러나 민간 전승에서는 파우스트가 마지막에 이 마왕에게 갈기갈기 찢겨 지옥에 떨어진 것으로 되어 있다.

메피스토펠레스는 지옥의 대공으로 알려진, 가장 가공할 만한 지옥의 지도자 중 하나다. 그의 모습은 서 있는 드래곤과도 같으며 여러 가지 동물로 변신할 수 있다. 인간의 모습으로 변할 수도 있는데, 산양 같은 턱수염을 기른 호리

호리한 신사가 된다.

대가 없는 악마 소환

파우스트는 자신의 영혼을 대가로 지불하지 않고서도 악마를 복종시키는 술법을 알고 있었다. 다음과 같은 주도면밀한 준비와 올바른 의식을 행함으로써 소원을 이뤘던 것이다.

① 청정함을 지키기 위해 하루 종일 자지 않고 음식도 일체 먹지 않는다.

② 의식 직전에 악마의 노래를 부르고 마법의 말을 중얼거리면서 수탉 또는 어린 산양을 도살한다.

③ 모든 준비를 갖추고 큰 소리로 영의 이름을 부르며 악마에게 출현하도록 명령한다. 성과가 나타나지 않을 때는 신의 이름으로 영의 이름을 부른다. 그래도 나타나지 않을 때는 영원의 벌을 받을 것이라 위협한다.

④ 출현한 영은 소망을 묻고 그 대가로 혼을 요구한다. 바른 주문만 알고 있으면 대가를 지불할 필요없이 악마를 무상으로 봉사시킬 수 있다.

악마 소환의식의 아이템

소환 때는 다음과 같은 기묘한 것들이 준비된다. 이들은 모두 새 것이 아니면 그 효력을 잃고 만다.

- 초자연적인 힘을 갖추고 신성한 인(印)이 붙은 의례복
- 일출과 동시에 잘라 그 양끝에 자석화한 강철 덮개를 붙인 개암나무 가지
- 피투성이의 나이프
- 납으로 만들어진 마법진. 그 고리에 "IHS"[31], "이 인이 있어서 너는 승리

---

31) IHS : 예수를 나타내는 약어로 유대인의 왕 예수라는 뜻.

를 거둘 것이다" 십자가, 12성좌의 심벌, 펜타그램 등 강력한 심벌이나 말을 새겨넣는다.

• 교수형에 사용되었던 쇠사슬로 만든 삼각형. 각 정점에는 처형된 죄인의 머리 부분에 박혔던 못을 찌른다. 이 삼각형은 마법진 중앙에 배치한다.

• 향로. 불러내고 싶은 악마가 좋아하는 향을 피우고 마법진 옆에 둔다.

죽은 자 부활의 술법

파우스트는 죽은 자를 소생시키고 그에게서 진실을 캐내는 술법도 구사했다. 다음 순서를 순조롭게 끝내면 묘지에서 죽은 자를 일으켜 세울 수 있다. 다만 죽은 자의 뜻과 어긋나는 정보는 알아낼 수 없다. 죽은 자에게 필요한 것을 알아낸 다음엔 신속히 물러나게 해야 한다.

① 흰 암탉과 수탉을 잡아 산 채로 목을 자른다.

②뿜어져 나오는 피를, 물을 가득 채운 용기에 넣고 혼합시킨다.

③그날 태양이 가장 높이 솟아올랐을 때 피가 섞인 물을 쬐어 따뜻하게 만든다.

④하얀 밀가루를 혼합하여 세 개의 케이크를 만들고 햇볕에 건조시킨다.

⑤수탉의 피로 케이크 위에 제5군 천사의 이름을 쓴다.

⑥제5군 천사의 수장 '아테모르'의 이름을 케이크 위에 기록한다.

⑦케이크를 달과 별 밑에 두고 주문을 외운다.

⑧다시 몇 가지 과정을 9일 동안 되풀이하고, 죽은 자와 이야기할 준비를 갖춘다.

4대 정령을 부리는 소환사

월록
WARLOCK

- ● 술자의 분류 : 월록, 엘레멘터러
- ● 행하는 소환술 : 4대 정령의 힘을 이용한 여러 술법
- ● 피소환체 : 4대 정령과 그 힘
- ● 힘의 근원 : 자신의 정신력, 마법진의 파워
- ● 대표적인 술자 : 코르넬리우스 아그리파, 존 데이

> 월록은 진정한 정령으로 불리는 땅과 물, 불, 바람의 정령의 힘을 빌리는
> 기술을 익힌 자들이다. 많은 소환사 중에서 가장 파워 소스가 확실한 것
> 이 특징이다. 이들이야말로 세상에 알려진 소환사에 관한 이미지의 근
> 본이 된 '마법진으로 몬스터를 불러내는' 마술사라 할 수 있다.

4대 정령의 소환

월록은 4대 정령의 힘을 소환했다. 그렇기 때문에 정령과의 관계가 늘 양호
해야만 했다. 그런데 중세 유럽 세계에서 절대자는 기독교의 신이며 그 외의
절대자는 인정되지 않았다. 이 때문에 소환사는 신의 가르침을 전하는 교회
와 대립하는 입장에 놓이게 되었다.

월록들은 신의 존재를 인정하지 않을 만큼 시야가 좁지도, 신의 힘을 인식
할 수 없을 만큼 어리석지도 않았다. 그러나 그들 입장에서 본다면 신조차도
정령에 의해 창조된 존재였다. 힘의 강약 문제가 아니라, 정령이 그 어떤 자보
다 근원적인 파워를 갖고 있다고 생각했기 때문이다. 정령들은 평소엔 각각
'정령계'라는 그들만의 세계에 있다가 술자의 부름에 응해 이쪽 세계에 출현

한다고 여겨졌다.

월록은 정령을 소환하지만 아무렇게나 하지는 않았다. 4대 정령 중에는 서로 대립하는 것이 있다. 불과 물의 정령, 또는 바람과 흙의 정령은 동시에 소환할 수 없었다. 만일 같은 장소에 양자가 존재하면 서로의 정령력이 부딪쳐 상쇄되기 때문에 쓸모없어지기 때문이다. 그리고 술자 자신도 불러낸 정령에게 분노를 사고 만다.

소환사는 자신과 잘 맞는 정령을 하나만 선택하는 일이 많았다. 또한 정령과의 좋은 관계를 유지하기 위해 그 정령을 신봉해야만 했다. 정령의 힘이 위대하다는 것을 인정하고, 자연 속에 그들의 힘이 작용하고 있음을 사람들에게 믿게 만드는 것이 정령에 대한 봉사였다. 따라서 상반된 힘을 가진 정령을 신봉하거나 소환하는 것은 전혀 무의미한 일이었다.

높은 능력을 가진 월록 가운데는 두 정령을 불러낼 수 있는 자도 드물게 있었다. 그러나 이 경우에도 서로 반발하지 않는 정령을 불러냈을 것이다. 월록이 소환하는 정령의 힘은 소환자의 능력[32]에 비례했다. 불러내는 종류가 복수라면 그 능력을 분할해야 하므로, 각각의 정령의 파워는 약해지고 말았던 것이다.

월록의 소환술

마법진과 정령

마법진과 소환에 대한 지식이 있으면 정령을 소환할 수 있었다. 예를 들어 망토 뒤에 마법진을 그려놓고 그것을 사용하는 경우도 있었다. 그러나 별로 노력을 들이지 않는 간이 소환식으로는 강력한 정령을 소환할 수 없었다. 강

---

32) 개인적 자질, 경험, 의식 등을 종합한 능력.

력한 정령을 부른다 해도 술자의 제어에서 벗어나 명령 외의 쓸데없는 짓까지 해버릴 위험성이 있었다.

소환사는 많은 시간이 드는 대규모 의식을 행함으로써 강력한 정령을 불러냈다. 이때는 바닥에 제대로 그려진 마법진이 사용되었다. 불러내는 정령의 파워가 크면 클수록 월록 자신이 정령으로부터 공격받을 위험도 커졌다.

4대 정령에게는 각각 좋아하는 색이 있어서, 술자가 정령의 기호에 맞는 옷을 입고 있으면 정령과의 친밀도가 증가한다. 바람의 정령이 좋아하는 색은 흰색이나 푸르스름한 파스텔 색조, 땅의 정령은 갈색이나 검정[33]), 불은 빨강, 물은 파랑이다.

또한 장신구로 사용되는 보석도 정령과 깊은 관계가 있다. 바람의 정령은 다이아몬드, 땅은 에메랄드, 불은 루비, 물은 사파이어를 좋아한다고 알려져 있다. 월록은 보다 확실한 소환을 목표로 이런 색들의 옷과 망토를 착용하고 보석이 붙은 반지를 끼고 있었다.

소환술을 사용하는 경우엔 불러내는 정령의 마음에 들도록 해야 함은 물론 정령에 대해 성실해야만 했다. 그리고 정령을 이용해 극단적으로 큰 이득을 얻는 것은 금기시되어 있었다. 그러므로 소환사에게는 이 금기를 지킬 만한 자제심이 있어야 했다. 정령은 강대한 힘을 갖고 있으므로 소환사는 주위에 미칠 영향을 잘 생각하고 소환술을 행사해야만 했다.

또한 소환사가 정령 사역을 허락받을 수 있었던 것은 그들을 숭배하는 마음이 있었기 때문이다. 그러므로 그들을 혹사시키는 일은 금물이었다. 정령은 우리들 세계보다 정령계에 있을 때 가장 안정된 상태로 있을 수 있다. 소환된 정령은 일을 한 번 행할 때마다 정령계로 돌아가게 해줘야 한다. 그렇지만 정

---

33) 경우에 따라서는 녹색도 좋아한다.

령의 입장에서 본다면 인간은 극히 작은 존재에 불과하다. 만일 기분을 해치는 상대가 있으면 그들은 주저 않고 그자를 짓밟아버릴 것이다.

물의 정령 소환

물의 정령 운디네를 소환한다. 큰비를 내리게 하거나, 바람의 정령을 함께 소환해 태풍을 일으키는 일도 가능하지만, 보통은 가뭄 때 귀한 비를 내리게 하거나 반대로 큰비를 제어해 피해가 나지 않도록 하는 데 사용되었다.

불의 정령 소환(살라만더)

불의 정령 살라만더를 소환한다. 그들은 성격이 거칠어서 제어하기가 극히 어렵다고 알려져 있다. 작게는 양초에 불을 붙이는 특기가 있었다. 성냥이나 라이터 없이 불을 일으키기 위해 고생하던 시대에는 중요한 사용 방법이었다. 또 활활 타는 불을 제어하여 불기운을 약해지게 하거나 부정한 악령을 태워버리는 일도 가능했다.

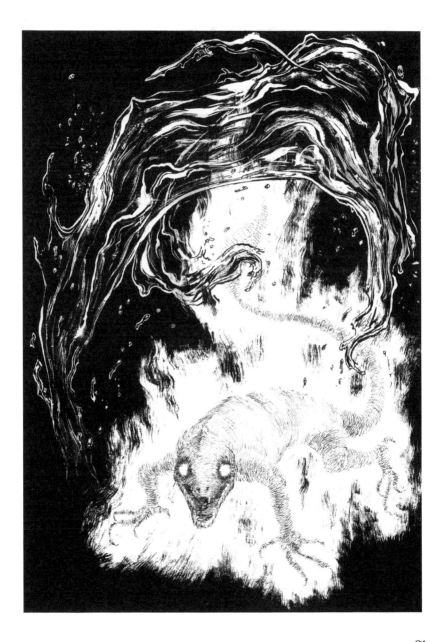

중세 유럽 마술의 공로자

카발리스트

QABBALIST

- 술자의 분류 : 카발리스트, 샤먼
- 행사하는 소환술 : 거룩한 에너지에 의한 정령 소환, 신이나 영과의 교신
- 피소환체 : 신의 힘, 예언자 엘리야
- 힘의 근원 : 신의 힘, 신의 말
- 대표적인 술자 : 모세 코도벨로, 모세 루샤트, 이삭 루리아, 피코 델라 미란돌라, 겔솜 G. 쇼렘, 맥그리거 메이저스

> 카발라는 유대교의 밀교로, 유대적 우주관을 생명의 나무라는 도식으로 표현했다. 그리고 연금술을 비롯한 대부분의 중세 유럽 마술의 원류가 되었다. 여기서는 유대 랍비가 사용하는 카발라가 아니라 중세에 널리 퍼진 크리스천 카발라를 중심으로 살펴보기로 하자.

신으로부터의 선물

유대의 신비주의자에 의하면 원래 카발라는 모세가 신에게서 받은 술법[34] 이었다고 한다. 모세는 그 내용을 「창세기」「출애굽기」「레위기」「민수기」「신명기」 등 구약성서에 썼다. 그 밖에 카발라에 관한 책으로 『세페르하 조하르(광휘의 서)』『세페르 예치라(창조의 서)』 구약성서 외전 등이 있다. 카발라는 성전에 의해 성립되었지만[35], 사실 '카발라' 라는 용어가 일반적으로 사용된 것은 11세기 이후의 일이다.

---

34) 모세는 시나이 산에 세 번 올라가 신의 예지를 구하고 카발라를 받았다고 한다.

35) 자세한 내용은 '랍비' 편 참조.

기독교와의 융합

유럽에 유입된 카발라는 르네상스 시대에 접어들면서 기독교와 융합되었다. 이탈리아의 피코 델라 미란돌라[36]는 카발라와 유럽적 '마술'의 결합을 이룬 인물로 알려져 있다. 16세기 이후, 카발라를 연구하는 사람들은 확실하게 두 파로 나뉘었다. 하나는 '해석학'으로서 카발라를 연구하는' 것으로, 진리에 접근하려는 자들이다. 그리고 또 하나는 특수한 명상을 통해 황홀 상태가 되어 신을 불러내고자 시험하는 자들이다.

아브라함 아브라피아[37]는 '성사문자(聖四文字)의 테무라에 의한 수법'으로 신을 불렀다고 전해진다. 그 밖의 다수의 카발리스트는 모세와 하임에 의해 발견된 '영적 교류법'을 통해 신과 접촉하는 데 성공했다.

현대의 카발라 연구

유대 사회에서 카발라는 현대에도 최고의 비술로서 인정받고 있다. 그러나 비유대인이 행했던 카발라 연구는 극히 일부를 제외[38]하고는 쇠퇴했다. 특히 19세기 이후 카발라는 비과학적인 것으로 간주되어 그 모든 비의에 대해 '이

---

36) 피코 델라 미란돌라(1463~1494) : Pico della Mirandola. 1463년 북이탈리아의 소도시 미란돌라에서 영주의 삼남으로 태어났다. 1477년 성직자가 되기 위해 볼로냐로 향했는데 아리스토텔레스학파와 접촉, 카발라에 빠져들었다. 31세에 사망했지만 이 시대에 커다란 공적을 남겼다. 여담이지만, 유부녀를 말로 채어갔다는 무용담도 남아 있다.

37) 아브라함 아브라피아 : 1240년 스페인의 사라고사 태생. 유대의 십지족(十支族)을 탐구하려고 팔레스타나에 들어갔으나 십자군과 회교도의 전쟁으로 되돌아온 후 이탈리아에서 10년간 체류한다. 여기서 카발라 사상을 연구하고, 31세 때 신의 계시를 받아 성사문자(聖四文字)의 정확한 발음을 발견했다.

38) 해석학으로서의 카발라적 수법은 그후에는 마술과 별도로 여겨졌다. 본래의 형태인 명상 카발라는 훨씬 후대에 부활했다.

상하고 어쩐지 수상쩍은 것'이라는 이미지가 정착되어버렸다. 이 상태는 20세기 초까지 계속되었다. 그리고 훗날 겔숌 G. 쇼렘에 의해 카발라가 다시 연구될 때까지 재평가되는 일은 없었다.

카발리스트의 소환술

카발리스트가 행사하는 술법은 정령을 소환해 자연계에 변화를 일으키는 자연 마술과 비슷하다. 그러나 자연 마술이 정령을 통해 자연계에 영향을 주는 것과 달리 카발라 마술은 신이라는 중개역을 소환한다. 카발리스트에 의하면 세계를 말로 창조한 것은 신이며, 그렇기 때문에 (열 가지 세피로트에 의해 소환되는) 신의 말은 자연을 자유자재로 조종할 수 있다는 것이다.

술자는 신의 힘을 끌어내기 위해 우선 '의식을 개발'할 필요가 있다. 의식 개발은 일상 생활 속에서 행동 패턴으로 실천해간다. 그 패턴은 다음 열세 종류가 있으며, 그것을 익힘으로써 열세 가지 거룩한 속성을 갖출 수 있다.

① 모욕에 직면할 때의 관용
② 악에 대한 인내
③ 덤벼드는 악을 없앨 정도의 용서
④ 이웃과의 완전한 동일화
⑤ 분노의 완전한 제거와 적절한 행동
⑥ 박해하는 자의 장점만을 생각해낼 정도의 자비
⑦ 복수심의 제거
⑧ 타인으로부터 가해진 고난을 잊고 선행을 생각하는 것
⑨ 고생하는 사람들을 심판하지 않고 동정하는 것
⑩ 완전한 정직함

⑪ 법률의 문자를 뛰어넘은 자비

⑫ 사악한 자를 심판하지 않고 인간적 성장에 손을 빌려주는 일

⑬ 모든 인류에 대해 언제나 어릴 적의 순수함을 상기하는 일

수행으로 열세 가지의 거룩한 속성을 익힌 자는 생명의 나무를 통해 신과 접촉할 기회를 얻는다. 실제로 마술을 행사하기 위해서는 단식과 기도, 목욕을 빠뜨릴 수 없다. 그리고 신의 이름이 분명하게 씌어진 법의를 착용하고, 주문(신의 이름)을 소리내어 말한다.

술자는 영혼의 상승에 의해 신에게 이르는 일곱 궁전으로 올라간다.[39] 즉, 일곱 세피로트를 차례로 방문해 영혼을 신성화시켜가는 것이다.

1. 제1의 궁전에서 하시드(헌신)가 된다.

2. 제2의 궁전에서 타호르(순결)가 된다.

3. 제3의 궁전에서 야샤르(진지함)가 된다.

4. 제4의 궁전에서는 신과 함께 있음을 느낀다.

5. 제5의 궁전에서는 신 앞에서 신성(神性)을 보인다.

6. 제6의 궁전에서는 수호천사의 공격을 받지 않도록 말로써 만물을 창조하신 신 앞에서 케두샤(성별, 聖別 : 신성한 일에 쓰기 위해 보통의 것과 구별하는 일을 일컫는 기독교 용어–옮긴이)를 말한다.

7. 제7의 궁전에서는 전신의 힘을 짜내 일어서고 사지를 떨며 기도한다.

8. 여기까지 이른 뒤에 현세로 귀환한 자는 신의 힘을 익힌다. 사물의 본질을 파악하고 자연을 직접 지배하는 능력을 얻는 것이다.

---

39) 이 궁전은 세피로트 가운데 세피라를 나타내는 것으로 보임.

예언자 엘리야의 소환

예언자 엘리야에 관한 기록 중에서 가장 유명한 것을 소개하겠다. 술자 이삭 루리아는 말라노[40]이며, 처음에는 자신이 소지하고 있는 사본의 가치조차 몰랐다. 그는 8년에 걸쳐 성전의 해독에 몰두했지만 성과를 올릴 수 없었다. 그러던 어느 날, 루리아는 하늘로부터 힘의 영감을 받았다. 이후 그는 암호 해독을 포기하고 수행의 나날을 보냈다. 그리고 2년 후, 명상 중에 비로소 예언자 엘리야를 환각 속으로 소환할 수 있었다.

루리아는 그 다음날부터 계속 엘리야의 환상을 볼 수 있게 되었다. 많은 천사들에게 둘러싸여 걸출한 현자들로부터 카발라의 비법을 배우는 데 성공했던 것이다. 그 결과, 그는 죽은 자의 혼과 대화하는 기술을 터득했다고 한다. 이삭 루리아가 예언자 엘리야로부터 배운 영과의 대화는 많은 카발리스트에게 전해져 카발라 연구자들의 공유 재산이 되었다.

---

40) 말라노 : 숨은 유대교도. 표면상으론 기독교의 세례를 받지만 비밀스럽게 유대교를 믿는 사람을 지칭한다.

신의 사자 엘리야

고명한 카발리스트는 모두 예언자 엘리야[41)와 영적 대화를 한다. 카발리스트가 접촉을 원하는 신은 열 가지 세피로트로부터 유출된다. 이 신을 확실히 붙잡기 위해서는 엘리야와의 접촉이 반드시 필요하다고 여겨졌다. 술자는 엘리야의 도움이 있어야 비로소 신으로부터 계시를 받거나 초능력을 행사할 수 있다고 한다.

---

41) 엘리야 : Elijah. 하늘의 학원 교사이며 신의 지령을 전하는 역할을 맡은, 소위 천사와 같은 존재. 신비적 의례에 관한 교사도 겸하며, 랍비 신학의 전통에서는 신학 문제의 궁극적인 해답을 부여하는하는 인물이라고 믿어졌다.

크리스천 로젠크로이츠

CHRISTIAN ROSENCREUZ

- ● 술자의 분류 : 카발리스트, 윌록, 프리스트
- ● 행사하는 소환술 : 4대 정령의 소환, 영혼 소환에 의한 죽은 자의 소생
- ● 피소환체 : 4대 정령, 죽은 자의 영혼
- ● 힘의 근원 : 신의 힘, 마법진
- ● 술자의 조건 : 뛰어난 재능

동방으로의 여행

크리스천 로젠크로이츠는 『M의 서(書)』라고 불리는 마도서를 입수하고 그 깊은 의미를 터득했다. 그리고 세 명의 동료와 함께 장미십자회를 결성했던 전설의 인물이다.

그의 저서 『고백』[42]에 따르면, 그는 1378년 독일에서 태어났다. 어릴 때 양친과 사별하고 16세까지 수도원에서 자랐다. 성장한 로젠크로이츠는 지식에 대한 욕구에 눈을 떠 동료와 함께 성지순례를 떠났다. 키프러스까지 왔을 때 동행자 중 한 사람이 죽었지만, 그는 그대로 다마스커스에 이르러 육로로 예루살렘을 향하기로 했다. 그러나 다마스커스에서 몸 상태가 나빠진 것을 계기로 아라비아인 현자들과 만나게 되었다. 원래 지식욕이 왕성했던 로젠크로이츠는 현자로부터 많은 지식을 배웠다.

---

42) 『고백』 : *Famd Fraternitais*. 1615년 출판. 장미십자 선언의 하나이며, 동시에 로젠크로이츠의 자서전이기도 하다. 『고백』이라고 생략되어 있지만, 정식으론 『우애단(友愛團)의 고백』 혹은 『유럽의 모든 학자 앞으로 씌어진, 장미십자의 가장 훌륭한 결사라 칭해질 만한 우애단의 고백』이다.

『M의 서』

아라비아어로 씌어져 있던 비의의 책 『M의 서』를 입수한 그는 이것을 라틴어로 번역하고, 고대의 다양한 영지를 터득했다. 그런 다음 그는 이집트를 경유하여 모로코의 도시 페즈에 들어가 마술사들로부터 비술을 이어받았다. 아랍이나 아프리카에서는 동료로서 비밀을 지키기만 하면 누구든 비술을 배울 수 있었다. 하지만 당시 유럽 마술사들은 동료는 물론 좀처럼 타인에게 비밀을 밝히지 않았다. 이런 점을 생각한다면 로젠크로이츠의 여행은 매우 뜻깊었던 셈이다. 페즈에서 2년간 수행한 후 그는 스페인으로 돌아갔다.

성령의 집(산크티 스피리투스)

로젠크로이츠는 아라비아에서 얻은 지식 공유 개념에 근거해, 처음에는 여러 사람들에게 마술을 전하려 했다. 그러나 이런 그의 행동은 유럽의 지식인들에게 박해를 받는 원인이 되었다. 당시 유럽에서는 비밀스런 지식은 일부 특권 계급에게만 독점되는 게 보통이었다. 그 덕분에 지식인은 존경과 명성을 누릴 수 있었던 것이다.

마술의 힘으로 사람들을 원조하는 것, 그것이 로젠크로이츠의 신념이었다. 그러나 지식을 전하는 것만으로도 박해를 받는 상황하에서는 제대로 활동할 수 없었다. 다른 사람의 도움과 권력자들의 박해를 피하기 위한 장소가 필요했다.

그는 일찍이 자신이 자랐던 수도원을 찾아가, 뜻을 같이하는 동료들을 얻는 데 성공했다. 그리고 그들에게 자신의 지식을 전수하고 사람들을 이끌며 도울 조직을 결성했다. 이것이 장미십자회의 시조다.

장미십자회는 '성령의 집' 으로 불리는 숨겨진 집을 거점으로 각지에서 활동하면서, 특히 중병을 앓고 있는 사람들 앞에 나타나 치료를 행했다.

　나중에 네 명의 동료가 더 모임으로써 총 여덟 명의 장미십자회원이 활동
하게 되었다.

장미십자회의 규약

　장미십자회원은 결속을 굳히고 일관된 이념을 지키기 위해 다음과 같은 규
약을 만들었다. 그리고 규약 선언 이후 로젠크로이츠 옆에 있는 두 명을 제외
한 나머지 회원은 각지에 흩어져 활동했다.

1. 우리들 중 누구라도 무료 치료 외의 일에 종사해선 안 된다.
2. 일정하게 정해진 의복을 착용해야 하는 것은 아니므로 체류하는 나라의
　 풍습에 따라 입는다.

3. 모두가 매년 C의 날[43])에는 성령의 집에 모여야 한다. 참석하지 못할 경우에는 그 이유를 명기해야 한다.

4. 각 동지는 죽음을 맞이할 때 뒤를 이을 수 있는 적당한 인물을 찾아야 한다.

5. C·R이라는 말은 우리들의 인이며 휘장이며 기호다.

6. 장미십자회는 1백 년간 비밀에 지켜질 것이다.

로젠크로이츠의 소환술

죽은 자의 소생

로젠크로이츠가 행했던 최고의 소환술은 자기 자신의 영혼 소환이다. 1484년, 그는 장미십자회원들의 활동이 안정되어 있는 것을 확인한 후 자리에 누웠다. 이때 그는 자신이 120년 후에 부활할 것을 선언했다.

그는 병이나 노쇠함으로 죽은 것이 아니었다. 로젠크로이츠가 살았던 사회는 그를 결코 받아들이지 않았다. 그래서 120년간 잠을 자고, 후세에 다시 부활하기로 했던 것이다. 성령의 집 지하 매장실에 누운 그는 육체를 그대로 보존하기 위해 온갖 술법을 썼다. 이때 그가 사용했던 것은 '엘릭서'라고 전해진다. 당시의 연금술사들이 연구를 멈추지 않았던 불사의 묘약, 즉 현자의 돌이다. 그는 이것을 생성하는 데 성공했던 것이다.

120년 후인 1604년, 로젠크로이츠는 보존되어 있던 육체에 자신의 혼을 되돌려 부활했다고 전해진다. 이 방법을 사용하면, 즉 엘릭서를 사용해 육체를 부활시키고 혼을 육체에 소환하면 죽은 자의 소생도 가능했다고 한다.

---

43) C의 날 : 로젠크로이츠의 퍼스트 네임인 '크리스천(Christian)'의 머리 글자 'C'에서 따온 것으로 생각된다. 구체적으로 며칠을 나타내는지는 확실치 않다.

4대 정령 소환

로젠크로이츠는 4대 정령의 소환술도 알고 있었다. 그가 행하고, 훗날 장미 십자회에 의해 계승된 이 마술은 월록이 하던 것과는 약간 달랐다. 월록이 불러내는 정령은 인간적인 요소가 부족한, 자연 속에 존재하는 에너지 그 자체였다. 그러나 로젠크로이츠가 소환한 정령은 보다 인간에 가까우며, 경우에 따라선 인간과 똑같은 외관을 하고 있었다고 한다.

이 마술을 행사하기 위해서는 먼저 인간의 시각 기관을 우주 의학을 통해 정화해야 한다. 구체적으로 말하면 고기, 담배, 술, 성교를 끊는 것이다. 또한 4대 원소의 힘을 불러내기 쉽도록 특수 프라스코(frasco)를 화학적으로 조합하고 그것을 1개월간 빛에 쪼인다. 이런 준비를 거쳐 정령이 소환된다. 소환 직전의 정령은 반투명의 어렴풋이 빛나는 기묘한 생물의 모습을 취하고 있다고 한다.

힘은 강대하지만 이 정령은 불사의 존재는 아니었다. 그렇지만 인간에 비하면 훨씬 장수했으며 매우 아름다웠다. 이미지로 봐서는 요정에 가깝다고 할 수 있다. 정령은 혼을 갖고 있지 않아서 만일 여성적인 정령과 인간 남자가 결혼하더라도 아이는 남자 쪽을 닮는다고 한다.

중국 · 인도 · 티베트

우주와 인간의 합일에서
탄생된 소환력

중국과 인도는 아시아 문명과 사상의 발상지다. 이 두 나라의 영향으로 동아시아로 부터 남아시아에 이르는 넓은 지역이 거의 같은 성격의 정신 문화를 가지게 되었다. 또한 티베트는 큰 나라는 아니지만 옛날부터 중국과 인도 양국과의 교류가 활발했기 때문에 마술적 사상이 특히 발달했다.

아시아의 사상은 세계의 본질을 실체로서 받아들이지 않는다. 만물은 떠돌아다니 며 실체가 없는 것으로 생각하는 것이다. 예를 들면, 중국의 도교는 물질도 영혼도 '기 (氣)'에 의해 만들어진 것이라고 하며, 인도를 대표하는 힌두교에서는 '세계는 신이 꾸는 꿈에 지나지 않는다'고 말한다.

또한 이 지역에서는 인간의 신체에 대한 사고방식도 독특하다. 인체에는 보이지 않 는 초기관(超器官)과 신비로운 에너지가 미리 갖춰져 있다고 생각하며, 어떻게 훈련 하느냐에 따라 신에 필적하는 능력을 이끌어낼 수 있다고 본다. 이 영적 에너지를 중 국에서는 '기', 인도에서는 '플라나', 티베트에서는 '룬(바람)'이라는 각각 다른 명칭 으로 표현한다. 술자는 이 영적 에너지를 사용해 소환술을 행하는 것이다.

동양 사상에 기초한 소환술은 많이 있지만, 술자들에게는 그 기술을 마스터하는 것 이 최종 목적은 아니다. 그들의 목적은 신에 이르는 것이며, 소환술은 수행의 일환 또 는 수행 달성도를 나타내는 척도에 지나지 않는다. 예컨대 중국의 도사(道士)는 불로 불사의 신선이 되는 것을 목표로 한다. 그 때문에 '기'를 닦고 많은 도술을 익히는 것 이다. 티베트의 라마승에게는 불교 사상에 있는 윤회 환생으로부터의 해탈이야말로 궁극적인 목적이다. 그들은 생물의 생사에 관한 연구에 몰두한 결과 '룬(바람)'에 의 해 술법을 행사할 수가 있었다. 인도에서 탄생된 요가의 최대 목적은 망아(忘我)의 경 지에 이르러 자신이 신과 일체화하는 것이다. 사두나 요기는 수행을 쌓으면 술법 사 용이 가능해진다. 이것은 우주의 힘이나 신을 컨트롤하는 소환술의 실천이라 할 수

있다.

　또한 동양의 소환술은 자연 정령이나 마물과의 접촉도 행한다. 이것은 토속적인 샤머니즘과 깊은 관계를 갖고 있는 듯하다. 예컨대 요가의 심적 고양 수단인 '타파스'는 샤머니즘의 실천에서 발전한 것으로 볼 수 있다.

　서양의 일반적인 소환술에서는 술자의 객관적 지식이 요구되며 소질은 별 문제가 되지 않는다. 그러나 동양의 소환술에서 가장 중요한 것은 서양과 반대로 본인의 능력과 자질이다. 이것은 커다란 차이점이며, 지역에 따라 다른 사고방식이 확실히 반영되었다고 할 수 있다. 서양 사상이 '도구를 사용하는 기술'이라고 한다면, 동양 사상은 '인간의 능력을 극대화하기 위해 발달된 기술'이다. 그리고 이러한 동양 과학 속에서 소환술이 태어났다.

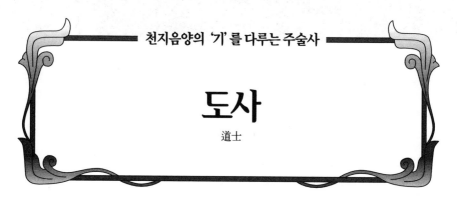

천지음양의 '기'를 다루는 주술사

도사

道士

- ● 술자의 분류 : 소서러
- ● 행사하는 소환술 : 양신(陽神), 뇌법(雷法), 소귀법(召鬼法), 종이 인형의 실체화 등
- ● 피소환체 : 양신, 귀(鬼), 뇌신(雷神)의 힘, 전지성병
- ● 힘의 근원 : '기' (자연의 기, 술자 본인의 기, 부적에 담겨진 기 등)
- ● 술자의 조건 : '기' 를 자유롭게 구사할 수 있을 것
- ● 유명한 술자 : 장각(張角〈태평도〉), 장릉(張陵〈오두미도〉)

> 중국에서는 현세의 행복이야말로 인생의 목적이라고 여기는 경향이 강
> 하며, 이 행복을 실현하는 수단으로 방술(方術)이 발달했다. 도사는 선
> 인(仙人)을 목표로 삼는 수행자임과 동시에, 방술을 비롯한 여러 주술을
> 행하는 주술자였다. 도사는 다방면으로 술법을 사용했는데, 그 중에는
> 사람이 아닌 것을 불러내는 소환술도 있었다.

도교란 무엇인가

광대한 대지와 긴 역사를 가진 중국. 그 중국이 낳은 종교가 도교다. 중국의
민간 신앙에 '노장(老莊) 사상' 과 주역, 음양오행설[44]이 받아들여져 자연 발
생적으로 완성된 종교가 도교인 것이다. 불교나 기독교처럼 어떤 특정 인물
에 의해 창시된 것이 아니기 때문에 종교로서는 잡다하며 통일성이 없다는
특징을 갖고 있다.

---

44) 음양오행설 : 陰陽五行說. 고대 중국의 우주 생성 이론에서 모든 사상과 물질은 음양의 2
원소로 나뉘며, 만물의 생성 소멸은 다섯 가지 상태를 거쳐 순환한다는 설. 주역은 음양오행
설의 사상에서 생긴 점의 일종.

도교를 숭배하는 자의 목표는 '타오(道)'와의 합일을 지향하고, 불로불사의 신선이 되는 것이다. 물론 신선이 되는 일은 매우 어렵기 마련이다. 그리고 신선이 될 수는 없다 해도 현세에서 행복하게 살아가고 싶은 사람들의 염원 때문에 도교에서는 다양한 방술이 만들어졌다.

방술이란

도교에서 가장 잘 알려져 있는 주술은 '부(符)'라고 불리는 부적을 사용하는 것이다. 홍콩 영화에서 강시를 부로써 조종하는 도사의 모습은 잘 알려져 있다.

부에는 이상한 문자와 무늬가 그려져 있는데, 이런 것을 통해 신의 힘이나 요괴를 제압하는 힘을 이끌어낼 수 있다. 이런 의미에서 도교에서 가장 잘 사용되는 소환술은 부적이라고 할 수 있을지도 모른다. 또한 신의 이름을 외거나 씀으로써 가호를 얻는 방법은 다른 종교와 마찬가지로 도교에서도 자주 사용된다.

중국의 문자는 한자인데, 이 한자 자체에 주력이 있다고 믿어져 왔다. 예를 들면 한자 사문자(四文字)의 길상구(吉祥句)에 '급급여율령(急急如律令)'이라는 말을 붙여 주문으로 쓰는 방법이 있는데, 이는 부적에 쓰이는 문자로 이용된다.

노장 사상

도교에는 분명한 시조가 없지만, 시조로 간주되는 인물이 존재한다. 그가 바로 거의 전설적 인물로 알려진 노자(老子)다. 『사기(史記)』[45]에 의하면 이이

---

45) 『사기』: 史記. 모두 130권으로 된 중국 최초의 역사서. 전한(前漢)의 사마천이 저술했다.

(李耳)라는 이름을 가졌던 그는 유교의 시조인 공자와 같은 시대의 인물이었다. 노자는 주(周) 나라의 관리였는데, 혼잡한 정치 상황이 싫어 도망을 쳤다. 그리고 소를 타고 서쪽으로 여행하는 도중, 관문소 관리의 청에 응해 가르침을 기록했던 것이 『노자도덕경(老子道德經)』(일반적으로는 『노자』라고 불린다)이었다. 이 책은 무위자연에 대해 말한 것으로, 훗날 도교의 가장 중요한 경전이 되었다.

노자의 사상을 받아들여 '도' 사상을 주창한 것은 '장자(莊子)'였다. 장자는 '도'에 따라 살아감으로써 인간을 초월한 '진인(眞人)'이 될 수 있다고 생각했다. 이 두 사람의 생각은 노장 사상 혹은 도가(道家) 사상이라 불리며, 도교의 근본적인 철학이 되었다. 동시에 유교와 함께 중국의 기본적인 사상으로 자리매김했다.

서양에도 영향을 끼친 '도' 사상

도교에서 말하는 '도'란 우주의 모든 것을 성립시키고 있는 근본 존재다. 그 의미로 보면 기독교에서 말하는 신에 가까운 것일지도 모른다. 그러나 '도'는 신보다 더 막연해서 '붙잡을 수 없는 커다란 것'으로 표현되기도 한다. '도'에서 음양의 기가 생기며, 이것이 우주의 모든 것을 만들어낸다. 서양의 신비학에서는 영혼이란 영원불멸의 진실이며 물질과 대립하는 것으로 파악한다. 그러나 도교에서는 영도 물질도 도에서 생긴 기에 의해 만들어진 것이라고 생각한다. 이런 생각은 서양의 철학자나 신비학자의 관심을 불러 '타오이즘(Taoism)'이라는 이름으로 불리게 되었다.

도교의 교단

도교는 처음부터 종교라든가 교단이라는 형태로 태어난 것이 아니었다. 불교가 중국에 전해진 후에 그 영향으로 도교를 신봉하는 집단이 중국 각지에서 형성되었던 것이다. 방술이 개발된 것도 이 무렵일 것으로 추정되고 있다. 유명한 도교계 교단의 하나가 후한 말, 하북·산동 지방에서 '장각(張角)'이 주창한 '태평도(太平道)'다. 그들은 부적을 넣은 물을 마시게 해 사람들의 병을 고쳤고, 이런 과정을 통해 농민들 사이에 널리 보급되었다.

힘이 커진 장각은 신도를 조직해 후한 왕조에 반란을 일으켰다. 당시 신도의 표시로 머리에 황색 수건을 둘렀기 때문에 이 반란은 '황건적의 난'이라 부르기도 했다. 반란은 진압되었지만, 이는 곧 후한이 망하는 계기가 되어 중국은 삼국지로 알려진 전란의 시대로 접어들게 되었다.

삼국 시대, 촉 지방에서 '장릉(張陵)'이라는 도사가 '오두미도(五斗米道)'라는 교단을 창시했다. 오두미도는 '사람의 병은 사람이 범한 죄에 의한 것으로, 참회와 부적의 힘으로 치유된다'고 주장했다. 병을 치유한 사례로 다섯 두의 쌀을 요구했으므로 오두미도라는 이름이 붙었다. 오두미도는 천사도(天師道)라고도 불리며 한때는 상당한 세력을 자랑했지만, 결국 조조에게 굴복했다. 장각도 장릉도 뛰어난 술자로 알려져 있다. 그들은 전쟁터에서 방술을 전술로 이용했다고 전해진다. 요술을 부려 적군으로 하여금 길을 헤매게 만들거나 괴물을 소환했다고도 한다.

도교의 영고성쇠

동진(東晉) 시대에는 갈홍(葛洪)이 『포박자(抱朴子)』를 저술했다. 이 책은 윤리적인 「외편(外篇)」과 신선이 되기 위한 방법을 기록한 「내편(內篇)」으로 나뉘어 있다. 『포박자』에는 올바른 방법을 이용하면 누구든 신선이 될 수 있다고 씌어 있다. 이 책은 도교에서도 중요한 경전이 되었다. 이후, 도교 혹은 신선 사상은 중국 전역으로 퍼졌으며 각지에 고명한 술자가 출현했다.

당(唐)나라 때 마침내 도교는 국교가 되었다. 당 왕조의 시조가 노자라는 전승이 있었기 때문이었다. 그러나 때로는 국가로부터 탄압을 받는 일도 있었다. 이처럼 도교는 흥망성쇠를 되풀이하면서 민중 사이에 뿌리를 내려갔다. 원(元)대가 되자 불교·유교·도교를 합일한 '전진교(全眞敎)'가 출현해 원의 국교가 되었다. 전진교는 북경의 백운관을 총본산으로 하며, 지금도 계속 이어지고 있다.

현대의 중국 본토에서는 공산당의 지배하에 모든 종교 활동이 크게 제한을 받고 있다. 도교도 예외는 아니어서 크게 타격을 받고 근근히 존속을 허가받고 있을 뿐이다. 대신 도교는 대만에서 크게 번성했다. 대만에는 오두미도의 전통을 계승하는 도교가 전해졌으며, 대만의 도관[46]에서는 지금도 많은 사람들이 열심히 참배하는 모습을 볼 수 있다. 또한 중국 화교가 많은 동남 아시아에도 도교가 퍼져 있는 듯하다.

모든 것은 기에서

도사의 목적은 도와 합일하고, 불로불사의 신선이 되는 것이다. 그 때문에 자신의 내부의 기를 단련하는 '내단법(內丹法)'과 '외단법(外丹法)' 등의 방법이 있다. 외단법은 '금단(金丹)'이라는, 신선이 되기 위한 약의 재료를 모아 조합하고, 그것을 마시는 것으로 마술적인 기술은 아니다. 여기에서는 자신의 기를 단련하는 내단법을 중심으로 살펴보도록 하자.

기

도교에서는 우주의 모든 것이 기에서 이뤄진다고 생각한다. 과학적으로 이야기하면, 기는 근원적인 에너지 혹은 물질을 형성하는 원자에 해당된다. 즉, 기가 강하게 응축하면 물질이 되고 그렇지 않은 것은 영적 에너지가 되는 것이다. 우주의 모든 것이 기로 성립된다고 가정하면 다양한 술법을 사용할 수 있게 된다. 그리고 다음과 같은 조정법으로 체내의 기를 자유롭게 다룰 수 있게 되면 불로불사도 어려운 일은 아니다.

- 좌망(坐忘) : 명상법. 자신을 무(無)로 하여 '도' 와의 합일을 지향한다.
- 도인법(導引法) : 체조. 몸을 움직여 기의 상태를 조절한다.
- 태식(胎息) : 호흡법. 자신의 생기(生氣)를 밖으로 놓치지 않도록 한다.
- 방중술(房中術) : 섹스 때 자신의 기를 새지 않게 하고, 반대로 상대에게서 기를 취한다.

주천법과 양신

주천법(周天法)은 체내의 기를 단련해 단(丹)을 만드는 수행법이다. 명상 중 몸의 하복부에 있는 에너지 '단' 을 몸의 상부로 끌어올렸다가 하복부에 되돌리고 다시 끌어올린다. 이것을 되풀이하기 위해 '주(周)' 라는 문자를 사용한다. 주천을 행한 결과, 실제의 육체보다 훨씬 뛰어난 능력을 갖는 '제2의 육체' 가 체내에 형성된다.

충분히 단련된 단은 태아상(胎兒狀)이 되어 술자의 체내에 머문다. 이것은 '도태(道胎)' 라고 하며, 순결한 '양기(陽氣)' 만으로 만들어진 신비한 육체의 태아다. 최후로 이 태아를 머리까지 끌어올려 외부로 내보낸다. 수행자의 머리 위에 기를 다듬어 만든 갓난아기가 출현하는 것이다. 이것이 '양신(陽神)' 이다. 양신은 술자의 분신이며, 작지만 술자로부터 떨어져 걸을 수 있다. 이 양신을 몇 년인가 키우면 마침내 신선이 된다고 한다. 이 시점에서 술자는 육체를 버리고 정신을 양신에게 옮긴다.[47)]

---

46) 도관 : 道觀. 도교 사원을 말함. 줄여서 관(觀)이라고도 한다.

47) 이것을 '선거(仙居)' 라고 한다.

종이 당나귀를 사역한 신선

중국에는 일본의 칠복신(七福神) 같은 경사스러운 존재인 팔선인(八仙人)이라는 것이 있는데, 이 여덟 선인 중에 장과로(張果老)라는 선인이 있다. 장과로는 흰 당나귀를 타고 하루에 수만 리나 이동했다고 전해진다. 이 당나귀는 필요없을 때는 접어서 가지고 다녔다. 이것은 종이 당나귀에 기를 불어넣음으로써 실체화시켜 사역한 술법이었을 것이다. 장과로는 종이 당나귀에게 물을 내뿜어 실체화했는데, 하루에 수만 리나 이동할 수 있었다는 것은 신선이 아니고는 할 수 없는 방술이었음을 말해준다.

소환술의 종류

모든 것은 기로부터 만들어졌고, 신이나 귀 같은 초자연적 존재도 예외는 아니다. 기를 다루는 데 뛰어난 도사는 부적이나 주문 등을 사용해 이들의 존재를 소환하고, 그 힘을 사용할 수 있었다. 여기서는 도사의 소환술과 마술에 가까운 독특한 기술을 소개하도록 하겠다.

뇌법과 오뇌법

우레는 강한 파워를 가진 자연 현상이지만, 도사는 이를 자유롭게 조종할 수 있었다. 좀더 정확히 말하면 뇌신(雷神)을 소환하고 그 힘을 이용하는 방법을 썼는데, 이를 뇌법(雷法)이라 한다. 도사는 우레의 거대한 파워를 자진해서 몸에 받아들여 악령을 격퇴하기 위한 힘으로 삼았다. 그들은 의식을 행하고 우레의 위력을 몸에 받아들였다고 한다. 또 뇌제(雷帝)의 부하인 뇌공(雷公)이나 풍사(風師) 등에게 기원해 기상을 컨트롤하는 오뇌법(五雷法)이라는 술법도 있다.

옛부터 사람들은 우레에 대해 큰 두려움을 갖는 동시에 신으로 숭배하기도 했다. 그리스 신화의 최고신 제우스가 뇌신이었다는 것은 잘 알려져 있다. 중국에서도 우레는 뇌신으로 신격화되었다. 그리고 그 정점에 선 자가 바로 뇌제였다. 정식 이름은 구천응원뇌성보화천존(九天應元雷聲普化天尊)이라고 하며, 도교의 천계에서는 가장 상위인 삼청경(三淸境)에 살고 있다. 모든 영들의 스승이며, 사람들의 행복과 불행을 결정하고, 지옥에 떨어진 자를 구할 수도 있는 신이었다.

반면 악을 행하는 자에게는 가차없이 신벌(神罰)을 내리고 부하인 뇌신에게 명해 우레로 죽여버리는 엄한 신이기도 했다. 이런 점에서 뇌신을 소환할 수 있는 자는 선인(善人)뿐이었다[48]. 그것도 악인이나 악귀의 습격을 받았을 때, 또는 갑작스런 재난에서 달아나려 할 때만 사용할 수 있었다. 뇌법에서 제일 간단한 방법은 '구천응원뇌성보화천존'과 뇌제의 이름을 외움으로써 뇌제의 위력을 빌리는 것이다.

『이견지(夷堅志)』라는 책에, 오(吳)의 주거(周擧)라는 남자가 도사로부터 뇌

---

48) 선인이라 해도 악행의 결과로서 받는 재난은 피할 수 없다.

법을 배워 목숨을 지킨 이야기가 나온다. 주거는 마을에서 돌아오는 도중에 도사를 만나 "도적을 만나 목숨을 잃는다"는 예언을 듣는다.

놀란 주거에게 도사는 '구천응원뇌성보화천존'의 이름을 외면 살아날 것이라고 알려준다. 예언대로 그는 도적에게 습격을 당한다. 그러나 그가 열심히 뇌제의 이름을 외자 갑자기 뇌성이 울렸다. 결국 놀란 도적이 달아남으로써 그는 살 수 있었다.

소귀법

전통적으로 중국인들은, 인간은 두 종류의 혼을 가지고 있다고 생각했다. 바로 양기로 된 혼(魂)과 음기로 된 백(魄)이다. 인간이 죽으면 혼은 하늘에 올라가 신이 되지만, 백은 지상에 머물며 귀가 된다. 특히 한을 품고 죽은 사람의 백은 귀로서 지상에 여러 가지 재난을 가져온다고 생각했다. 자연계의 요정 같은 존재인 백매(百魅)도 귀의 동료로 알려져 있다. 즉, 귀란 음기가 굳어져 생긴 실체가 없는 유령이나 요괴 같은 것이다. 그러나 귀는 초자연적인 힘을 갖고 있다. 도사 중에는 귀를 소환해 그 힘을 이용하고자 한 자도 있었다. 이런 생각으로 인해 탄생된 술법이 소귀법(召鬼法)이다.

귀는 음기가 굳어져 생긴 존재이기 때문에 주로 밤에 행동한다. 그래서 소귀법을 행하는 술자는 밤에 의식을 행함으로써 귀를 불러낸다. 그러고는 부적을 사용해 귀에게 사역술을 건다. 이 술에 성공해야 비로소 도사는 귀를 조종할 수 있게 된다. 불러낸 귀의 종류에 따라 사용하는 부적이 다르기 때문에, 술자에겐 귀의 정체를 간파하는 힘이 있어야 한다. 정체를 알았다면 부적과 검을 사용해 귀를 쓰러뜨린다. 특히 소귀법에서는 부적의 사용 방법이 중요하다고 도교의 경전에 기록되어 있다.

완전히 제압된 귀는 술자에게 충실하며 어떤 명령에도 따른다. 하지만 귀를

제압하는 부적을 잃어버리면 명령을 듣지 않으며, 오히려 술자를 죽여버리는 일도 있다. 소귀법은 귀의 힘을 손에 넣을 수 있는 반면, 자신의 목숨까지 잃기 쉬운 위험한 소환술이다.

전지성병법(剪紙成兵法)

종이를 잘라 인형을 만들고 그것을 실체화시키는 술법이다. 술자가 종이 인형에 기를 불어넣어 실체화하는 것이 보통이지만, 경우에 따라서는 인간의 살아 있는 혼을 사용해 더욱 강력한 귀를 만들어내는 일도 있다. 그 방법은 다

음과 같이 전해진다. 먼저 우보[49]를 행한 후, 물을 입에 머금고 종이에 내뿜어 종이 인형을 실체화시킨다. 종이로 되돌릴 때도 같은 순서로 행한다. 인형은 병사의 모습을 본떠 만든 경우가 많은데, 이것을 적에게 보내 싸우게 했다고 한다.

---

49) 우보 : 禹步. 중국 고대 하(夏) 왕조의 초대왕이었던 우(禹)가 고안해낸 것으로 알려진 마귀를 쫓는 보행법. 북두칠성을 본뜬 것이라고도 전해진다. 여행에 나실 때 우보를 행하면 아무런 재앙을 입지 않으며, 술법을 행하기 전에 이를 시행하면 술법의 효과를 높일 수 있다고 한다.

검은 소환술을 다루는 암살자

무사

巫士

- 술자의 분류 : 소서러
- 행사하는 소환술 : 무술(巫術), 무고(巫蠱)
- 피소환체 : 특별한 능력을 가진 작은 동물
- 힘의 근원 : 기(자연의 기, 술자 본인의 기, 부적에 담겨진 기 등)
- 술자의 조건 : 기를 자유롭게 구사할 수 있을 것

> 무사는 도사의 일종으로, 방술 외에 무술(巫術)을 행사할 수 있었다. 그
> 들 중에는 자신의 이해득실을 위해 수단 방법을 가리지 않는 자나, 의뢰
> 를 받아 누군가를 암살하는 술자도 있었던 듯하다. 이런 무사는 무고라
> 는 무서운 술법을 자주 사용했다.

무고

무고(巫蠱)의 고(蠱)는 '피 위에 벌레가 올랐다'는 문자로, 그대로 해석하면
벌레를 부리는 술법이다. 그러나 이 술법을 이용하면 벌레 외에 뱀, 개구리,
새, 개, 고양이를 조종할 수도 있다. 도사의 소귀법과 비슷하지만, 귀가 아니라
작은 동물을 사역하는 점이 다르다. 술자는 이들 동물을 사역해 재산을 얻거
나, 증오하는 상대에게 해를 끼칠 수 있었다.

무고에서는 아주 평범한 생물을 피소환체로 이용하지는 않았다. 특정한 생
물에게 주력을 부여하거나, 혹은 동물의 영을 불러내 사역했다. 물론 이는 도
교의 정통적인 술법이 아니라 서양에서 말하는 흑마술적 측면이 강하다고 볼
수 있다.

고독

무고 중에서도 가공할 만한 주살법이 고독(蠱毒)이다. 우선 지네, 도마뱀, 개구리, 뱀, 전갈 등 독을 가진 다섯 종류의 동물을 모은다. 그리고 이것들을 하나의 병에 넣어 밀봉한 다음 흙에 묻어둔다. 며칠 후에 병을 열면, 자기네끼리 서로 잡아먹고 한 마리만 살아남아 있다. 살아남은 한 마리는 독충 중에서도 최강의 고(蠱)이며, 이것을 저주의 매개로 삼는 것이다.

살아남은 고를 병에 넣은 채로 저주하는 상대의 집에 묻거나, 이것을 죽여서 탄생시킨 악령을 상대에게 홀리게 한다. 그 강력한 주력에 의해 상대는 얼마 지나지 않아 죽고 만다. 만일 자신이 고독의 저주에 걸린 것을 알아챈 경우에는 고의 종류를 간파해 저주를 풀기 위한 특정한 주술 의식을 행하거나, 또다른 고를 사용해 대항할 수밖에 없다. 그리고 고독에 의한 주살에 실패한 경우에는 이것을 시행했던 술자에게 저주가 되돌아온다고 한다.

묘귀

무고는 옛날부터 사람들의 혐오를 받았기에, 대개의 경우에는 사람들 모르게 행해졌다. 그러나 때로는 중국의 정식 역사서에 등장한 경우도 있다. 수(隋)의 역사를 기록한 『수서(隋書)』에는 고조 문제의 시대(589~604년)에 궁중에 '묘귀(猫鬼)'가 들어왔던 사건이 기술되어 있다.

어느 날 황후가 병이 나자, 그것을 진단한 의사는 "이는 묘귀가 일으킨 병"이라고 왕에게 고했다. 묘귀는 사역된 고양이의 영이며, 술자의 명령에 따라 타인을 해치고 그 재산을 뺏는다. 그런데 쓰러진 황후의 이복 동생인 독고타(獨孤陀)에게는 예전부터 묘귀를 사역한다는 소문이 돌고 있었다. 이 때문에 그는 곧바로 잡혀가 심문을 받게 되었다. 독고타는 혐의를 부인했지만, 자세히 조사하자 그의 집에서 일하는 아니(阿尼)라는 하녀가 묘귀의 술자라는 것

인간을 사역하는 가금천

소환사가 불러낸 것은 아니지만 인간에게 빙의하는 기괴한 고(蠱)의 기록이 있다. 여기서 소개하는 '가금천(嫁金蚕)'은 '금천(金蚕)'이라고도 하며, 촉 지방을 중심으로 중국 남부에서 많이 출현했다. 가금천은 돌 속에서 출현하며, 그 모습은 풍뎅이의 유충과 비슷하다. 불로 태워도 물로 익사시켜도, 또 칼 같은 것으로 베어도 죽지 않는 요괴 종류에 속한다.

이 고는 금품(金品)에 숨어 욕심 많은 인간이 줍기를 기다린다고 한다. 인간이 금에 손을 내미는 동시에 그 인간에게 달라붙는다. 그런데 한번 덫에 걸린 사람은 가금천에게서 결코 벗어날 수가 없다. 가금천은 목화를 좋아한다. 그래서 홀린 사람이 목화를 주고 소중히 키우면 어딘가에서 재산을 가져오기 때문에 매우 유복해진다.

그러나 가금천이 가져오는 금품은 이 요괴가 요력으로 타인을 해치고 뺏은 것이다. 즉, 가금천을 키우는 주인이 유복해지면 유복해질수록 많은 사람들이 죽게 되는 것이다. 만일 가금천을 안 키우려고 하면 홀린 인간은 물려 죽고 만다. 그래도 어떻게든 가금천과 떨어지고 싶다면, 처음에 놓여 있던 금품의 두 배에 해당하는 금품을 가금천과 함께 길가에 갖다놓는 방법이 있다. 그러면 고는 길가의 금품으로 이동해 새롭게 기생할 인간을 노리게 된다. 이처럼 지참금을 갖고 시집가는 신부 같다는 점에서 가금천이라는 이름이 붙여졌다.

이 밝혀졌다.

아니가 자백한 바에 의하면, 그녀에게 독고타는 "황후에겐 재물이 많이 있으니 묘귀를 이용해 내게 가져오라"고 명했다는 것이다. 주인의 명령에 거역할 수 없었던 아니는 묘귀를 소환했다. 그런데 그 묘귀가 궁중 안으로 들어간 채 나오지 않았던 것이다. 그 때문에 황후는 묘귀에게 홀려 병이 났다.

이윽고 황제의 명령을 받고 아니는 묘귀를 소환했다. 그녀가 주문을 외자 묘귀가 되돌아오고 황후의 병이 나았다. 그러나 누구에게도 묘귀의 모습은 보이지 않았다. 그런데 그 뒤 갑자기 아니가 새파랗게 되더니 비틀거리며 궁 밖으로 나가버렸다. 독고타가 술수를 벌인 것이다.

이 사건에 분노한 황제는 독고타를 당장 사형에 처하려 했다. 그러나 황후가 필사적으로 탄원한 덕분에 목숨을 건진 독고타는 신분을 박탈당하고 추방당했다. 그 뒤로 황제는 무고를 행하는 자를 모두 추방했다고 『수서』에서는 전한다.

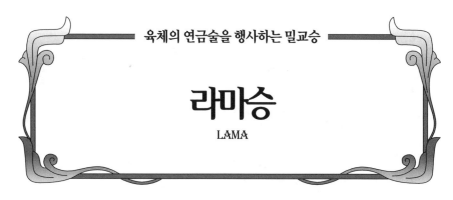

육체의 연금술을 행사하는 밀교승

라마승
LAMA

- ● 술자의 분류　　：프리스트
- ● 행사하는 소환술：타르파 술법, 강령술, 전생 등
- ● 피소환체　　　：환신(幻身), 사령
- ● 힘의 근원　　　：인간 신체의 룬(바람)
- ● 술자의 조건　　：수행을 쌓고 기맥(氣脈)을 개발한 자일 것
- ● 대표적인 술자　：파드마삼바바, 밀라레파, 총카파, 달라이 라마

> 티베트에 전해지는 라마교는 인도 불교와 토착 종교가 결합해 생긴 것
> 이다. 또한 성립 후에도 몇 개의 종교가 섞여 현재와 같은 형태가 되었
> 다. 라마승은 영혼의 불멸을 믿으며, 생사와 관련된 소환술을 몇 종류나
> 행사할 수 있는 것으로 알려져 있다.

환생과 활불

라마교에서는 육체가 없어져도 혼은 영원히 존속한다고 믿었다. 이른바 윤
회 환생 사상은 라마교만이 아니라 옛날부터 다른 곳에서도 존재해왔다. 그
러나 라마교에서는 이 분야의 연구가 타의 추종을 불허할 만큼 진전되어 있
으며, 교전에도 이에 관한 상세한 과정[50]이 해설되어 있다.

티베트에서는 죽음으로부터 환생해 다음 생을 획득할 때까지의 '중간적

---

50) 육체가 죽음을 맞이한 후에 일어나는 현상에 대해 라마교는 그 몇 가지 단계를 상세하게
해설하고 있다. 죽은 자에게는 몇 번인가 해탈의 기회가 있으며, 그것을 의식하지 못한 자가
마지막으로 환생에 이른다고 한다. 죽은 자가 보았다는 광경은 현대의 임사(臨死) 체험에 관
한 연구와도 일치해 매우 주목받고 있다.

생', 즉 영혼을 '중유'[51]라고 부른다. 중유는 다음에 환생할 때 환생 후의 세계에서 적당한 형태로 변화한다. 예를 들면, 인간이 동물로 환생하는 경우에는 중유가 동물의 모습이 되는 것이다.

다음에 무엇으로 환생할 것인가는 전생의 업(業)에 따라 결정되며, 통상적인 방법으로는 업에서 벗어날 수 없다. 다만 깨달음을 얻는 자는 이 윤회 환생의 바퀴에서 벗어나 영원히 깨끗한 혼을 얻는다. 즉, 즉신성불에 이르는 것이 가능하다. 이 존재를 '활불(活佛)'이라고 부른다.

라마승은 활불이 되기 위해 정신과 육체를 바르게 이해하고 엄격한 수행을 거듭해야 한다. 그들이 사용하는 술법은 이런 수행 속에서 고안된 것이었다. 활불은 중생을 구한다는 목적을 위해 인간계에 환생할 수 있다. 법왕 달라이 라마가 그 중에서도 가장 유명한데, 그는 인간계에 환생할 때 반드시 전생의

---

51) 중유 : 中有. 불교에서는 '의성신(意成身)'이라고 한다.

기억을 이어받는다. 달라이 라마는 현재 14대째인데, 그 뿌리를 더듬어가면 라마교의 고승 총카파[52]의 뛰어난 제자에게 이르고, 최종적으로는 관세음보살에 다다른다고 한다. 즉, 달라이 라마는 관세음보살의 화신인 것이다.

티베트의 밀교 세계

라마교는 인도 후기 대승불교를 이어받고 '본교' 라는 티베트의 민족 종교와 혼합해 독특한 발전을 이룩했다. 라마교의 마술적·신비적인 요소는 본교의 영향을 받은 것이다. 또한 '탄트라교' 도 라마교에 상당한 영향을 주었다.

본교

본교의 기원은 정령 신앙이며, 일곱 주신(主神)[53]을 중심으로 모든 것에 머무는 신들과의 교신을 목적으로 한 종교다. 본교에는 이런 자연신의 힘을 빌린 수많은 술법이 존재했다. 전염병을 유행시키거나 사체에 생명력을 불어넣어 소생시키는 등 상당히 강력한 술법도 있었던 듯하다.

본교의 교도들은 당초 라마교와 격렬히 맞섰다. 그러나 토속 신앙에서 발전한 이 종교는 체계적인 교의를 갖고 있지 않았기 때문에 논쟁에서는 열세를 면치 못했다. 그후 대항책으로 정리된 교의가 라마교와 유사한 것이 됨으로써 양자는 싸울 이유가 없어졌다. 결국 본교는 라마교의 이론을 본보기로 삼았고, 라마교는 본교의 마술을 받아들이게 되었다.

---

52) 총카파(1357~1419) : Tsong-kha-pa. 티베트의 고승. 본명은 로산 타크파이며, 총카파라는 이름은 출신지에서 유래되었다. 현교(顯敎)와 밀교를 정리하고 엄격한 계율을 만들어 라마교의 발전에 기여했다.

53) 일곱 주신(主神) : 천신(天神), 지상신(地上神), 지하신(地下神), 조신(竈神), 가신(家神), 양신(陽神), 전신(戰神). 각각 자연, 주거, 인체 어딘가에 존재한다고 한다.

탄트라교

인도에서 폭넓은 신도를 가진 탄트라교는 마음과 신체의 상관 관계를 설명한다. 인간의 성욕을 신에게 접근하기 위한 에너지원으로 생각한다는 점이 그 특징이다. 이 자유분방한 종교는 티베트에 들어오자 전역으로 퍼져나갔다.

라마교는 티베트의 국교라고도 할 수 있을 만한 종교였지만, 엄격한 수행을 본분으로 했기 때문에 민중들은 그다지 좋아하지 않았다. 그 대신 탄트라교가 폭을 넓히게 되었다. 게다가 라마교 내부에도 탄트라교의 이념이 파고들어 신도들까지 혼란스러워했다. 이렇게 되자 라마교로서도 탄트라교를 받아들이지 않을 수 없게 되었다. 이후, 15세기에 총카파가 종교 개혁을 행하고 교의의 정리가 이루어졌다. 그 결과 탄트라교는 라마교에서 최상위를 차지하게 되었다.

라마교의 불교 의학

라마교에 전해지는 마술 가운데 몇 가지 강력한 것이 있는데, 그 파워는 인간의 신체에서 끌어낸다고 한다. 승려들은 궁극의 목적인 '혼의 해탈' 을 위해 '불교 의학' 이라고도 할 수 있는 독특한 이론을 발전시켰다.

라마교의 기본 개념은 '삼체액설(三體液説)' 로 불린다. 인간의 신체가 '룬[風]' '치바[膽汁]' '베켄[粘液]' 의 세 가지 구성 요소로 이뤄져 있다는 설이다. 체액 하면 물질적인 이미지가 있지만, 이것은 중국의 기(氣) 개념과 비슷하다. 즉, 보지도 만지지도 못하는 영적 에너지다. 이 세 종류의 요소를 혼합한 상태에 따라 체질과 몸 상태 등에 특징이 나타난다. 삼체액은 체내에 온통 둘러쳐진, 보이지 않는 기관인 '맥관' [54] 속을 돌아다닌다. 그리고 육체뿐만 아니라

---

54) 맥관 : 脈管. 몸 전체에 7만2천 개의 맥관이 있다고 한다.

의식, 정신, 영적인 차원에까지 영향을 준다.

이런 메커니즘을 이해한 사람은 자기의 육체에서 혼까지 모든 것을 뜻대로 제어할 수 있다고 한다. 즉신성불에 이르기 위해서는 맥관을 흐르는 룬(風)을 의지에 따라 통괄하고 차크라[55]를 발동시켜야 한다. 다시 말해 '깨달음을 얻는 것'이다. 물론 차크라를 발동하기 위해서는 엄격한 수행이 필요하다.

라마의 네 가지 행(行)

① 작밀(作密) : 직역하면 '행위의 전승'이다. 그 정의는 "단(壇)을 설치하고 부처, 보살, 신, 귀 등을 불러오고, 경을 외고 결인하며 의식을 행한다"는 것이다.

② 수밀(修密) : 대일여래경(大日如來經)으로 풀어놓은 세계를 행의 체계로 삼은 것이다. 주술적 밀교를 대승불교의 철학으로 뒷받침한 것이라 생각해도 좋을 것이다.

③ 유가밀(瑜珈密) : 금강정경계(金剛頂經系)의 경전이 풀어놓은 내용을 행의 체계에 넣은 것이다. 즉신성불을 위한 방법이 기록되어 있다.

④ 무상유가밀(無上瑜珈密) : 생기차제계(生起次第系)와 원만차제계(圓滿次第系)[56]로 나뉘며, 양쪽 모두 강한 성(性)적 이미지가 있다.

---

55) 차크라 : Chakra. 원래는 인도의 쿤달리니 요가에서 유래한다. 라마교의 경전 중 하나인 『비밀집회 탄트라』에서는 머리 꼭대기, 목, 가슴, 배꼽, 넓적다리 부분에 있다고 한다.

라마교의 행과 소환술

행법

라마교의 행법(行法)은 매우 복잡한데, 기본으로 '삼밀(三密)'이라는 것이 있다. '신밀'은 밀교를 행할 때 몸으로 표현할 수 있는 모든 자세를 일컫는다. 수인(手印), 좌법(坐法) 등이 있다. 또 소위 말하는 주문은 '구밀'이라고 하며, 대부분 인도에서 전해졌다. '의밀'은 머릿속에서 사실적인 이미지를 떠올리는 행이다. 신불을 명상함으로써 해탈에 이른다. 행은 수행은 물론 어떤 술법을 행사할 때도 필요하다.

타르파 술법

수행을 쌓아 뛰어난 영력을 갖춘 승려는 자신의 분신을 출현시킬 수 있다. 술자는 몇 개월 동안 계속 승원에 틀어박혀 만다라 옆에서 사념을 집중시키고, 주문이나 음악을 동반하는 의식을 행한다. 이렇게 해서 출현한 분신은 물리적인 법칙에는 얽매이지 않는다. 즉, 갑자기 나타나거나 사라지는 일도 가능하다는 것이다. 또한 타인에게도 보이기 때문에 술자 본인과 똑같은 모습으로 대화하는 것도 가능하다.

환신

타르파 술법에 관해서는 라마교의 교리를 담은『조크림의 가르침』이나『나로의 육법(六法)』속에서 '환신(幻神)'이라는 말로 표현되어 있다. 환신에는 번뇌가 남아 있는 '부정(不淨)의 환신'과, 번뇌를 없앤 상태로 만들어진 '청정의

---

56) 생기차제계와 원만차제계 : 생기차제계는 만다라(曼陀羅)의 관상법(觀想法)과 비슷한 행. 원만차제계는 체내에 기, 맥, 명점(明点)과 같은 영적 에너지를 개발하는 행. 원만차제계는 궁경차제계(窮竟次第系)라고도 하며, 라마교의 독자적인 행이다.

환신'이 있다. 부정의 환신을 만들어낸 라마승은 죽은 후에도 업에 사로잡히는 일 없이 자유롭게 환생할 곳을 선택할 수 있다. 또 청정의 환신을 만들어낼 수 있었던 라마승은 부처의 자리에 도달한다고 한다.

강령술

스스로의 몸에 악령을 빙의시키는 술법이다. 이것은 혼을 손상하는 사법(邪法)으로 전해진다. 그러나 술자는 영으로부터 모든 의문을 캐낼 수 있고, 더 나아가 믿기 어려운 힘까지 얻는다. 실제로 강령술을 행한 승려가 수십 킬로그램이나 되는 강철 검을 맨손으로 쳐서 부러뜨린 일도 있었다.

투라점

투라점은 티베트에서 절대적인 신뢰를 받고 있다. 거울이나 수면 등에 환영을 투사하고, 그것을 통해 미래의 일 등을 읽어낸다. 달라이 라마의 환생처[57)]도 이 점술로 확인한다.

---

57) 달라이 라마의 환생처를 알기 위한 점은 라싸의 남동쪽에 있는 라모 남 초라는 호수에서 행해진다. 여기에서 의식을 행하면 라마의 다음 환생처와 출생 모습이 환영으로 나타난다고 한다.

달라이 라마
DALAI LAMA

- 술자의 분류 　　 : 프리스트
- 행사하는 소환술 : 환생, 강복술 등
- 피소환체 　　　 : 자신의 혼
- 힘의 근원 　　　 : 인간 신체의 룬(바람)
- 술자의 조건 　　 : 환생을 증명할 수 있을 것

달라이 라마란

달라이 라마는 라마교 4대 종파의 하나인 게룩파[58]의 종주이며, 티베트의 국왕[59]이기도 하다. 육체가 소멸되더라도 반드시 환생하는 것으로 유명한 그는 '스스로의 혼을 몸에 소환'하는 술법을 계속해서 행사할 수 있는 제1급 술자라 할 수 있다.

달라이 라마라는 이름을 최초로 사용한 것은 라마교의 개혁자인 고승 총카파의 제자다. 그의 본명은 텐진감쵸(Bstan-'dzin-rgya-mtscho)이지만, 더 거슬러 올라가면 관세음보살이 그의 정체다.

달라이 라마는 부처의 화신이며, 처음부터 계산한다면 70회나 환생한 것으로 알려져 있다.

현재의 달라이 라마는 14대째에 해당한다. 그는 1935년에 티베트의 아무드 지방 타크쉘 마을(지금은 중국 청해성)에서 농민의 아들로 태어났다. 환생자 수

---

58) 게룩파 : Dge-lugs-Pa. 티베트어로 '미덕의 본보기'라는 뜻. 라마교 최대의 종파로, 총카파의 현교(顯敎) 중시 사상을 존중한다. 세라 사원은 게룩파의 중요한 사원.

59) 현재 달라이 라마 14세는 인도의 다름살라에 망명중이며, 1960년에 티베트 망명 정부를 수립했다.

색대[60]가 마을에 왔을 때, 그는 선대 달라이 라마가 아니면 도저히 대답할 수 없는 질문에 답함으로써 주위를 납득시켰다. 이리하여 전세의 기억을 이어받은 그는 네 살의 나이에 티베트 국왕에 즉위했다.

환생의 증거

달라이 라마의 환생을 증명할 수 있는 일화는 많다. 여기서는 현재의 달라이 라마, 즉 14대 달라이 라마에 관련된 신기한 일화를 소개하겠다.

13대 달라이 라마가 입적한 후, 사체의 머리 부분이 스스로 움직여 남쪽에서 북동쪽으로 위치를 바꾸는 사건이 일어났다. 한편, 수색대는 거룩한 호수 라모 남 초의 수면에 '아ㆍ카ㆍ마'라는 티베트 문자가 나타난 것을 발견했다. 게다가 어떤 비전이 나타났는데, 그것은 3층 건물인 사원과 언덕으로 이어지는 하나의 길이었다. 또 기묘한 형태의 물받이가 있는 집도 나타났다.

13대 달라이 라마의 유체나 호수 위의 메시지는 모두 환생과 관계된 정보였다. 우선 유체 머리 부분의 위치와 티베트 문자의 비전을 통해 다음 달라이 라마의 환생처가 티베트 북동부의 아무드 지방이라는 것을 알았다. 또 3층 건물의 사원은 아무드의 쿰붐 사원이었다.

수색대는 부근 마을을 돌며 마지막 비전에서 본 것과 같은 집을 찾아냈다. 그 집에 어린아이가 있음을 확인한 수색대원들은 신중을 기하기 위해 자신들의 정체를 숨기고 아이를 계속 관찰했다. 그런데 아이는 수색대원 중 한 명이 세라 사원(라마교의 유명한 사원)의 고승인 것을 간파하고 있었다. 게다가 선대의 유품을 고르는 시험에서도 정확히 답을 맞혔다. 이로써 아이가 달라이 라

---

60) 티베트에서는 현역의 달라이 라마가 죽으면 다음 달라이 라마를 찾기 위한 수색대가 결성된다. 달라이 라마는 반드시 티베트 국내의 어딘가에 환생한다는 것을 알고 있으므로, 그들은 환생자가 발견될 때까지 나라 안을 찾아다닌다.

마의 기억을 이어받고 있다는 것이 확인되었다. 즉, 환생이 증명되었던 것이다.

달라이 라마의 소환술

17세기에 활약했던 달라이 라마 5세(1617~1682)는 역대 달라이 라마 중에서 가장 유명한 소환사다. 그는 뛰어난 주술자이며, 매장 경전[61]의 발굴자로서도 알려져 있다. 티베트의 수도 라싸의 입구에는 일찍이 파르고칼린이라는 거대한 불탑이 있었다. 그는 그 속에 '강복(降伏)의 륜(輪)'이라 불리는 주물(呪物)을 넣고 티베트가 불교에 의해 다스려지도록 기원했다고 한다.

현재의 달라이 라마 14세도 세계 각지에서 밀교 의식을 행하고 있다. 이상향 샴발라[62]의 실현을 위해 카라차크라[時輪]의 관정(灌頂)을 받는다는 밀교의 가르침이다. 샴발라는 불교의 최종 경전 『카라차크라 탄트라』에 '영원한 평화와 행복의 땅'이라고 명기되어 있다. 그가 이 의식에 담은 것은 진실한 세계 평화에 대한 기원일 것이다.

---

61) 테르마라고도 하며, 옛날 밀교의 행자가 영감으로 얻은 행법을 말한다. 전달할 만한 제자가 없는 경우 경전을 지하에 매장해 후세의 행자에게 맡기는 것에서 매장 경전이라는 이름이 붙었다.

62) 샴발라 : Shamballa. 별명 상그릴라. 불교에 깊이 귀의한 사람이 사는 지하 왕국이며, 불교의 이상향으로 여긴다. 샴발라라는 이름이 유명해진 것은 신지학회(神智學會)의 시조인 블라바츠키 부인이 전세계에 소개하고 나서부터다.

시바 신의 힘을 터득한 인도의 행자

사두
SADHU

- 술자의 분류 　 : 샤먼
- 행사하는 소환술 : 부트(망자) 소환, 영계와의 접촉
- 피소환체 　 : 부트
- 힘의 근원 　 : 시바 신에 유래하는 힘, 타파스(열력)
- 술자의 조건 　 : 카스트의 브라만 계급일 것(부트 소환만)
- 대표적인 술자 　 : 산다 싱그, M · P · 파이

> 인도에서 깨달음을 얻기 위해 고행의 생애를 보내는 요가 행자를 사두
> 라고 한다. 그들이 사용하는 소환술은 원래 남인도의 토속 신앙에서 발
> 생했으며, 힌두교에 편입되어 발달해왔다.

시바 신으로의 귀의

현재 인도에는 약 5백만 명의 사두가 있다. 그들은 장엄한 고행을 하는 것으로 유명한데, 현지에서는 그것을 광신적이라고는 보지 않는다.

사두는 달관한 종교적 엘리트이며 해탈을 구해 돌아다니는 생활을 한다. 그들의 대부분은 시바 신을 신봉하기 때문에 그 상징을 몸에 지니고 있다. 일반적으로는 시바 신을 상징하는 세 가지 창을 소지한다. 또 3악을 타파하는 고행을 상징하기 위해 재를 이용해 이마에 세 개의 선[63]을 그리며, 전신에도 마구 칠한다. 이런 행위는 시바 신이 사는 곳이라 여겨지는 화장터를 상징하기 위한 것이다. 나중에는 국부를 숨길 수 있는 작은 천만 몸에 걸치고 늘 반라의 모습으로 다니게 되었다.

영원의 여행

출가한 사두는 처음엔 도사(導師)와 함께 몇 년을 보내며 요가술을 배운다. 이때 도사에 대한 복종의 표시로 머리를 깎는다. 요가술을 충분히 익히고 나면 도사로부터 독립해 유랑길에 오르게 된다. 이때부터 머리는 아무렇게나 늘어뜨리고 다니는데, 말하자면 일반적인 사두 스타일이 되는 것이다.

사두는 끊임없이 이동하지만, 12년에 한 번만은 쿰브 멜라[64]라는 대제에 집결해 성스러운 갠지스 강에서 목욕한다. 이런 여행은 사두 개인이 해탈할 때까지 끝나지 않는다. 그들은 일 같은 것은 전혀 하지 않고 사람들에게 보시를 받아 생활한다. 음식과 돈을 얻기 위해 때로는 고행하는 모습을 보여주는 일도 있다.

잘 알려져 있듯이 사두의 고행은 대단히 혹독하다. 며칠간 땅 속에 머리를 묻는 고행, 12년 동안 한쪽 팔을 계속 올리고 있는 고행, 아무 말도 하지 않는 고행, 오로지 괴성을 계속 지르는 고행 등 그 종류가 대단히 많다. 힌두교에서는 현세의 고행이 내세의 안식으로 이어진다고 믿고 있다. 사두는 스스로 고행함으로써 시바 신의 영력, 초인적인 에너지를 얻을 수 있다고 믿는 것이다.

시바 신의 영력

시바 신은 힌두교 3대 신[65] 중의 하나이며 토착적인 민간 신앙과도 깊이 교류한 신이다. 극단적인 성격을 동시에 가진 시바 신은 생물에게 은혜와 파괴

---

63) 세 개의 선(線) : 이는 시바 신의 3면성을 상징한다.

64) 쿰브 멜라 : Kumbh Melā. 힌두교 최대의 제례. 하르드와르, 웃자인, 나시크, 알리하바드의 네 성지에서 번갈아 개최된다. 1989년에 일리하바드에서 거행되었던 세례에는 사두를 포함해 1천5백만 명의 신자가 몸을 깨끗이 하기 위해 찾아왔다.

65) 힌두교 3대 신 : 우주의 창조신 브라만, 우주의 유지를 맡는 신 비슈누, 우주의 파괴신 시

를 주는 최고신이다. 게다가 금욕적인 요가를 부과하면서도, 남성 성기와 무용 등 다양한 상징으로 광범위하게 표현되고 있다. 일반적으로 온당치 않고 모순된다고 여겨지는 사상도 내포한 신이지만, 이런 성질이야말로 강대한 영력의 근원이 되는 듯하다.

다양한 얼굴을 가진 시바 신은 단적으로 말해 그 자신이 상반되는 것의 본질을 명백히 보여주면서 통일시키는 상징이다. 힌두교에서는 "양극단적인 것이 양극으로 보이는 것은, 우리들이 현실이라 인식하고 사물의 구성을 분류하는 행위가 단순한 허망[66]에 지나지 않기 때문"이라고 해석한다. 모든 사물은 하나이며, 그것이 '실상'이라는 것이다.

사두는 현세에 대한 집착을 거부하고 실상에 이르기 위해 수행한다. 구체적으로는 영과 몸의 이원적 구별을 하지 않고 행을 수행함으로써 해탈에 이르는 영묘한 몸을 만드는 것, '순결의식'을 통해 안정된 정신을 계속 집중시키는 것, 이것이 시바 신의 영력을 획득하는 수단이다.

사두에게 시바 신은 '이상적인 요가 행자(行者)'다. 그가 히말라야의 성봉 카일라스에서 수행에 힘쓰며 1천년 동안이나 한 발로 서 있었다는 등의 신화가 전해지고 있다.

바가 힌두교의 3대 신이며, 이들은 궁극적으론 일체라고 한다. 시바는 파괴신인 동시에 브라만과 비슈누의 성격도 갖고 있다.

66) 허망 : 힌두교의 중요 사상으로, 인간이 현실이라 믿고 있는 것은 모두 창조신 브라만이 꿈꾸는 우주에 지나지 않는다는 것이다. 허망의 세계에서 만물은 하나이며 이성적인 분류는 인간의 마음이 만들어낸 것이다. 이 가설은 카오스 이론에 반영되었다.

사두의 소환술

부트의 소환

부트란 정령, 망자, 귀신과 같은 의미다. 산스크리트 교전에는 시바 신의 화신 또는 자식, 시바 신의 아내 파르바티의 변화신이라고 기록되어 있다. 부트는 토지나 사체에 빙의해 인간에게 악을 행하는 한편, 소망을 이뤄주거나 미래를 예지하는 능력이 있다고 여겨졌다. 그래서 소환을 위한 의식이 개발되었다.

의식에 사용되는 것들은 횃불, 피를 넣은 병, 꽃, 향유, 성스러운 끈[67], 만다라[68], 인간의 사체 등이다. 의식의 순서는 다음과 같다.

① 지면에 사람의 뼛가루와 피로 만다라의 모양을 그리고, 그 원 속에 술자가 들어간다. 사방에 피를 가득 담은 병을 놓고 인간의 지방으로 태우는 횃불을 밝힌다.

② 제자가 사체를 성수로 깨끗이 한 후 향유를 칠하고 화환을 건다.

③ 사두는 머리털로 짠 성스러운 끈을 어깨에 늘어뜨리고 명상한다.

④ 부트가 찾아오면 주문을 외고 인간의 혈액으로 알가(閼伽 : 불전이나 묘 앞에 올리는 물 – 옮긴이)를 대신한다. 그리고 사체에 꽃을 흩뿌리고 향유를 칠하며 인간의 안구에 불에 지피고 분향한다.

⑤ 마지막으로 술자는 팔체투지[69]한 뒤에 질문한다. 그러면 사체의 입이

---

67) 성스러운 끈 : 카스트의 최상위 계급인 브라만이 종교 지도자로서의 위치를 나타내기 위해 걸치는 끈.

68) 만다라 : Mandala. 힌두교의 세계관과 우주를 도상(圖像)적으로 표현한 것. 훗날 대승불교에 받아들여져 회화적으로 발전했다. 힌두교에서 가장 중요한 만다라는 얀트라(Yantra)라고 한다. 이것은 우주를 응축한 심벌을 아로새긴 추상적 문양이다.

69) 팔체투지 : 八體投地. 양발, 양손, 양 무릎, 이마, 가슴을 땅에 붙이고 예배하는 것.

열리고, 부트의 메시지가 들려온다. 의식은 사체의 머리를 자르고 머리와 심장을 바친 후 끝난다.

남인도에서는 여러 마을이 합동으로 '메치'라고 불리는 기이한 제사를 지내기도 한다. 그 중에서도 최대의 제사인 '아난타 디 메치'에서는 어느 특정한 부트가 소환된다. 이 제사는 대지주인 파이 일족이 맡으며, 사두가 행하는 것과 거의 같은 형태의 의식으로 파르바티의 변화신인 웃라르티 부트가 소환된다. 이 부트는 일족의 번영을 약속해준다고 한다.

산다 싱그의 영계 통신

산다 싱그(1889~1929)라는 고명한 사두는 히말라야 산 속에서 고행을 거듭한 끝에, 1904년 영적 존재와 접촉하게 되었다. 그러나 그 영적 존재는 힌두 신이 아니라 예수 그리스도였다고 한다. 그리스도가 요가 행자였고, 수많은 기적, 성서에 기록되어 있지 않은 공백 기간, 부활의 양상 등이 요가와 관련 있다는 설이 있다. 아무튼 싱그는 그리스도를 통해 영계의 구조를 알게 되었다. 그는 세계의 다양한 종교에 관해 연구한 성과를 일곱 권의 책으로 남겼다.

요기
YOGI

- 술자의 분류 : 샤먼
- 행사하는 소환술 : 온갖 초능력
- 피소환체 : 신의 힘, 신
- 힘의 근원 : 세계의 실상, 타파스(열력)
- 술자의 조건 : 해탈을 이룬 자일 것, 순결한 의식 상태에 다다를 것.
- 대표적인 술자 : 고타마 싯다르타, 라마 크리슈나

요가의 기법은 인도 전역에 널리 침투해 있다. 이들 가운데 밀교적 요소를 띠고 있으며, 티베트와 중국, 일본에까지 영향을 준 것으로 하타 요가와 쿤달리니 요가가 있다. 또한 요기라고 불리는 행자는 요가를 통해 초능력을 발휘할 수 있다.

요가와 샤머니즘

요가의 범주는 매우 넓어서 간단히 설명하거나 분류할 수는 없다. 단지 한마디로 이야기하면 일종의 훈련 시스템이며, 소환술 분야에서는 술법을 행사하기 위한 수단이라고 할 수 있다. 인도에서의 요가 소환술은 고대의 샤머니즘[70]에서 파생되었다. 요가의 궁극적인 목적은 신과의 일체화지만, 그 단계에서 인간은 신을 볼 수 있다. 다시 말해 소환할 수 있는 것이다. 더욱이 그 힘을 몸에 머물게 하여 초능력을 행사할 수 있다.

---

70) 인도의 고대 샤머니즘은 기원전 15세기경의 아리아인 도래 이전에도 존재했다. 힌두화되기 전, 인도 전역을 지배했던 기층문화이기도 하다.

하타 요가와 쿤달리니 요가

물질 세계로부터의 해탈을 추구하는 요가에 있어서, 하타 요가(Hatha yoga)는 물질인 육체를 해탈의 한 수단으로서 이용한다. 하타 요가가 가르치는 좌법[71]은 육체를 정화하고 재생하는 작용이 있다. 그것에 통해 영묘한 육체를 만들어내고, 초자연의 힘을 표면적으로 획득한다. 이에 비해 쿤달리니 요가는 육욕과 정신 에너지를 개인 속에서 융합시키는 것을 목적으로 한다. 술자는 조기법[72]으로 호흡 기도의 밸런스를 조절하고 쿤달리니[73]를 기동시킨다.

쿤달리니가 각성하면 인간의 의식은 해방되고, 해탈을 손에 넣을 수 있다. 이를 위해서는 성(性) 에너지를 우주적 근원력에까지 높인 샤크티(Sākti)라는 힘이 필요하다. 이 두 가지 요가의 공통점은 인간의 속악한 부분을 적극적으로 받아들이고, 그 에너지를 성스럽게 변화시킨다는 점이다.

요기의 소환술

수행을 쌓은 요기의 초능력은 싯디라고 불린다. 싯디 자체는 단순한 요가의 부산물이지만, 수행의 진행 상태를 재는 데 도움이 된다. 그러나 이 초능력을 사용하면 천기를 조종하거나 타인을 공격할 수도 있다. 해탈에 이른 요기의 능력은 무한하다. 스스로가 신의 힘을 행사할 수 있게 된 요기에게는 소환하는 것과 소환되는 것의 구별은 이미 필요없을지도 모른다.

---

71) 좌법 : 坐法. 현대 요가에서는 텍스트에 개설된 다양한 체위를 의미한다.

72) 조기법 : 調氣法. 호흡을 생명의 에너지라 생각하고, 그 호흡을 조절함으로써 생명의 에너지를 확대하는 요가 기법.

73) 쿤달리니 : Kuṇḍalini. 인간이 원래 갖추고 있는 파워로, 때때로 뱀이나 여신과 같은 상징으로 일컬어진다. 이것을 자각하면 인간의 의식을 변혁하는 특별한 에너지가 생겨난다.

여덟 가지의 하마 싯디

하마 싯디는 '초인적인 능력'으로 번역할 수 있다. 이것은 요가를 통해 얻을 수 있는 초능력의 한 종류다. 행자는 ①부터 순서대로 능력을 터득해나간다. 그리고 ⑧을 행사할 수 있게 될 때 신과 동등한 존재가 된다.

① 작아지거나 사라지는 힘

② 우주 크기까지 거대화하는 힘

③ 가벼워져서 공중에 뜰 수 있는 힘

④ 세계와 같을 정도로 무거워지는 힘

⑤ 상대가 저항하지 못하게 만드는 힘

⑥ 상대를 지배하는 힘

⑦ 자연을 복종시키는 힘

⑧ 모든 소망을 달성하는 힘

성취법(사다나 Sādhana)

신이나 거룩한 것에 직접 관여할 수 있다고 여겨지는, 탄트리즘에 기초한 요가의 일종이다. 의식을 통해 힌두의 신인 '바그라무키' '타라' '아슈타 락슈미' '아고리 가우리' 등을 눈앞에 출현시킬 수 있다. 의식 순서는 다음과 같다.

① 방의 벽을 황색으로 칠하고 바닥에는 황색 천을 펼친다. 소환하는 신의 만다라를 샤프란 라이스로 그린다. 그 위에 신의 초상화를 둔다.

② 다시 램프를 놓고, 그림과 램프 사이에 황색 꽃을 가득 깐다.

③ 일곱 군데 방에서 향을 피우고, 각각에 하나씩 글로브 열매를 둔다.

④ 이 모든 준비를 갖추고 심야 1시부터 6시까지 만트라를 2주간 계속 외면 신이 출현한다.

중근동과 지중해

고대 문명의 숨결

비옥한 대지와 대하가 흘러드는 고요한 바다……. 현대엔 온통 사막과 황야가 되어버린 중근동과 아프리카 북부 지역은 원래 초록으로 둘러싸인 살기 좋은 땅이었다. 또한 대해로부터 분리된 지중해는 예로부터 안전하게 통행할 수 있는 교통로로 이용되어 왔다. 많은 사람들을 먹여 살릴 수 있는 비옥한 토지가 있고, 물자와 기술이 자유로이 오갔던 중근동과 지중해에는 일찍부터 문명 사회가 존재했다.

고대 사회에는 종교가 늘 따라다녔다. 사람들은 신을 숭배하고, 기적에 의해 자신들에게 행복이 초래될 것이라고 믿었다. 그들은 신을 지상으로 소환해 은혜를 얻고자 했다. 이것이 소환술의 발단이었다.

확고한 종교와, 그와 관련된 다양한 마술이 발달한 땅으로 유명한 곳이 이집트다. '이집트는 나일 강의 선물'이라고 했던 헤로도토스의 말대로, 사막 속을 흐르는 나일 강은 사람들의 생명줄이었다. 그곳에서는 태양신 라를 비롯한 여러 신들이 숭배받았다. 신관이기도 했던 왕은 신을 소환하는 여러 가지 기법을 터득하고 있었다. 이집트에서는 특히 생과 사에 관련된 연구가 활발했다. 한 예로, 왕은 부활을 믿었으며, 자신의 유체를 미라로 만들어 피라미드에 보존했다.

고대 그리스에도 이집트처럼 많은 신이 존재했다. 올림포스 신들의 의지를 전하는 존재로서 신관과 무녀는 나라의 운명을 좌우할 정도로 영향력이 컸다. 이른바 소환술이라고도 말할 수 있는 신탁은 신을 몸에 머물게 함으로써 이뤄졌다. 그리고 술자 가운데는 어딘가 색다른 마술적 수단으로 신의 영역에 접근하려고 시도하는 자도 있었다.

또한 지중해 동쪽 지역은 소환술을 언급하는 데 빠뜨려서는 안 될 땅이다. 여기에 사는 히브리인들은 여호와를 유일한 절대신으로 섬기는 유대교를 신봉했다. 여호와의 힘을 손에 넣기 위한 수단으로서 고안된 비술이 바로 카발라다. 그리고 이 카발라의 비의를 응용해 만들어진 것으로 유명한 흙인형 골렘이 있다. 또한 72마왕을 사역

한 것으로 알려진 솔로몬 왕도 히브리 출신이다.

이처럼 지중해를 중심으로 한 지역에는 각각의 종교에서 갈라져 나온 몇몇 소환술이 생겨났다. 역사의 한파 속에서 지중해 주변 나라들은 정복당하고 멸망했다. 또 술자들도 추방이나 탄압을 받아 한때는 완전히 모습을 감췄다. 그러나 신들을 갈구하는 마음이 응축되어 후세에 계승되었고, 그 결과 신비주의 사상이 성립되었다. 중세 유럽에서 개화한 연금술, 카발라, 정령 소환술 등은 여기서 해설하는 고대 소환술의 흐름을 추측할 수 있는 기법이다.

고대 문명의 유산인 마술에는 시대를 거쳐도 퇴색하지 않는 파워와 매력이 있다. 신비주의는 중세 이후에도 세계에 영향을 주며 현대까지 면면히 계승되고 있다.

지상에 존재하는 신의 대리인, 혹은 신 그 자체

이집트 왕과 신관

PHARAOH AND PRIESTS

- 술자의 분류 : 샤먼
- 행사하는 소환술 : 신과의 교신(탁선), 기후 조절, 신의 힘을 얻는 것
- 피소환체 : 이집트의 신들과 그 힘
- 힘의 근원 : 영력
- 술자의 조건 : 강력한 영력과 신의 뜻에 근거한 행동을 하고 싶다는 소망
- 대표적인 술자 : 람세스 4세, 투트모세 3세

> 고대 이집트는 나일 강과 사막, 지중해에 둘러싸여 다른 문화권과의 큰
> 교류없이 고립되어 있었다. 그 때문에 외적의 침입도 없고 사람들도 평
> 온하게 살아갈 수 있었다. 태고 시대, 이집트의 왕과 신관들은 농작물의
> 풍작과 민중에게 건강과 번영을 가져오는 신들의 소환사로서 역할을
> 했다.

신성한 존재

하나의 나라로 통일되기 전부터 이집트에서는 풍작을 기원하는 소환술이
활발히 행해졌다. 소환사의 역할은 그 지역의 왕이 맡아서 했다. 그들은 지도
자인 동시에 샤먼이기도 했다. 이런 경우는 고대 사회에서 자주 있었던 일이
다. 이집트는 기원전 3000년경에 통일되었다. 나라를 다스리는 왕은 신권적
전제군주가 되었고, 파라오라는 이름을 썼다. 왕들은 대대로 전설 속 신들의
화신으로서 사람들 위에 군림했다. 예를 들면, 이집트 왕조 최고(最古)의 왕 메
네스는 매의 신 호루스(Horus)의 화신이라 칭하며 본인도 수호신으로서 호루
스 신을 제사지냈다.

　기원전 27세기경 제4왕조 시대의 쿠프 왕은 태양신 라(Ra)를 믿었다. 사람들은 그를 '라의 아들'이라고 불렀다. 이 무렵에는 이집트가 매우 풍요로워졌으며 파라오의 입장도 상당히 변했다. 소환사로서의 영력보다는 군주로서의 기량이 중시되었던 것이다. 그전까지의 왕은 신의 대리로서 많은 의식과 마술을 집행해왔지만 그 일은 점차 신관에게 위탁되었다. 이후 신관들은 소환사로서 왕조를 계속 지탱해나갔다. 그러나 이집트가 타국의 간섭과 침공을 받음에 따라 소환술은 점차 쇠퇴했다.

　이집트가 로마에 정복된 후에도 얼마간은 신관들의 활동이 허락되었다. 그들의 활동이 완전히 정지된 것은 6세기 유스티니아누스 1세 시대에 들어서고부터였다. 당시 이집트와 누비아의 국경 지대 필라에 섬에는 신관들의 마지막 성인인 이시스 신전이 있었다. 그런데 동로마제국은 신전을 폐쇄하고 신관들을 투옥했으며, 이시스 여신의 신상을 콘스탄티노플로 옮겨가버렸다. 이집트의 소환사들은 신상을 매개로 신탁을 행했기 때문에, 그후로는 술법을 행사할 수 없었고 결국 소환술도 영원히 사라졌다.

이집트의 우주관과 술자의 제례일

고대 이집트의 신들과 정령은 우주 질서의 일부로 생각되었다. 그런 까닭에 '자연과 초자연' '길과 흉' 같은 구별은 존재하지 않았다. 이집트의 우주관은 상당히 색다르다. 예를 들면 마술사는 지혜나 부적[74], 주문 등을 이용해 우주에 존재하는 힘을 자신을 위해(또는 의뢰자를 위해) 좋은 쪽으로 움직이고자 했다.

모든 영과 신은 우주 전체의 일부이므로 악령이라는 개념도 없었다. 따라서 악령을 제거하는 주문 같은 것은 없었다. 오히려 영이나 신에게 작용해 사역하는 것이 소환사의 일이며, 그 때문에 강력한 영력이 필요하다고 생각했다. 또 죽은 자는 명계의 신 오시리스[75]와 동화(同化)해 어느 때든 반드시 부활한다고 믿었기 때문에 죽은 자의 혼을 불러내는 소환 마법[76]도 고안되지 않았다.

파라오와 신들의 관계

이집트의 긴 역사에는 소환사로서의 파라오가 신들과 교류했다는 기록이 남아 있다. 여기서는 특히 뛰어난 영력이 있었던 파라오들의 전설을 시대순

---

74) 이집트에서 부적 하면 투구벌레의 모양을 본뜬 스카라베가 일반적이다. 의식에서 사용하는 것은 왕이나 신관의 모습, 또는 이름, 주문 등이 새겨진 부적이다.

75) 오시리스 : Orisis. 제5왕조 시대의 문헌에 관련 기록이 있다. 오시리스는 세트 신에 의해 죽은 후 마법으로 부활했다고 한다. 이집트의 구세(救世) 부활과 나일 강 범람 후의 식물 생장을 주관한다. 나일 강과 범람의 신이라고도 한다.

76) 육체마다 모두 부활한다고 믿었기 때문에 혼만 부활시키려고 생각한 자는 없었을 것이다.

으로 들면서 인간과 신의 관계 변화를 살펴보도록 하겠다.

"……그리고 당신은 내게 건강과 생명과 장수를 주고, 오랜 통치를 주며, 사지에 힘을 주시오. 눈에는 시력을, 귀에는 청력을, 마음에는 날마다 기쁨을 주시오. 당신은 나에게 질릴 정도로 많은 음식을 주시오. 만취할 정도의 술을 주시오. 내 자손을 영원히 이 나라의 왕으로 있게 하시오. 당신은 날마다 나를 만족시키시오. 내가 당신에게 말하는 목소리를 어떤 식으로든 모두 듣고, 고귀한 나일이 계속 흐르게 하시오. 당신에게 공물을 제공하기 위해, 남신과 여신들, 남과 북의 이집트 왕들에게 공물을 제공하기 위해, 거룩한 수소를 지키기 위해, 당신 나라에 살고 있는 자 모두와 그 가축과 수목을 지키기 위해서요. 왜냐하면 그 모두를 만드는 것이 바로 당신이기 때문이오. 당신은 그것들을 내버려둔 채 다른 일을 꾸밀 수는 없소. 왜냐하면 그것은 올바른 일이 아니기 때문이오."

이것은 람세스 4세가 오시리스 신에게 자기의 신심 깊은 행위의 대가로 청구한 내용인데, 상당히 뻔뻔스러운 이야기가 아닐 수 없다. 이 기록을 통해 파라오가 인간의 대표로 신과 대등한 거래(또는 사역)를 했다는, 이집트가 아니었다면 생각하기 힘든 이집트 특유의 소환철학을 잘 알 수 있다.

신으로부터의 적극적인 탁선(託宣)

신을 소환하거나 뭔가를 원할 때는 신전이나 신상을 매개로 해서 기원해야 한다. 그러나 이집트에서는 때로 신 쪽에서 먼저 적극적으로 접근할 때가 있었다.

투트모세 3세는 소년 시절 아멘[77] 신전의 석상이 신전 주위를 걷고 있는 것

---

77) 아멘 : Amen 또는 Amon. 아멘 신은 고왕조 시대엔 무명의 신이었다. 제11왕조가 되어 테베의 수호신으로 유명해지고, 제18왕조 시대에는 라(Ra) 신과 결합해 신들의 왕이 되었다.

을 발견했다. 이 움직이는 석상은 아멘 신으로, 왕으로서 적당한 자를 찾고 있던 중이었다. 아멘 신은 투트모세를 신전 속의 '왕의 장소'라 불리는 장소로 인도하고, 그곳에서 의식을 치러 파라오의 자격을 주었다. 투트모세가 이 체험을 사람들에게 말한 뒤부터 그에게 신탁을 구하는 일이 많아졌다. 이리하여 파라오나 신관은 소환사로서 신을 소환하게 되었다.

소환에 필요한 첫 번째 조건은 신령을 맞이하기 위한 신전과 신상을 준비하는 것이다. 상황이나 시대, 소환되는 신이나 의식의 종류에 따라 이미 정해진 작은 아이템이나 상징물이 이용되는 일도 있었다. 대상관(帶狀冠)이라는 관이 그 중 한 가지로, 코브라나 독수리를 본떠 만든 것으로 유명하다. 그리고 라 신의 상징은 스카라베였다. 그래서 술자는 날개 있는 스카라베의 가슴 장식이나 팔 장식을 사용했다.

신조(神助)

람세스 2세(라메스 메리아멘= '라가 낳았다' '아멘에게 사랑받았다' 는 뜻)는 히타이트 왕 므와탈리슈와 시리아의 지배권을 둘러싸고 치열하게 싸웠다. 기원전 1286년에 벌어진 카데시 전쟁은 그 중에서도 가장 격렬한 전쟁이었다. 이집트 군대는 4개 도시로부터 각 도시의 수호신 이름을 붙인 4개 군단 '아멘' '라' '푸타하' '세트'를 출전시켰다. 그런데 히타이트의 모략으로 람세스가 거느리는 라 군단이 기습 공격을 받았다. 군단이 거의 전멸의 위기에 처하자, 람세스는 자신의 몸에 신들을 소환한 뒤 적중에 혼자 뛰어들어 '세트처럼 강력하게' 싸움으로써 절망적인 전황을 역전시켰다.

영력 회복의 의식

왕은 신에게 인정받음으로써 영력을 얻어 왕좌에 올랐다. 그러나 이 영력은 영속적인 것이 아니었다. 왕의 영력이 쇠하면 농작물이 잘 지어지지 않고 천재지변이 일어난다고 생각했다. 통일 왕조가 일어나기 전 고대에는 실제로 흉작이거나 천재지변이 일어나면 왕을 참살했다. 수족을 자르는 의식이나 익사시키는 의식을 행했던 것이다.

이것이 파라오의 시대가 되자 왕의 영력을 회복시키는 의식으로 바뀌었다. '헤브 세드(Heb-sed)'라고 불리는 의식이었다. 이 의식에서 왕은 자신의 영력을 부활시키기 위해 제드 기둥을 세웠다. 제드 기둥은 오시리스 신의 상징이며, 죽음에서 부활한 오시리스의 재현, 즉 왕의 영력의 부활을 기원하는 것이었다. 오시리스 신은 죽음의 신임과 동시에 곡물의 신이기도 했다. 이 때문에 제드 기둥은 안정과 영속을 기원하는 의식에도 사용되었다.

클레오파트라 7세

그 유명한 클레오파트라 여왕도 이집트 신의 혜택을 받았다. 그녀 자신이 소환사였던 것은 아니지만, 늘 소환사를 가까이에 뒀다고 한다. 당시 이집트 왕조는 마케도니아 알렉산드로스 대왕의 신하인 프톨레마이오스의 지배를 받고 있었다. 따라서 클레오파트라가 왕위에 오르기엔 매우 어려운 상황이었다. 그녀의 아버지 프톨레마이오스 12세(정복자와 같은 이름임)는 많은 빚을 남겼고, 동생은 왕위를 겨냥해 신하들과 손잡고 있었던 것이다.

그녀는 영웅 카이사르를 자기편으로 만들었다. 그리고 카이사르가 암살당하자 재빨리 이집트로 돌아가 태세를 갖추고, 카이사르의 오른팔 안토니우스를 자기편으로 끌어들였다. 정보 입수가 빠른 것은 물론, 그녀의 재빠른 변신은 모두 소환사를 통해 신으로부터 조언을 받았기 때문일지도 모른다.

파라오와 신관의 소환술

시대와 지역을 불문하고 소환의식에는 여러 가지 특색과 규칙이 존재한다. 규칙에서 세계 공통인 것은 청정함이 요구된다는 점이다. 이집트식의 소환술을 행사하기 위해서는 그 밖에도 세세한 규칙이 있다.

개문의식

개문(開門)의식을 행하는 신관은 신전에 들어가기 전에 성스런 연못에서 스스로를 깨끗이 한다. 파라오가 의식을 행할 때만큼은 특별히 두 신관이 물을 끼얹는다. 그리고는 다음 순서로 의식을 행한다.

① 신전에 불을 지피고 향로에 불타는 숯과 향을 채운다.

② 신전 문의 점토 봉인을 깨트리고 빗장을 푼 뒤 문을 양쪽으로 연다.

③ 안치되어 있는 신상이 나타나면 땅에 엎드려 인사한다.

④ 신을 위한 찬가를 부르고 꿀을 바친 후 신상 주위를 다섯 번 돈다. 그 동안 계속해서 향을 피운다.

⑤ 신상을 신전 밖으로 꺼낸다. 신상에 입혀져 있는 의복을 벗기고 향유를 바른다.

⑥ 사막을 의미하는 모래를 뿌린 바닥에 신상을 놓고, 네 개의 메네세트 단지와 네 개의 빨간 단지에서 물을 퍼서 신상에 끼얹는다. 신상의 입은 세 종류의 탄산소다로 깨끗이 한다.

⑦ 다양한 색의 두건과 의복을 입히고 보석으로 장식하며 향유를 바르고 눈꺼풀을 초록과 검정 안료로 채색한다.

당시 이집트에서는 왕이 정치에 관해 기원하는 경우 외에도, 이집트인이면 누구나 자신이 선택한 신과 교류하는 것이 가능했다. 다만 신이 사는 성소에 들어갈 수 있는 것은 왕과 왕의 대리인인 몇몇 신관뿐이었다. 그 때문에 신에 대한 상담은 제사 때에만 가능했다. 이때만큼은 신이 깃들인 상을 성소에서 밖으로 내놓았던 것이다.

이집트에서는 단순한 호기심으로 신에게 소원을 빈 자는 없었다고 한다. 어디까지나 신의 뜻에 따라 행동하고 싶은 소망을 지니고 있었다. 제사 때 신상은 움직일 수 있는 작은 상자 속에 넣고 밖에서는 보이지 않도록 커튼으로 숨겼다. 그리고 배에 상자를 싣기도 했는데, 고정하는 장치가 붙어 있었다. 그리고 이때 신상을 운반하는 자들은 특별히 부정을 없애는 절차를 미리 받은 초보 신관들이었다.

의식에 참가하는 자와 신의 식사

깨끗함을 지키기 위해 이집트 신관들은 목욕을 하고, 탄산소다를 입에 물고, 체모를 깎았다.[78] 또한 물고기를 먹는 것은 금지되었다. 여성은 신관이 될 수 없었다. 그 대신 신이 대중 앞에 등장할 때 노래하거나 춤추거나 악기를 연주하는 역할이 주어졌다. 신관은 신의 하인이며, 여자 악사들은 신의 할렘 여인의 역할을 했던 것이다. 악사의 우두머리(여자 신관의 수장)는 하토르 여신[79]과 동일시되었다.

신에게 바치는 의식 재료로는 수소, 두 마리의 가젤(산양), 나일 거위가 이용되었다. 먼저 수소를 도살해 그 앞다리를 자르고 심장을 꺼낸다. 다음에는 가젤과 거위의 머리를 자른다. 수소의 앞다리와 심장은 신에게 바치기 위한 것으로, 하나하나 신상의 입에 갖다대는 의례가 있었다. 그리고 마지막으로 물을 바쳤다. 이로써 신상의 입과 눈이 열리고 살아 있는 인간의 기능을 갖춘다고 생각했다.

---

78) 하지만 머리카락을 완전히 깎아버리는 것은 신왕국 시대 이후뿐이다.

79) 하토르 : Hathor. 수소 모습을 한 여신. 머리 부분은 인간이지만, 두 개의 수소 뿔이 나 있고 그 뿔 사이에 태양이 있다.

그리스 무녀와 신관

GREEK MEDIA AND PREIESTS

- 술자의 분류　　：샤먼
- 행사하는 소환술：신과의 교신에 의한 예언과 그 해석 등
- 피소환체　　　：그리스의 신들
- 힘의 근원　　　：신에 대한 신앙심
- 술자의 조건　　：영력이 강할 것

> 그리스 신화에 등장하는 올림포스의 12신은 세계적으로 유명하다. 고대 그리스에서 신을 섬기던 신관과 무녀는 제사를 담당했으며, 민중의 생활과도 깊은 관련이 있었다. 그들은 신탁이라는 방법으로 신의 말을 중계하고 사람들에게 전했다.

신탁의 최고봉 델포이

에게 해와 지중해에 면한 그리스와 그 주변 지역은 도시 국가(폴리스)가 성립되기 이전부터 신들에 대한 신앙이 활발했다. 영어로 신탁을 오라클(Oracle)이라고 하는데, 이것은 원래 그리스어에서 온 말이다. 사람이 신에게 미래의 일을 묻고, 그 대답이 내려지는 장소, 혹은 대답의 말 그 자체를 가리킨다.

그리스 지역에서는 대개 신마다 신전이 존재했다. 예를 들면 도도나의 제우스 신전, 에피다우로스의 아스클레피오스 신전 등이다. 그 중에서도 가장 유명한 것이 태양신 아폴론의 신탁을 받을 수 있는 델포이 신전이었다.

이 신전은 파르나소스 산[80] 중턱에 있는데, 신탁을 받는 핵심 장소는 산 속 동굴이다. 옛날에는 오리엔트의 여신이나 포세이돈 등이 예언을 내리는 장소였지만, 나중에는 아폴론만의 성역이 되었다.[81] 동굴 바위 틈에서 이상한 증기가 뿜어져 나오는 것이 발견되면서부터 델포이는 신탁의 땅으로 매우 유명해졌다. 이 증기를 들이마시는 사람은 황홀경에 빠져 춤을 추거나 무의식중에 알아들을 수 없는 말을 내뱉기도 했다. 이런 행동은 신의 영감을 얻은 것이라고 생각되었다.

그런데 델포이에서의 신탁 그 자체는 실제로 적중률이 높았다고 한다. 트랜스 상태에 빠진 자는 신령의 말을 느끼고 받아들이기 쉬워지는지도 모른다. 여담이지만, 델포이 신전은 그리스 전역에 비밀결사의 성격을 띤 네트워크를 구축하고 있어 전국에서 모아온 정보를 통해 정확한 판단을 내렸다는 설도 있다.

델포이 신전의 소환술

그리스에서 최고의 신탁 장소로 여겨진 델포이에는 그리스 각지에서 예언을 구하려는 사람들이 찾아왔다. 기원전 8세기경에는 신성한 의식의 형식이 확립되었고 상당히 번창했던 듯하다. 신전에는 신탁을 받는 무녀와 그 조수로 일하는 신관이 있었다. 특히 델포이의 무녀들은 사람들로부터 존경을 받으며 피티아(피톤의 딸)[82]라고 불렸다.

신탁을 원하는 의뢰자는 신전에 기부금을 내고 샘에서 몸을 깨끗이 한 뒤 공물로서 동물을 바친다. 한편 피티아 중에서 신탁을 행하는 사람이 선택되

---

80) 파르나소스 산 : Óros Parnassós. 이곳에는 '옴팔로스'라고 불리는 바위가 있는데, 고대 그리스에서는 이를 세계의 배꼽(=세계의 중심)이라고 여겼다.

81) 델포이의 신탁은 엄밀하게는 아폴론 자신의 것이 아니다. 아폴론의 아버지이며 모든 사람들의 운명을 아는 제우스의 말을 대신 전하는 것이었다.

82) 아폴론이 이 땅에 살고 있는 용신 피톤을 퇴치했다는 그리스 신화의 에피소드가 전해진다.

제우스 (ZEUS)	전능의 신. 형제인 하데스, 포세이돈과 세계를 서로 나누었는데 천공을 선택했다.
헤라 (HERA)	제우스의 본처. 질투심이 많아 제우스가 사랑한 여신들을 괴롭혔다. 일부일처제 사회의 수호신
헤스티아 (HESTIA)	부엌의 신이며 가정의 수호신
데메테르 (DEMETER)	제우스의 여동생. 대지의 생산력을 주관한다. 제우스와의 사이에서 페르세포네를 낳는다.
아프로디테 (APHRODITE)	사랑의 신. 욕망을 주관한다. 제우스의 아이라고도 하고 거품에서 태어났다고도 한다.
아폴론 (APOLLON)	태양의 신이지만 예언과 예술도 주관한다. 제우스에게 가장 사랑을 받았다. 금으로 된 활을 갖고 있다.
아르테미스 (ARTEMIS)	아폴론의 쌍둥이 여동생으로서 달의 여신. 수렵과 궁술의 수호신이며. 은으로 된 활을 갖고 있다.
헤파이스토스 (HEPHAISTOS)	대장장이의 신. 외눈박이 키클로프스를 제자로 두었다.
아테나 (ATHENA)	전쟁의 신. 제우스의 머리에서 갑옷, 투구로 무장하고 태어났다.
아레스 (ARES)	싸움과 피를 좋아하는 군신으로 헤파이스토스의 아내 아프로디테가 사모했다.
헤르메스 (HERMES)	제우스의 전령으로 죽은 자의 영혼 안내인이다. 도둑의 신 등 여러 얼굴을 가진다.
디오니소스 (DIONYSOS)	술·도취·해방의 신으로 아테네 사람들에게 포도 재배를 가르쳤다.

※헤스티아, 아레스 대신 포세이돈과 하데스를 넣는 경우도 있다.

는데, 그녀 또한 3일간의 계제(禊祭)를 행한 후에 월계수[83] 관을 쓰고 같은 잎을 입에도 문다.

동굴의 신성한 증기를 내뿜는 장소에는 역시 월계수로 장식한 삼각 의자가 설치되어 있는데, 여기에서 신탁이 이루어진다. 의자에 앉은 피티아는 밑에서 뿜어져 올라오는 증기에 싸여 트랜스 상태에 들어간다. 이윽고 그녀는 마치 신과 같이 갑자기 침착함을 되찾고 예언을 하기 시작한다. 그녀가 받은 신탁은 모호하고 추상적인 시와 같은 것이었다. 무녀가 무의식중에 내뱉은 말은 옆에 있는 신관이 기록해 의뢰자에게 건네주었다. 이런 신탁에 대한 사람들의 신뢰는 절대적이었다.

숨겨진 제사

고대 그리스에는 신탁이나 통상적인 제사와는 다른 비밀 종교 의식이 존재했다. 그러나 비밀에 부쳐진 채 오랜 시간이 지났기 때문에 그 의식의 상세한 내용까지는 밝혀지지 않았다.

디오니소스는 술의 신으로 알려져 있으며, 그 신자들은 기행을 되풀이한 것으로 전해진다. 포도주를 마시고 몹시 취한 다음 행렬을 지어 춤추며 걷거나 숲에서 난교를 하기도 했다. 특히 신자 중 어떤 여성은 갑자기 미친 것처럼 난폭해지더니 믿을 수 없게도 소를 맨손으로 찢어서 날고기를 먹었다고 한다. 열렬한 신자는 무녀 같은 입장이었을 것이고 의식 때는 신의 힘이 머물렀기 때문일 것이다.

디오니소스 신앙의 비의는 입신한 동료 이외의 사람에게 전하는 것을 금했

---

83) 월계수는 아폴론의 나무이며, 그의 신탁을 받는 데 적당하다고 여겨졌다. 추측이긴 하지만, 델포이가 아폴론의 신탁 장소가 되기 전에는 월계수가 사용되지 않았을 것이다.

다. 또한 같은 종파 안에도 서열이 있어서 높은 지위가 아니면 보다 고도의 가르침을 얻을 수 없었다. 이와 같이 동료 외에는 비의를 결코 공개하지 않는 비밀결사나 컬트 교단이 고대 그리스에도 존재했다. 다른 예로서 오르페우스를 신봉하는 집단에서는 채식주의를 관철했다.

계율과 비밀의 내용은 다르지만, 비밀 종교집단이 추구했던 것은 한 가지였다. 바로 '영원의 혼과 윤회 환생'이다. 디오니소스는 한 번 죽었다가 다시 살아난 신이며, 오르페우스는 죽은 아내를 데려오기 위해 명부에 내려갔다고 전해지는 영웅이다. 사람들은 전설에서처럼 신의 영역에 발을 들여놓으려 함으로써 윤회 사상을 한 단계 끌어올렸을 것이다.

이들의 비밀의례에 관련되어 있던 자들도 샤먼적 능력을 갖고 의식을 행했다. 그들의 사상은 그리스 철학과 결합해 새로운 발전을 이룩하게 된다.

비극 속의 신탁

신탁은 사회의 상식이나 도덕을 초월하는 경우가 많았다. 유명한 그리스의 비극 『오이디푸스 왕』과 『아가멤논』에서 그 예를 살펴보자.

테베의 왕 라이오스는 자신의 아들에게 살해된다는 신탁을 받고 막 태어난 아들 오이디푸스를 버린다. 양치기가 이 아이를 주워 코린트의 폴리보스 국왕에게 데려가자 왕은 자신의 양자로 삼아 키운다. 훗날 델포이의 신탁에서 부친을 죽이고 모친과 결혼한다는 경고를 받은 오이디푸스는 이를 양부모에 관한 것으로 생각하고 코린트를 떠난다. 그런데 도중에 라이오스 왕을 만나 우연히 죽이게 된다. 결국 테베의 왕이 된 오이디푸스는 라이오스의 아내(그의 친어머니)와 결혼한다. 오이디푸스도 그의 양친도 서로 부모 자식간임을 전혀 모른 채 신탁의 예언은 적중되고 마는 것이다.

『아가멤논』은 미케네 왕가에 얽힌 피로 얼룩진 이야기다. 아가멤논 왕[84]은 부인 클리템네스트라와 그녀의 애인 아이기스토스의 손에 살해되고 만다. 이때 아가멤논의 두 아이(엘렉트라와 오레스테스)는 도망치는 데 성공한다. 이윽고 오레스테스는 아폴론의 신탁에 고무되어 원수를 갚기로 결심한다. 그리고 친어머니와 왕위를 뺏은 남자를 죽인다. 아버지가 아들을 버리고, 자식이 어머니를 죽인다…… . 사회 규범을 벗어나는 행위를 용인 또는 정당화한 것은 신탁이었다. 고대 그리스에서 신탁은 터무니없이 강한 영향력을 갖고 있었으며, 사람들은 그러한 운명을 거역할 수 없었다. 그렇기에 더더욱 신의 일을 주관하는 무녀는 존경받고, 존경의 가치만큼 능력이 요구되었던 것이다.

---

84) 아가멤논 : Agamemnon. 서사시 『일리아드』에 등장하는 영웅. 트로이 전쟁에서 활약했다.

그리스 소환술의 소멸

고대 그리스 문명이 쇠퇴하고 기독교가 전파되면서 그리스의 무녀와 신관은 역사에서 자취를 감추고 신탁의 지식과 기술도 사라졌다. 그후 그리스의 신들을 신앙하는 자들은 없어졌고, 올림포스 신들의 말을 들을 수 있는 술자도 다시 나타나지 않았다. 하지만 그 사상이 소멸해버린 것은 아니었다. 그리스는 알렉산드로스 대왕[85])에게, 다음엔 로마제국에게 정복당했지만, 거기에서 태어난 철학은 형태를 바꿔 어둠의 세계에서 숨쉬는 신비 사상이 되었고, 후세에 계승되었다.

---

85) 그에게도 그리스의 예언에 얽힌 '고르디우스의 매듭'이라는 에피소드가 있다. 프리기아 왕 고르디우스가 어느 날 끈을 몇 겹이나 엮은 매듭을 만들었는데 그 누구도 이 매듭을 풀지 못했다. 그런데 신탁을 구하자 "이것을 푼 자가 아시아의 왕이 될 것이다"라는 대답이 돌아왔다. 그후로 수세기가 지난 다음 프리기아를 방문한 알렉산드로스가 이 매듭을 한 칼에 두 동 강냈다. 그는 후에 동방을 원정하고 대제국을 건설했다.

랍비

RABBIS

- 술자의 분류 : 카발리스트, 프리스트
- 행사하는 소환술 : 골렘 창조, 연금술, 신이나 영혼과의 교신, 예언 등
- 피소환체 : 신의 힘, 골렘
- 힘의 근원 : 신(여호와)의 힘
- 술자의 조건 : 카발라의 습득, 신앙심
- 대표적인 술자 : 모세, 예수 그리스도, 랍비 모세 스 드 레온, 아브라함 아브라피아, 랍비 뢰브

랍비란 구약성서에 나오는 신의 가르침을 전하고 율법을 지키는 유대교의 사제다. 그들은 점술사이며, 교사이며, 유대 사회의 정치 지도자이기도 하다. 그러나 랍비에게는 오컬트적인 사상가, 카발라의 탐구자[86]라는 성격도 있었다. 카발라의 비밀을 해명한 자는 몇 종류의 마술을 행사할 수 있다. 예를 들면 흙덩어리 거인 골렘은 랍비가 행사하는 술법으로 만들어진 인조인간이다.

대우주의 신비 카발라

유대교는 유일신 여호와에게 귀의한 자만이 구원받는다는 선민 사상적 색채가 농후한 종교였다. 이 때문인지 유대인[87]들은 옛날부터 여러 방면에서

---

86) 카발라는 스승이 제자에게, 그것도 극히 한정된 자만이 계승받을 수 있었기 때문에 모든 랍비(=유대교의 사제)가 카발라의 탐구자였던 것은 아니다. 그리고 카발라를 연구하는 자는 카발리스트라고 불리는데, 그들 모두가 유대교의 신봉자는 아니며 물론 랍비였을 리도 없다. 당시의 사회에서 랍비는 카발라에 접할 기회가 가장 많았기 때문에 그들 중에서 유명한 술자가 많이 나왔다.

87) 본문에서는 편의상 '유대인'이라고 표기했지만, 적어도 현대에 유대 민족이라는 순수한

박해를 받고 고난의 길을 걸어왔다. 얄궂게도 그들을 가장 탄압한 것은 유대교의 아들이라고 할 수 있는 기독교를 믿는 사람들이었다.

카발라는 유대교의 비전(秘典), 혹은 유대에서의 밀교를 나타낸다. 천지 창조를 비롯한 신의 기적은 수법을 이해하기만 하면 인간도 일으킬 수 있다고 생각했다. 카발라는 그 비밀의 집대성이며 모세나 아브라함 등 예언자들에게, 나아가서는 유대교의 사제에게 은밀히 계승되었다. 그리스도는 수많은 기적을 일으킨 것으로 알려져 있는데, 이것 역시 카발라를 배운 덕택이란 설까지 있다.

신비학의 원류

신의 예지(叡智)를 연구하는 자들은 다양한 방법으로 진리에 다가가려고 노력해왔다. 그들에게 신의 예지는 우주와 자연의 신비이며, 인간의 마음속에 잠재한 것이며, 이 세계의 모든 이치다. 이를 해명하고 내 것으로 만드는 것이야말로 연구의 궁극적인 목적이었다.

그들이 진리에 다가서고자 하는 접근 방법은 대략 두 종류이다. 하나는 자연계 법칙의 연구, 또 하나는 성서의 해석이나 명상을 통해 신과 신의 생각을 이해하려는 방법이다. 자연계의 법칙을 연구하는 과정에서 태어난 마술과 학문은 연금술과 점성술로 발전했다. 그리고 성서의 해석과 명상에서 완성된 기법은 카발라가 되었다.

인종이나 민족은 존재하지 않는다. 고대 유대인(=히브리인)의 뿌리는 존재했으나, 오랜 박해의 역사 속에서 세계 속으로 분산되면서 혼혈이 진행되고 말았다. 그들은 분산 과정에서 중세 무렵에 크게 '아시케나지(Ashkanazi)'와 '세파르디(Sephardi)'라는 두 계통으로 나뉘었다. 유대인은 정확하게 '유대교도'라고 불려야 한다. 기독교 사회에서 유대교 배척 운동이 오래 계속되는 동안 어느 틈엔가 그들도 하나의 인종으로 간주되게 된 것이다.

이들 모두는 개별적인 체계로 성립된 것이 아니라 서로 교류를 거듭하면서 발달해왔다. 예컨대 연금술에는 카발라적 요소가 포함되어 있으며, 카발라도 훗날 연금술의 기법을 받아들이게 되었다. 신의 진리에 이르고자 하는 이상을 총칭하여 신비주의라고 부르는 경우가 있다. 카발라의 뿌리는 유대교에 있지만 중세 유럽에 유입된 후 여러 가지로 모습을 바꿨으며, 르네상스 이후에는 기독교 사회 전체로 퍼져나갔다.

성전에 의해 성립된 카발라

고대부터 중세에 걸쳐 유대교 내부에서 몇 가지 신비 사상이 결합되면서, 카발라는 서서히 그 체계를 잡아나갔다. 카발라의 기초는 세 권의 중요한 책에 의해 성립되었다. 그것은 『예치라(창조)의 서(書)』 『바히르(광명)의 서』 『조하르(광휘)의 서』[88]다.

3세기에서 5세기 사이에 성립됐다는 『예치라의 서』에는 "신의 우주 창조의 비밀은 32가지 신비적인 지혜의 길에 있다"고 씌어 있다.

『바히르(광명)의 서』는 12세기경에 편찬된 것으로 "현세의 만물은 열 종류의 신의 속성에 의해 형성되었다"라고 씌어 있다. 『바히르(광명)의 서』는 『예치라의 서』의 내용에 이어 지혜의 길에 관해 언급하고 있다. 열 종류 신의 속성은 각각 22개의 길로 연결되고, 이것을 총칭하여 '세피로트'라고 한다.

그리고 13세기 무렵 세상에 나온 『조하르의 서』에 의해 카발라는 정점을 맞

---

88) 『조하르의 서』: Zohar. 또는 『광휘의 서』. 정식으로는 『세페르 하 조하르(Sepher ha Zohar)』라고 불린다. 카발라 사상의 근본 경전이다. 13세기에 스페인에서 카발라 연구 활동을 했던 모세스 드 레온(Moses de Leon, 1250~1305)이 편찬한 것으로 추측된다. 출현 당시 다른 카발라 자료에 비해 매우 체계적이며 거의 모든 내용을 빠뜨리지 않고 망라했다는 점에서 주목받았으며, 17세기에는 그 평가가 정점에 달했다.

이했다. 그때까지의 카발라 역사를 집대성한 이 책은 당시 매우 화제가 되었다. 그리고 유대교에서 구약성서와 비견할 정도로 필독서가 되었다.

히브리 문자에 숨겨진 암호

유대의 신은 "빛이 있으라"고 말함으로써 천지 창조를 시작했다. 그리고 만물의 이름을 불러서 그것들을 만들어냈다. 즉, 신의 말이 세계를 만든 것인데, 이것이 카발라의 심오한 뜻이 되었다. 문자와 말, 그와 관련된 숫자에 신비적이고 마술적인 파워가 담겨 있다는 사상은 유대뿐만 아니라 고대 동양에도 있었다.

유대인에게 전해 내려온 히브리 문자는 22문자의 알파벳으로 이뤄져 있다. 여기에 1부터 10까지의 수를 더하면 합계는 32가 된다. 이것이 『예치라의 서』에서 "32가지 지혜의 길이 있다"고 씌어진 근거다.

카발리스트들은 진리에 더욱 다가가기 위해 성서와 율법을 깊이 연구했다. 성서와 율법은 일종의 암호이며, 보통으로 읽거나 암송하는 것만으로는 거기에 숨겨진 진수(=신의 말)를 이해할 수 없다. 그러나 카발라적 해석을 동원하면 이것을 해독할 수 있다. 그들은 히브리 문자로 씌어진 문장의 철자와 배열 자체에도 신비적인 의미가 있다고 믿었다.[89] 이런 문자나 숫자의 조작에 의한 수비술(數秘術)과 쌍벽을 이루는 사상이 세피로트다. 두 가지는 서로 보완 관계에 있다.

---

89) 해석법을 사용하기 위해서는 대상이 되는 문장에 한 자 또는 한 구절이라도 개편이 있어서는 안 된다고 한다. 예를 들면 원전에 "앉아 있었다"고 씌어 있던 부분이 "앉아서 있었다"로 바뀌는 것만으로도 말 혹은 문자가 갖는 힘이 없어지거나, 다른 의도로 변해버린다는 것이다. 즉, 히브리어 외의 언어로 번역된 문장에는 아무런 비밀도 숨겨져 있지 않은 셈이 된다.

세피로트의 비밀

카발리스트는 우주의 삼라만상은 신의 힘과 속성(세피라)이 '유출' 된 것이라고 생각했다. 그 유출 양상을 10단계로 나누어 표현한 것이 세피로트다. 그림으로 나타낸 세피로트는 한 그루의 나무처럼 보이며, 그 형상 때문에 '생명의 나무' 라고도 불린다. 여러 가지 그림이 고안되었지만, 어떤 경우든 신의 세계(천상)에서 시작되어 인간이 사는 물질 세계(지상)에 이르기까지의 과정을 나타내고 있다.

술자들은 세피로트의 개념으로 설명할 수 없는 것은 이 세계에 아무것도 없다고 주장했다. 세계는 신이 만든 것이며, 크게는 우주부터 작게는 인간의 혼까지 모든 것에 신의 속성이 조응하고 있기 때문이다. 세피로트는 신을 인식하기 위한 안내 지도이며, 과거 · 현재 · 미래의 모든 것을 나타낸 신의 설계도이기도 하다.[90]

그후의 카발라

유대교의 신비 사상 카발라는 발전을 거듭해 점점 복잡해졌다. 신을 인식하기 위한 해석학이었던 카발라는 마침내 '옛부터 내려왔던 해석에 대한 해석학' 이라는 성격을 띠게 되었다. 이런 경향은 중세 말기의 유럽에 카발라가 널리 퍼지면서 한층 가속화되었다.[91]

---

90) 이것은 그노시스파가 작성했다고 한다. 그들에 의하면 세피로트는 원래 궁극적 존재였던 혼이 지상의 왕국으로 추락해가는 모습을 나타낸 것이라고 한다. 카발라는 한번 잃어버렸던 신성(神性)을 되돌리기 위한 기법이다. 세피로트를 예전과는 반대로 더듬어가서 혼을 다시 신과 합체시키는 시도인 것이다.

91) 유럽 유입 후 카발라는 기독교화되었는데, 이것을 크리스천 카발라라고 부르는 경우도 있다.

카발라는 해석학으로서 훌륭했기 때문에 그 개념이 다양한 분야에서 응용되었다. 신약성서나 그밖의 고서 해독에도 이용되었으며, 비밀을 숨기기 위해 사용되기도 했다. 연금술사가 그 비법을 은닉하기 위해 암호를 자주 이용했던 것은 유명하다. 같은 이유로 카발라적 해석학이나 게마트리아(gematria)는 근대 이후 비밀결사와 마술 교단에도 자주 이용되었다.

카발라 비밀 기법의 한 요소는 이처럼 유대교도가 아닌 자들에 의해 사용되었다. 그러나 카발라는 유대교 사회에서 지금까지도 중요한 지위를 차지하며, 외부의 영향을 받으면서도 꾸준히 연구가 진행되고 있다.

인조인간 골렘

카발라는 특수한 사상을 가지는 밀교이며, 극히 제한된 자만이 배우도록 허락되었다. 극히 폐쇄적이었기 때문에 외부 사람에게는 카발리스트의 연구가 이해하기 힘든 기이한 것이었다. 그래서 유대의 랍비들을 '이상하고 초인적인 마력을 가진 요술사'로 보는 편견의 눈길이 쏟아지기도 했다.

물론 랍비는 카발라 연구의 일환 또는 연구 성과로서 마술을 행사할 수 있었다. 그 최고의 것, 즉 카발라 최고의 비술 중 하나가 골렘의 창조다. 이 창조물은 마이링크의 소설 『골렘*Der Golem*』과 같은 책의 영화화로 유명해졌으며, 최근에는 판타지 RPG의 몬스터로 자주 다뤄지고 있다. 이 때문에 오늘날에는 비교적 비중 있는 존재로 자리매김되었다.

골렘이라는 말을 들으면 돌이나 흙 등으로 만들어진 움직이는 형상 같은 것을 연상할지도 모른다. 그러나 진짜 골렘은 훨씬 더 인간에 가까운 것이었다. 구약성서에 따르면 신은 흙으로 최초의 인간인 아담을 창조했다. 카발라의 술법은 신이 하는 일을 모방한 것이며, 그러므로 신이 했던 것처럼 '거룩한 말로써' 인조인간을 만드는 것이다.

그렇다면 실제로 골렘을 만들었다는 고명한 술자를 예로 들어 그 술법이 어떤 것인지 살펴보기로 하자.

랍비 뢰브의 골렘 창조

16세기 신성 로마제국의 황제 루돌프 2세는 체코의 프라하에 살고 있었다. 그는 연금술과 마술 등 신비적인 것을 좋아해서, 국내외로부터 다수의 연금술사와 점성술사를 불러왔다.[92] 신비주의 모임도 많이 생기는 등 당시 프라하는 세계 유수의 오컬트 도시로 변모해갔다.

그런데 루돌프 2세는 유대인을 탄압한 것으로도 유명하다. 유대인들은 환경이 나쁜 거주지로 강제로 내몰리고 박해에 시달리는 나날을 보내고 있었다. 이 거주지에 있던 시나고그(유대 교회)의 우두머리가 '랍비 뢰브', 즉 랍비 유다 뢰브 벤 베주렐이었다. 그는 카발라에 관한 한 최고의 술자로 알려져 있었다.

1580년 어느 날, "골렘을 만들어 유대인을 탄압으로부터 지켜라"는 신의 계시를 받은 뢰브는 골렘을 제작하기로 결심했다. 뢰브는 우선 원료 채취에 나섰다. 밤중에 제자들과 함께 몰다우 강에서 성스럽게 선택한 진흙을 모아 시나고그의 다락방으로 가지고 갔다. 그리고 그곳에서 비밀의식을 거행했다. 의식의 순서는 대략 다음과 같다.

우선 진흙을 반죽해 인형을 만든다. 완성된 인형의 주변을 제자 중 한 사람이 주문을 외면서 시계 반대 방향으로 일곱 바퀴 돈다. 그리고 뢰브가 주문을 외자 인형이 불에 휩싸였다. 또 한 사람의 제자는 방금 전과 마찬가지로 또 일곱 바퀴를 돌고, 뢰브가 다시 주문을 외자 인형의 불은 물을 뒤집어쓴 듯이 사

---

92) 이 중에는 영국의 고명한 마술사 존 데이와 천체 운동 법칙을 발견한 케플러도 있었다.

라지고 증기가 자욱하게 끼었다.

증기가 없어지자 흙인형의 피부는 어느 틈엔가 인간과 똑같이 되어 있었다. 머리카락도 자랐으며, 그 모습은 인간과 전혀 다름이 없었다. 마무리로 뢰브가 직접 주문을 외면서 왼쪽 방향으로 일곱 바퀴를 돌고, 그리고 '쉠 하 메포라시'라는 신의 이름을 기록한 부적을 인형의 입에 놓았다. 이렇듯 골렘에게 생명을 불어넣음으로써 움직이게 했다.

어둠으로 사라진 골렘

탄생한 골렘은 외관이 인간과 똑같이 닮았지만 말은 전혀 할 수 없었다. 그러나 자유자재로 모습을 사라지게 할 수 있는 초능력을 갖고 있었다. 골렘은 뢰브의 명령에 따라 주어진 초능력을 사용해 밤마다 프라하 거리를 배회했다고 전해진다. 아마도 유대인을 돕는 다양한 활동을 했을 것이다.

피곤함을 모르고 명령에 충실한 골렘이었지만, 주 1회의 안식일에는 입의 부적을 떼고 쉬어야 한다는 규칙이 있었다. 그런데 어느 땐가 뢰브가 이것을 깜박 잊어버린 적이 있었다. 그러자 골렘은 흉폭해져 거리에서 난동을 부리기 시작했다. 뢰브가 간신히 입에서 부적을 떼냄으로써 사태가 겨우 수습되었다.

이 사건 후에도 골렘은 유대인을 위해 일했다. 그러나 얼마 되지 않아 황제가 유대인 보호정책을 내세우자 골렘의 역할은 끝이 되었다. 그가 만들어지고 나서 13년 후의 일이었다. 랍비 뢰브는 다시 비술을 이용해 골렘을 단순한 흙덩어리로 되돌아가게 했다. 그는 골렘이었던 진흙을 지난날의 그 다락방에 안치·봉인하고, 누구든 방에 들어가면 안 된다는 말을 남겼다.

뢰브가 죽은 후 수세기가 지난 다음 이 봉인이 풀렸다. 당시와 거의 다름없이 남아 있던 시나고그의 다락방에 그 진흙은 남아 있었다. 그런데 방 안은 텅

비어 있었다. 골렘의 진흙이 도대체 어디로 사라졌는지 지금도 수수께끼로 남아 있다.

'그는 죽었다'

골렘에 관한 또 하나의 전설을 소개하겠다. 폴란드의 랍비 엘리야도 비술이 최고봉에 도달한 자로 알려져 있는데, 1674년에 골렘을 만들어냈다고 한다. 엘리야는 점토로 인형을 만들어 생명을 부여했지만, 순서나 기법에 어딘가 문제가 있었던 듯하다. 이 골렘은 급속히 팽창을 계속하더니, 사람의 힘으로는 감당하기 힘들 정도로 거대해지고 말았다. 엘리야는 어쩔 수 없이 골렘을 파괴하기로 결심했다. 골렘의 이마에는 'emeth(히브리어로 '진리'라는 뜻)'가 새겨져 있었다. 여기에서 최초의 문자를 없애면 'meth(히브리어로 '그는 죽었다')'라는 말이 된다. 엘리야는 골렘의 이마에서 e자를 없애고 일을 마무리짓는 데 성공했다. 그러나 붕괴하는 대량의 점토에 눌려 자신도 죽고 말았다고 한다.

게마트리아의 응용

랍비가 행사했던 술법 중 최고의 것은 골렘 창조지만, 그 밖에도 그들은 게마트리아를 응용한 점 같은 것도 행했다. 또한 신의 진리에 이르기 위해 세피로트 사상에 의거한 수행도 행했다.

게마트리아

카발라의 해독법이 여러 분야에서 응용되었던 것은 앞에서도 언급한 바 있다. 랍비나 그 밖의 카발리스트는 히브리 문자를 각각 숫자로 바꾸는 수법을 고안해냈다. 이것이 수비술 또는 '게마트리아'라고 불리는 것으로, 그들은 도출된 수치를 퍼즐처럼 편성해서 신의 말을 발견하고자 했다. 말은 사상의 진실을 나타내므로, 이것을 점에 이용하는 일도 가능했던 것이다.

세피로트의 구조와 상상

세피로트를 구성하는 각 세피라는 그림과 같이 각각의 의미가 있다. 세피라에는 여러 설이 있는데, 예를 들면 티페레트를 라하님(자애), 말쿠트를 셰키나(여성 원리)로 바꿔놓는 경우가 있다. 랍비에게 세피로트의 그림은 매우 중요한 아이템이었다. 신의 위치에 도달하여 비밀을 얻기 위한 수단으로서, 세피로트를 머릿속에서 상상하고, '지혜의 길'을 더듬으며 명상을 했던 것이다.

그러나 13세기에 등장한 아브라함 아브라피아[93]는 세피로트에도 게마트리아적 수법을 이용해 암호를 해독함으로써 진리를 얻으려 했다. 그의 논리는 훗날의 카발라 연구자들에게 커다란 영향을 주었다.

---

93) 아브라함 아브라피아 : 아브라함 벤 사무엘 아브라피아. 카발라 연구에 관해 최고봉에 이르렀던 랍비 중 한 사람. 당시의 로마 교황에게 유대인 박해를 중지하고 유대교로 개종할 것을 권했으나, 교황의 분노를 사서 화형에 처해지고 말았다.

●거꾸로 된 나무

●세피라(의미·암시)

① 케테르 Kaether(왕관)

② 코크마 Cochma(지혜)

③ 비나 Binah(이해)

④ 케세드 Chesed(자애)

⑤ 게부라 Geburah(신의 힘)

⑥ 티퍼레트 Tiphreth(미)

⑦ 네트아크 Netreth(승리)

⑧ 호드 Hod(영광)

⑨ 이에소드 Iesod(기반)

⑩ 말쿠트 Malchut(왕국)

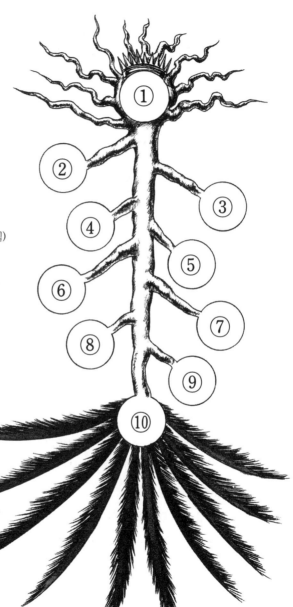

솔로몬 왕
KING SOLOMON

- ● 술자의 분류 : 윌록, 카발리스트
- ● 행사하는 소환술 : 악마나 정령의 소환과 사역, 악령 제거 등
- ● 피소환체 : 악마, 정령 등
- ● 힘의 근원 : 여호와의 힘, 마법진, 강한 의지
- ● 술자의 조건 : 신앙심, 훌륭한 정신력

솔로몬과 카발라

솔로몬은 그의 부왕 다윗과 함께 고대 이스라엘의 황금시대를 구축한 인물이다. 솔로몬 왕의 통치자로서의 모습은 구약성서의 「열왕기」 등에 잘 나와 있다. 대마술사이기도 한 그는 놀랄 만한 전승과 일화를 많이 남겼다.

카발라는 유대의 비법인데 고대 유대의 왕인 솔로몬의 술법도 그것과 관계없진 않다. 그는 『솔로몬의 열쇠』라는 마술서 등을 남겼는데, 이 중에는 열 가지 세피라에 대응한 정령이나 천체, 혹은 카발라적 용어가 포함된 주문 등이 기록되어 있다.[94]

애초에 솔로몬의 마술과 카발라에는 여호아 신의 존재가 바탕에 깔려 있다. 신의 힘(=지혜)을 이 세계에 재현한다는 의미에서는 형제적 혹은 동일한 것이라 불러도 좋을 것이다.

카발라는 유대교 랍비들에 의해 숨겨져 왔으며 솔로몬의 마술 또한 마찬가지였다. 『솔로몬의 열쇠』는 솔로몬이 죽음을 맞이하기 직전에 절대로 악용하

---

94) 솔로몬이 살던 시대에는 카발라, 특히 세피로트의 개념은 없었을 것이다. 설혹 개념은 있었다 하더라도 미성숙했으리라 보는 것이 타당할 것이다. 때문에 이 부분은 후대의 창작일 가능성이 높다. 그렇다고 솔로몬의 마술과 카발라와의 인과관계를 부정하는 것은 아니다.

지 않는다는 조건을 붙여 그의 아들 르호보암(훗날 유대 왕국의 초대 왕)에게만 전해졌다고 한다.

솔로몬은 마술사였다. 그러나 그러한 사실은 (그가 활약했던 시대에 씌어졌을) 성서에는 기록되어 있지 않다. 오히려『솔로몬의 열쇠』가 다시 각광을 받기까지 그는 아랍의 민간전승에 잠깐 등장하는 정도의 존재였다. 마술의 힘을 악용당하지 않도록 솔로몬은 사후 역사의 어둠에 몸을 숨겼던 것일지도 모른다.

『솔로몬의 열쇠』

이 책은 한 권이 아니라 여러 권으로 이뤄져 있다. 이 중에는 솔로몬이 행사했던 마술의 비법이 기록되어 있다고 한다.

술법을 계승한 자는 솔로몬의 사후에 잠시 동안 역사의 무대에서 사라졌다. 그러다가 17세기경 유럽에서 갑자기『솔로몬의 열쇠』가 출판되었다. 오랜 세월이 흘렀고, 또 많은 사람들의 손을 거쳤으므로 원전에 새롭게 추가되거나 누락된 부분도 있었을 것이다. 그 때문에 어디까지가 솔로몬이 직접 쓴 것인지 판별하기 어려운 게 사실이다.

그래도『솔로몬의 열쇠』는 유대 기원[95]의 마술서이며 어느 정도는 신용할 만한 가치가 있는 내용이었다. 당시의 신비주의자들이 모두 모여 평가했던 것이 무엇보다 좋은 증거일 것이다. 그리고 이 책이 이후의 마술계에 준 영향은 이루 말할 수 없을 정도다. 마법진을 이용하는 의식도 실은 솔로몬의 소환술이 그 뿌리다.

---

95) 솔로몬의 부인 중에 이집트 파라오의 딸도 있었던 점으로 볼 때, 그의 마술에는 모든 마술의 발상지라 일컬어지는 이집트의 영향이 있었을 것이라 추측된다.

고결한 자만이 사용할 수 있는 마술

솔로몬이 소환할 수 있었던 대상으로 가장 유명한 것이 악령의 종류일 것이다. 그들을 불러내기 위해서는 매우 복잡하고 주도면밀한 절차를 밟아야 했다. 이것은 소환이 얼마나 신중을 요하는 마술이었는가를 잘 나타낸다.

솔로몬의 소환술은 소환한 대상을 주술로 속박하고 복종시키는 것이었다. 원래 악령은 틈만 나면 빠져나가 술자에게 복수하려고 계획한다. 그러므로 사소한 실수나 방심은 큰 위험으로 이어지게 마련이었다. 술법을 자유롭게 구사하기 위해서는 의식이나 그에 따르는 준비는 물론, 신을 존경하는 신앙심과 악의 유혹에 지지 않는 강인한 의지도 중요하다.

중세의 '위치' 등이 이용했던 악마 소환술은 사악한 쪽에 속했지만, 그 뿌리가 되었던 솔로몬의 소환술은 신에 대한 신앙 없이는 성립하지 않는 것이었다. 그는 어디까지나 신의 원조를 얻어 상대를 무릎꿇게 만들었던 것이다.

왕 중의 왕 솔로몬

이스라엘 왕국의 제2대 왕 다윗은 전쟁으로 가나안 땅을 통일한 명군으로 유명하다. 그의 아들로 태어난 인물이 이스라엘 제3대 왕 솔로몬이다. 그가 왕위에 오른 것은 기원전 10세기경으로, 약 40년 동안 가나안을 지배했다.

즉위했을 때 솔로몬은 예루살렘 북서쪽에 있는 기브온 성소를 찾아갔다. 그런데 꿈 속에서 신이 나타나 "내가 네게 무엇을 줄까? 너는 구하라"고 말했다. 이때 솔로몬은 지혜를 구했고, 그로 말미암아 최고의 지식과 현명함을 얻을 수 있었다.

솔로몬의 지혜는 국내는 물론 세계의 여러 왕들이나 학자들 가운데 단연 뛰어났다.[96] 그는 이것을 활용해 외교나 재판, 그 밖의 여러 가지 문제를 해결했다. 또한 3천 가지가 넘는 잠언(격언·교훈)과 시를 남긴 왕 중의 왕이었다.

번영의 빛과 그림자

솔로몬 시대에, 왕국은 평화를 유지하고 주변 국가들이나 여러 부족과도 우호 관계를 맺는 데 성공한다. 왕은 주변 국가와 교역을 통해 엄청난 부를 축적하고, 동시에 대규모 국가 사업을 추진했다. 그 최고의 성과가 예루살렘에 완성된 새로운 신전과 궁전이다. 신전 건설에 7년, 궁전에는 무려 13년이나 걸리는 세월과 막대한 경제적 비용이 들었다.

이 신전에는 다윗 시대부터의 비원이었던 '계약의 상자'가 들어 있었다고 전해진다. 계약의 상자란 모세가 여호와로부터 받은 '십계'를 기록한 석판을 넣은 상자를 가리키며, 성궤(聖櫃)의 다른 이름으로도 알려져 있다. 신전의 완성으로 예루살렘은 명실공히 유대교의 성지가 되었다. 게다가 초기 성서가 편찬되었던 것도 솔로몬 시대였다.

훌륭한 신전과 궁전의 존재는 신과 왕의 권위를 만인에게 알리는 데 충분했다. 그러나 이 절정기의 이면에는 문제도 있었다. 국민의 빈부 격차가 심해지고, 무거운 세금과 강제 노동이 사람들을 압박했던 것이다.

솔로몬이 늙자 국내는 혼란스러워졌다.[97] 부족간의 대립으로 시작된 내란은 점차 커져 갔으며, 결국 왕이 죽자 나라는 북의 이스라엘과 남의 유다로 분

---

96) 현대의 역사가는 솔로몬의 지혜가 외국과의 교류 덕분일 것으로 추정한다. 즉, 솔로몬의 박식함은 (신의 지혜가 아니라고 한다면) 외국, 특히 이집트와 메소포타미아로부터 유입된 지식에 의한 것일 터이다. 이집트나 메소포타미아에서는 동식물학, 수학, 철학, 점성술, 시학이 발달해 있었다.

97) 각국에서 데려온 솔로몬의 부인은 7백~1천 명에 이르렀다고 한다. 그들은 고향에서 예루살렘으로 각각의 종교를 갖고 들어왔다. 만년의 솔로몬이 그런 이교의 신들에게 심취했기 때문에 여호와 신의 가호를 잃고 나라가 혼란해졌다고 한다. 다만 솔로몬을 마술사라는 시각에서 보면 이 설에는 의문이 남는다.

열되고 말았다. 그러나 이스라엘도 유다도 얼마 지나지 않아 대국 바빌로니아에 의해 멸망하게 된다.[98] 기원전 586년경 수도 예루살렘은 모조리 파괴되고 솔로몬의 신전[99]도 폐허가 되고 말았다.

솔로몬 왕의 소환술

솔로몬의 술법은 신의 위광으로써 악마나 정령을 불러내 뜻대로 부리는 것이었다. 이 기법을 터득하면 사람이나 사물에 씌인 악령을 쫓아내는 것도 가능하다. 그러나 소환을 할 때는 복잡한 의식이 필요했다.

반지·펜타그램·아이템

솔로몬은 모든 동물과 식물의 이야기를 이해할 수 있는 능력을 갖고 있었다. 이 힘의 원천이 솔로몬의 반지다. 그런데 어느 날 솔로몬이 강에서 목욕을 하다가 그만 반지를 떨어뜨리고 말았다. 그러나 한 어부가 물고기의 뱃속에서 반지를 발견해 가져다준 덕분에 솔로몬은 능력을 잃어버리지 않았다.

그리고 솔로몬이 자주 이용했던 것 중에는 펜타그램이라는 부적이 있었다. 이 부적의 소재로는 양피지나 금속 메달이 이용되었다. 술자는 소재 위에 동심원을 기본으로 한 도형이나 신 혹은 천사의 이름 등을 썼다. 그리고 이것을 법의의 가슴에 꿰매붙여 사용했다. 펜타그램의 종류는 수십 가지나 있으며, 용도에 따라 도형이나 소재의 종류, 문자를 쓸 때의 잉크 색까지 세세한 규정이 있었다. 이 부적에는 불러낸 상대를 두렵게 만드는 효과가 있었고 명령을 하는 데도 사용되었다. 그 밖에 재산이나 명예를 얻거나 대인관계를 호전시

---

98) 이때 포로가 된 유대인은 정복자의 도시 바빌론까지 압송되었다. 이것이 구약성서에 나오는 바빌론의 포로다.

99) 훗날 재건된 것과 구별하기 위해 제1신전이라고도 불린다.

솔로몬의 지혜

솔로몬에 관한 에피소드는 많지만, 그 중에서 몇 가지를 소개하겠다.
어떤 재판에서 한 아이를 둘러싸고 두 명의 여자가 싸우고 있었다. 이
때 솔로몬은 어느 쪽이 진짜 어머니인지 판단하기 위해 다음과 같은 명
령을 내렸다.

"칼로 아이를 두 동강 내서 반씩 가지는 게 좋겠다."

이에 한쪽은 수락한 반면, 다른 한쪽은 "그런 일을 해야 한다면 저 아이
를 그냥 저 여자에게 주십시오"라고 애원했다. 이를 본 솔로몬은 "진짜
어머니라면 자신의 아이를 죽게 내버려둘 리가 없다"고 말하며, 아이
를 양보하려 했던 여자가 진짜 어머니라는 판결을 내렸다.

시바 여왕의 이야기도 유명하다.

솔로몬의 명성을 들은 시바의 여왕은 그를 만나기 위해 예루살렘을 찾
아왔다. 빈틈없이 교육된 솔로몬의 신하들과 웅장한 궁전에 놀라면서
여왕은 솔로몬을 대면하게 되었다. 그녀는 지혜를 시험할 만한 수수께
끼를 솔로몬에게 묻는데, 그 모든 것에 대해 솔로몬은 정답을 말했다.
완전히 감복한 여왕은 솔로몬에게 무례를 사과하고 그를 칭찬함과 동
시에 이스라엘과의 우호를 약속했다.

키는 등 다양한 용도로 사용되었다.

 그 외에도 의식에 사용하는 아이템에는 다음과 같은 것들이 있었다. 단, 어느 것이든 불과 물, 기도, 거기에 거룩한 자의 이름과 같은 수단으로 성별(聖別)되어 있어야 한다. 술자와 조수도 의식 전에는 목욕과 단식 등으로 몸을 깨끗이 했다.

- 마 또는 견직물로 만든 순백 법의
- 양피지로 만든 관
- 마법진을 그리는 데 사용하는 소도, 검, 지팡이
- 조명으로 쓸 밀납 초, 향을 피우는 화로

- 향, 향유
- 펜, 잉크, 그림 도구, 양피지
- 성수(聖水)
- 박쥐, 비둘기 등의 제물 (공물)

정령의 소환

 악마나 정령은 천체(수성 · 금성 · 화성 · 목성 · 토성 · 태양 · 달)로부터 강한 영향을 받는다고 여겨지기 때문에 의식의 택일이나 월령(月齡), 성좌의 위치, 시간대 등을 고려해야 한다. 자연계의 위상에 맞는 상대만을 불러낼 수 있는 것이다.

특정한 장소나 시간이 결정되면, 몇 가지 '마법원'을 편성해 마법진을 그린다. 마법원에는 불려나온 상대를 봉하기 위한 것과 자신의 몸을 지키기 위한 것이 있다. 소환 때 외는 주문에는 신이나 천사의 이름이 들어가 있다.[100] 이는 신의 명령에 의해 악마나 정령을 속박한다는 의미가 있는 것으로 보인다. 주문을 통해 악마나 정령이 마법진 안에 출현하면, 오른손을 펜타그램에 놓고 왼손에 소도나 검을 든다. 그후 상대를 제압하거나 칭송하는 등의 방법으로 교섭[101]한다.

술자는 어르고 달래는 듯한 상태로 교섭을 진행하지만 비굴해지거나 약한 모습을 보여서는 안 된다. 자신(정확히는 자신의 배후에 있는 신)이 상대보다 위에 있다는 태도를 관철하는 것이 솔로몬 소환술의 특징이다.

악마나 정령은 여러 종류가 있고 종류에 따라 특기가 달랐다.[102] 예를 들면

---

100) 유대의 신은 한 명이지만 많은 명칭을 갖고 있다. 대표적인 신의 이름으로 여호와(=야훼, YHVH 또는 IHVH), 엘로힘, 테트라그라마톤, 샤바오, 샤다이 등이 있다. 천사의 이름은 미카엘, 오피엘, 메타트론 등이 자주 이용된다.

101) 상대에 따라 제물을 바치는 일도 있다. 이 제물은 성별된 것이어야 한다. 빵이나 와인은 상관없지만, 동물을 바치는 경우라면 육체적으로 성숙하기 전의 것을 준비한다. 상대 정령이 선한 정령이라면 흰 동물을, 악령이라면 검은 동물을 바치는 것이 일반적이다. 또 정령과 대응하는 천체에 따라 제물을 굽는 나무의 종류도 바뀐다.

102) 『게티아 솔로몬의 작은 열쇠』의 편자이기도 한 알레스터 크로울리는 72마왕에 관해 흥미롭고 독특한 해석을 하고 있다. 정령이나 악마는 실은 인간의 대뇌 각 부위의 메타포라는 것이다. 즉, 소환의식이란 "술자의 오감을 자극하는 것으로 뇌의 특정한 움직임을 활성화시키는 행위"이며, 이렇게 하여 잠재의식에서 "정보를 얻거나 신체의 상태를 정돈하여 병을 치유한다"는 것이다. 결국은 자신의 힘에 의한 목표 달성에 지나지 않는다는 것이다.

지식이나 정보를 가진 자, 적을 격퇴하는 자, 숨겨진 재물과 보석을 찾는 자, 병을 고치는 자, 비를 내리게 하는 자, 다른 사람의 애정을 얻는 자 등이 있었다. 원하는 바가 이뤄지면 술자는 다시 주문을 외고 상대를 돌려보낸다. 마지막에는 몸을 다시 깨끗이 하고 의식을 종료한다.

72마왕의 소환

솔로몬은 월록처럼 자연계의 4대 정령을 불러내는 일도 가능했다. 그러나 그것은 잔재주에 지나지 않는다. 그는 악령과 그 휘하의 군단을 조종했다. 각각의 이름은 벨리알, 바알, 아몬, 베리드, 이포스, 아스타로드, 마르쇼시아스, 파이몬……. 실은 그들은 모두 지옥의 마왕들이다. 나중에 기독교에서 악마라고 규정하게 되지만, 솔로몬 시대에 있어서 악마와 정령은 동의어로 간주되었다.

아무리 강한 악마라도 세계의 창조주인 지고신에게는 상대가 되지 않는 법이다. 솔로몬은 신의 거룩한 이름을 외고 그 가호를 받고 있음을 악마에게 알렸다. 마왕과 그 군단은 솔로몬에 의해 놋쇠 용기에 봉해졌다.[103]

이 용기는 바빌로니아의 어떤 호수에 가라앉아 있다가 후세에 끌어올려졌다. 이때 아무것도 모르는 자가 뚜껑을 열자 악마들이 해방되어 세상 속으로 흩어졌다고 전해진다. 만일 이 용기가 발견되지 않은 채로 있었다면 후세의 악마 소환술은 성립되지 않았을지도 모른다.

■ 72 마왕

No.	정령 이름	능 력
1	바알(BAEL)	소환자를 투명하게 할 수 있다.
2	아가레스(AGARES)	지진을 일으키는 힘을 가진다.
3	바싸고(VASSAGO)	숨겨진 것을 발견한다.
4	사미지나(SAMIGINA)	죽은 죄인의 정보를 가진다.
5	마르바스(MARBAS)	기계의 지식에 뛰어나다.
6	발레포르(VALEFOR)	도둑질을 잘하는 심부름꾼 악마.
7	아몬(AMON)	엄격한 조정자.
8	바르바토스(BARBATOS)	동물의 소리를 이해시킨다.
9	파이몬(PAIMON)	온갖 비밀을 알고 있다.
10	부에르(BUER)	철학과 논리학에 뛰어나다.
11	구시온(GUSION)	소환자에게 명예와 지위를 준다.
12	시트리(SITRI)	소환자의 연애를 돕는다.
13	벨레드(BELETH)	남녀간의 사랑을 만들어낸다.
14	레라지에(LERAJE)	전쟁이나 경쟁을 일으킨다.
15	엘리고스(ELIGOS)	전쟁의 결과를 가르쳐준다.
16	제파르(ZEPAR)	연애의 행방을 결정하는 힘을 가진다.

---

103) 일설에는 청동제라고도 한다. 이런 정령 혹은 악마에 관해서는 『아라비안나이트』 등의 아랍 전승에서도 유사한 모티브를 발견할 수 있다.

No.	정령 이름	능력
17	보티스(BOTIS)	친구나 적을 조정한다.
18	바딘(BATHIN)	약초나 보석에 관해 상세히 알고 있다.
19	살로스(SALLOS)	남녀 사이에 사랑을 일으킨다.
20	푸르손(PURSON)	과거로부터 미래의 일을 안다.
21	마락스(MARAX)	해부학의 전문가다.
22	이포스(IPOS)	용기와 기지를 준다.
23	아임(AIM)	고민을 해결해준다.
24	나베리우스(NABERIUS)	온갖 술법과 학문을 가르친다.
25	글라시아 라볼라스(GLASYA-LABOLAS)	도살 · 살인을 총괄한다.
26	부네(BUNE)	소환자를 현명한 웅변가로 만든다.
27	로노베(RONOVE)	수사학(修辭學)에 뛰어나다.
28	베리드(BERITH)	금속을 황금으로 바꾼다.
29	아스타로드(ASTAROTH)	모든 비밀을 안다.
30	포르네우스(FORNEUS)	좋은 이름을 지어준다.
31	포라스(FORAS)	윤리학, 논리학을 가르친다.
32	아스모다이(ASMODAY)	천문학과 지리학을 가르친다.
33	게압(GAAP)	인간을 한 순간에 다른 장소로 옮긴다.
34	푸르푸르(FURFUR)	번개나 태풍을 일으킨다.
35	마르쇼시아스(MARCHOSIAS)	강력한 천사
36	스토라스(STORAS)	천문학 지식에 뛰어나다.
37	페넥스(PHENEX)	모든 학문을 가르친다.
38	할파스(HALPHAS)	전쟁 때 힘을 발휘한다.
39	말파스(MALPHAS)	적이 원하는 바와 생각을 알려준다.
40	로임(RAUM)	도시를 파괴한다.
41	포칼로르(FOCALOR)	바람과 바다를 지배한다.
42	베파르(VEPHAR)	물을 지배하고 배를 조종한다.
43	사브노크(SAVNOCK)	무장 병사를 준비해준다.
44	샥스(SHAX)	시력과 청력을 뺏는 힘을 가지고 있다.

No.	정령 이름	능 력
45	비네(VINE)	마녀나 요술사를 발견한다.
46	비프론즈(BIFRONS)	점성술, 기하학을 가르친다.
47	우발(UVALL)	여성의 사랑을 손에 넣는다.
48	하겐티(HAAGENTI)	물을 와인으로 만들 수 있다.
49	크로셀(CROCELL)	물을 조정하고, 온천을 발견한다.
50	푸르카스(FURCAS)	철학과 점성술 등을 가르친다.
51	발람(BALAM)	소환자를 투명하게 한다.
52	알로세스(ALLOCES)	천문학이나 자유학을 가르친다.
53	카미오(CAMIO)	미래의 일을 가르쳐준다.
54	무르무르(MURMUR)	죽은 자의 혼을 소환한다.
55	오로바스(OROBAS)	신이나 천지 창조에 관해 상세하게 알고 있다.
56	그레모리(GREMORY)	숨겨진 재물과 보물을 가르친다.
57	오세(OSE)	비밀 사항을 가르친다.
58	아미(AMY)	정령이 숨긴 보물을 뺏는다.
59	오리악스(ORIAX)	인간에게 지위나 계급을 준다.
60	바퓰라(VAPULA)	공예의 지식을 준다.
61	자간(ZAGAN)	금속을 금으로 바꾼다.
62	볼락(VOLAC)	재물과 보물에 관한 지식이 있다.
63	안드라스(ANDRAS)	사이를 나쁘게 만드는 힘을 가진다.
64	하우레스(HAURES)	적을 다 태워버린다.
65	안드레알푸스(ANDREALPHUS)	수학과 천문학에 뛰어나다.
66	시메이에스(CIMEJES)	문법과 논리학을 가르친다.
67	암두시아스(AMDUSIAS)	모든 악기의 연주가 가능하다.
68	벨리알(BELLIAL)	인간이 원하는 지위를 준다.
69	데카라비아(DECARABIA)	보석의 효능에 상세하다.
70	세에레(SEERE)	한 순간에 물체를 이동시킬 수 있다.
71	단탈리온(DANTALION)	적의 비밀 계획을 가르쳐준다.
72	안드로말리우스(ANDROMALIUS)	사악한 인간을 벌한다.

변경지역

고난 속에서 태어난 기원과 춤

천재지변을 비롯한 자연의 맹위와 폭력으로 자유를 빼앗기는 일, 도망칠 수 없는 죽음과 난치병……. 실제로 인간은 거의 무력한 생물이다. 고대인들이 인간 이상의 큰 존재인 신과 정령을 상상하고, 어떻게든 그와 같은 존재의 가호를 받으려고 생각했던 것은 이상한 일이 아니다.

예로부터 끊임없이 계승되어온 술법을 취급한 샤먼은 인간과 신, 정령과의 중개를 담당하는 '인간의 대표자'였다. 샤먼은 기원을 바침으로써 신에게서 신탁을 받거나 정령을 그 몸에 소환하는 등 여러 가지 능력을 발휘했다.

이번 장에서는 지금까지 다른 장에서 나오지 않았던 비교적 하위 등급의 소환사들을 소개할 것이다. 구체적으로는 마야·아스텍의 신관이나 오세아니아의 정령사, 그리고 고대 사회나 미개한 지역에서 의사의 역할을 했던 마법 의사 등이다.

좀비 마스터로서 유명한 부두교의 사제도 원래는 학대받던 민중의 신앙 속에서 태어난 술자다. 이 같은 술자들을 소환사로서 분류한다면 샤먼이라고 할 수 있다. 옛날에는 있었지만 지금에 와서는 거의 소멸되고 말았다. 많은 사람들이 신이나 정령의 힘을 빌리지 않아도 스스로 구축한 문명에 의해 생명과 생활을 지킬 수 있게 되었기 때문이다.

현대 샤먼의 거점은 주로 변경 지역에 있고(변경에만 그 존재가 허락되어 있다), 그 때문에 그들의 실태가 세상에 널리 알려지는 일은 많지 않다. 그러나 그들이야말로 소환사의 선조라 할 수 있는 자들이다. 고대에 신을 소환하는 데 성공한 위대한 선인들의 경험으로부터 후세의 다양한 마술과 모든 소환술이 태어났던 것이다.

중세 유럽에서 발달한 연금술이나 악마 소환의식은 고대의 소환술과 전혀 무관하지 않다. 연금술은 물질이 내포하는 정령 소환이 기본이고, 악마도 강대한 파워를 가진다는 점에서는 신과 별로 다르지 않은 존재라 할 수 있다. 샤먼의 소환의식 대부분

은 '기원'이지만, 또 하나의 커다란 공통점은 '춤'이다. 춤을 비롯한 격렬한 운동은 정신을 고양시킨다. 신과 정령에 대한 집중력이 높아지면 그만큼 소환술도 성공하기 쉽다. 강령이나 소환을 실제로 행할 수 있는 술자는 한정되어 있다. 그러나 많은 소환 의식에서는 소망이 이뤄지기를 기원하는 사람들이 춤추는 무리 속에 가세한다.

옛날부터 신과 정령은 한 마을 전체를 구할 정도로 커다란 힘을 갖고 있었다. 구성원 전원이 은혜를 입는다면, 협력해 기원을 바치거나 춤추는 것은 이상한 일이 아닐 것이다.

"큰 존재는 특별한 누군가를 위한 것이 아니라 모든 인간을 행복으로 이끌어준다." 그런 생각이 춤이라는 의식을 만들어낸 것일지도 모른다.

부두 사제

VOODOO PRIESTS

- 술자의 분류 : 샤먼, 네크로맨서
- 행사하는 소환술 : 정령의 강령, 사자의 부활
- 피소환체 : 부두의 정령(신), 좀비
- 힘의 근원 : 신앙심, 희생 제물
- 술자의 조건 : 영력의 소질이 뛰어날 것, 정령의 가호를 강하게 받을 것
- 대표적인 술자 : 프랑소와 듀발리에(아이티 공화국의 초대 대통령)

"밤마다 이상스런 집회를 열고, 아침까지 계속해서 음란한 춤을 추는 혐오스런 주술자. 백인들을 저주로 죽이기 위해 사악한 신에게 제물을 바치거나 좀비를 조종하는 광신자……."

일찍이 부두 주술사는 사람들 사이에서 이런 식으로 소문이 나 있었다. 좀비라는 잘 알려진 괴물의 뿌리도 여기에 있다. 지금도 중미(中美)에 현존하는 부두교의 신도는 확실히 정령과 접촉을 가지며 술자는 죽은 자를 조종하는 술법도 알고 있다.

근거와 진실

'부두' 라는 말은 정령이나 신을 나타내는 말이다. 호러 영화나 공포 소설 등의 영향 탓인지 부두교는 크게 오해받는 일이 많다. 틀림없이 피비린내 나는 의식을 행하며, 아이티의 독재자는 높은 능력을 가진 술자로 정적을 주살한다는 소문도 있었다. 그러나 적어도 오늘날의 부두교는 사교(邪敎)가 아니라 일부 지역에 남아 있는 종교의 하나에 지나지 않는다. 이 색다른 종교의 성립에 관해서는 상당히 흥미로운 측면이 있다.

부두는 원래 서아프리카 다호메(현 베닌 공화국)의 폰족을 중심으로 퍼진 소규모의 조상숭배 종교였다. 17세기~19세기, 프랑스는 노예를 구하기 위해 서아프리카에 침입했다. 그리고 정글에 사는 현지인을 붙잡아 아이티로 팔아넘기는 노예 매매를 시작했다. 폰족 또한 대부분이 잡혀서 흑인 노예로 중미에 보내졌다.

낯선 땅에서 노예가 되어 혹사당하는 그들에게는 강한 마음의 지주가 필요했다. 아이티에 강제로 끌려온 흑인들은 다양한 부족의 사람들이었고, 이들은 부족마다 각각의 종교를 갖고 있었다. 그러나 아이티에서 함께 생활하게 된 아프리카인들은 서로 다른 종교를 융합시켜 부두라는 종교를 탄생시켰다. 여기에 아이티에서 보급된 가톨릭과 아메리카 원주민의 종교관[104]까지 교묘히 받아들여져 현재에 전해지는 부두교가 완성되었다.

부두의 수난

노예의 고용주들은 부두교를 혐오했다. 백인 입장에서는 노예가 결속하는 것은 물론, 부두교에 의해 왜곡된 가톨릭의 가르침이 섞여 있는 것도 용서할 수 없는 일이었다. 그래서 부두교는 사교(邪敎)로 선전되었고, 이를 신봉하는 자들은 탄압을 받았다. 그러나 흑인 노예들은 결코 꺾이지 않았으며, 훗날 정복자로부터 자유를 되찾는 데 성공했다.

그런데 부두교에 약간의 변화가 일어났다. 일부 교도들이 세간에 알려진 부두의 사교적 이미지나 블랙 무슬림[105]의 과격한 사상을 받아들이고 말았던

---

104) 아메리카 원주민 : Native American. 미국 원주민, 즉 인디안이나 인디오를 말한다. 부두교에는 북미 인디안의 토템 신앙이 강하게 섞여 있다. 또한 남미 인디오의 종교도 들어가 있다.

105) 블랙 무슬림 : Black Muslim. 1950~60년대 미국 흑인 해방 운동의 중심이 되었던 그룹. 흑인 지상주의를 외치며 테러 등 과격한 활동으로 널리 알려졌다.

것이다. 이런 현상은 중미 전역 여러 곳에서 발생했다. 그러자 부두는 지방마다 그 해석이 조금씩 달라졌다. 그리고 정말로 사교에 물든 종파도 존재하게 되었다. 현재 부두교는 아이티를 중심으로 한 서인도 제도와 미국 남부의 흑인들 사이에 널리 신봉되고 있으며, 최근에는 특히 미국 남부에서 확산되고 있다고 한다.

로아와 사제

부두에서 숭배되는 정령106)은 로아(Loa)107)라고 불린다. 이 로아를 제사지내는 의식을 집행하는 것이 사제인데, 남자든 여자든 관계없이 될 수 있다. 단, 남성 사제는 오운간, 여성 사제는 맘보라고 불린다. 사제는 단순히 의식을 진행하는 역할만 하는 것이 아니라, 샤먼으로서의 능력도 가지고 있다.

부두교도는 피할 수 없는 위험이나 어떻게 할 수 없는 곤란이 닥쳤을 때 강령의식을 행함으로써 로아를 강령하고 조언을 받을 수 있다. 사제는 이런 강령의식을 맡는데, 숙련된 자일 경우에는 로아를 그 몸에 내려 많은 기적을 행한다고 한다.

사제는 샤먼으로서의 능력을 어느 정도 갖고 있지만, 그것과는 별도로 다른 종교에는 없는 색다른 술법도 행사할 수 있다. 바로 좀비의 비술이다. 사제는 사체를 소생시켜 뜻대로 조종할 수 있다고 알려져 있다.

---

106) 부두교에는 토착 종교와 기독교가 섞여 있기 때문에 지방에 따라 신앙의 방식이나 신앙 대상의 개념이 상당히 다르다. 정령이 신으로 인식되는 일도 있고, 나아가 그것이 복수(다신교)이거나 유일신인 경우도 있다. 다신교에서는 사제가 자신을 매개로 해서 강령을 행하는데, 일신교에서는 그렇지 않다.

107) 다신교와 일신교에서는 로아에 대한 해석을 달리한다. 다신교에서는 정령이나 신들을 의미하지만, 일신교에서는 우주를 창조하고 모든 것을 통치하는 최고의 존재로 여긴다.

혼과 영

움직이는 사체로 알려진 좀비, 이것은 부두교와 떼려야 뗄 수 없는 관계에 있다. 근래에는 좀비에 관한 연구가 상당히 진척되어 그 실체가 매우 분명해졌다. "부두의 사제는 좀비를 조종하는 마술사……." 그대로 받아들일 수 있는 이야기는 아니지만, 전혀 근거 없는 거짓말이라고 할 수도 없다.

좀비는 일반적으로 '살아 있는 시체'로 여겨지지만, 이것은 큰 오해다. 본래 좀비란 마음이나 감정을 주관하는 영체이며, 모든 인간의 신체에 깃들여 있는 것을 의미한다.

부두에서는, 인간의 정신은 혼과 영의 두 가지로 구성되어 있다고 해석한다. 혼을 '그로 본 난쥬(대수호천사)', 영을 '티 본 난쥬(소수호천사)'라고 부르며, 티 본 난쥬를 좀비라고도 한다.

사제는 주술을 이용해 그로 본 난쥬와 티 본 난쥬를 산 자로부터 빼내거나 죽은 자에게 깃들이게 할 수 있다. 이 주술에 의해 소생된 자는 살아 있는 사람과 똑같은 생활을 할 수 있다. 그러나 술자는 때로 티 본 난쥬를 세공한 후에 사체에 머물게 하는 경우가 있었다. 마음과 감정이 술자의 의지에 따르도록 조작된 죽은 자, 그것이 일반적으로 말하는 좀비다. 좀비는 명령에 거역할 수 없으며 노예로서 누군가에게 계속 봉사하게 된다.

주술은 산 자의 티 본 난쥬에게도 행사할 수 있다. 이 경우에는 산 자를 잠들게 하고 티 본 난쥬를 빼내어, 여기에 주술적인 세공을 한 뒤 다시 육체에 되돌린다. 술자는 이렇게 만든 좀비를 노예처럼 일을 부리는 경우도 있지만, 영원히 지상을 헤매게 함으로써 방랑의 고통을 줄 수도 있다.

죽은 자를 소생시키는 수법으로 만들어진 좀비는 '사체에 갇혔던 사령(死靈)'이며, 산 채로 좀비가 된 자는 '의지나 감정이 자유롭지 못한 산 자'라고 할 수 있다. 어떤 경우든 좀비는 산 자라고도 죽은 자라고도 판단할 수 없는

어중간한 존재가 되는 셈이다.

부두교에서 좀비의 주술은 대죄를 범한 자에 대한 극형이었다. 술자는 생전에 죄를 지은 자를 소생시키거나, 죄인을 잠들게 하여 좀비로 만들어버리기도 한다. 이 때문에 교도들은 좀비의 형을 사형 이상으로 두려워한다.

좀비 파우더

좀비의 주술은 과학적인 연구가 진행됨에 따라 하나의 해답을 얻었다. 그것에 따르면, 좀비는 죽은 자와 극히 가까운 상태가 된 산 자라 할 수 있다. 주술의 산물이 아니라 약에 의해 육체와 정신에 장애가 초래된 인간인 것이다.

좀비의 형을 받은 죄인은 약으로 잠들게 되고 주술에 의해 일시적으로 그로 본 난쥬 또는 티 본 난쥬를 몸에서 뽑히고 만다고 전해진다. 바로 그 약에 좀비를 만드는 비밀이 숨겨져 있다.

흔히 '좀비 파우더'라고 불리는 이 황색 분말은 두꺼비, 자귀나무(합환목), 노래기, 타란튤라(무도 거미), 캐슈(cashew), 네 종류의 복어, 인간의 사체 일부 등 여러 가지 동식물(주로 독이 있는 것)을 원료로 하고 있다. 이것은 강력한 가사약(假死藥)이며, 복용한 사람은 가사 상태에 빠진 후 육체와 정신에 커다란 장애를 입고 자신의 의지를 잃은 상태로 되살아난다.

좀비 파우더에 당한 인간은 보통 멍하니 계속 서 있는 상태로 뭔가 명령을 받으면 그대로 행동하려고 한다. 몸이 부패되지 않았다는 점 외에는 좀비의 특징을 나타낸다고 할 수 있다. 다만 이것이 정말 좀비의 실제 모습인지는 아무도 모르는 일이다. 그리고 좀비 파우더는 주술의 보조적 도구에 지나지 않는 것일지도 모른다.

부두교의 소환술

부두교 의식에서는 정령에게 바치는 제물이 빠질 수 없다. 그리고 부두는 '춤추는 종교'라는 별명을 갖고 있다. 그 의식은 상상보다 훨씬 소란스러우며, 의식 중에는 계속해서 음악이 울려퍼진다. 의식에 필요한 제물과 소도구에 관해 알아보자.

통과의례(입단식)

새로 부두에 입신한 자가 최초로 치러야 하는 의식으로, 이를 거치지 않으면 교도로서 인정받지 못한다. 새로 온 사람은 옥수수와 쌀, 과자, 과일, 빵, 또는 동물을 제물로 바친다. 그리고 사제는 조개껍질과 재가 들어간 상자를 이용해 의식을 행한다. 의식은 2주 동안 계속되며, 그 사이에 부두의 노래와 춤, 기도의 말도 전수받는다.

소환의식의 준비

부두교에서는 제물에 중요한 의미가 있다. 도살에 의해 튄 피는 의식 장소를 깨끗이 하는 것 외에 술자를 비롯한 사람들의 흥분을 고양시키는 작용을 한다. 제물에는 닭, 고양이, 산양, 소 등이 선호된다. 그 중에서도 특히 검은 고양이나 검은 닭이 많이 사용된다. 예전에는 백인 아기를 훔쳐다 죽인다는 소문도 있었다.

제물을 제단에 바칠 뿐만 아니라, 피를 마시거나 몸에 문질러 바르는 일파도 있다. 또한 독물을 이용해 정신을 고양시키는 그룹도 있다. 이것은 좀비 주술에 이용되는 것과는 별개의 것으로, 어떤 성분인지는 확실치 않다. 그러나 의식 도중에 죽는 자도 있으므로 상당히 위험한 물품임에는 틀림이 없다.

정신의 고양에는 음악도 빠뜨릴 수 없다. 대표적인 악기로는 북을 들 수 있

는데, 테두리에 동물의 가죽을 붙이고 손잡이만 붙인 간단한 것이 사용된다. 의식이 시작됨과 동시에 끊임없이 북을 울리게 해서 흥분을 부채질하고, 의식이 최고조에 이를 때면 그에 맞추어 격렬하게 두드려서 교도들의 감각을 마비시킨다. 강령이 완성되면 심장 박동 정도의 느린 페이스로 조용히 울린다. 의식 장소에 불안감이나 긴장감을 떠돌게 하기 위해서다. 이처럼 북을 두드려 인간 심리에 호소하는 방법이 사용되었다.

또한 의식의 제단에는 많은 초와 더불어 정령이나 신, 성인을 나타내는 작은 형상이 놓여 있다. 흥미로운 것은 검은 마리아나 그리스도 상이 존재하는 점이다. 신도의 대부분은 흑인이다. 따라서 그들을 구원하기 위한 '검은 성자'가 필요한 것이다. 그 밖에 성스러운 상징으로 십자가가 이용되기도 한다. 또 제물로 유명해진 부두교에서는 피의 색깔인 빨강에 특별한 의미를 두기 때문에 전신을 선혈빛으로 칠한 형상을 늘어놓는 일도 있다.

강령

정신을 이상 흥분상태로 만들어 육체로부터 정신을 해방한다. 부두 강령의 특징은 다른 세계에 있는 정령과 일시적으로 정신을 교체한다는 점이다. 강령을 실제로 체험할 수 있는 것은 사제와, 사제에게 선택된 신도뿐이다.

로아의 세계는 몇 개의 나라로 나뉘어 있고, 거기에 여러 종류의 정령이 살고 있다고 한다. 교도에 있어서 최초의 강령으로 인도되었던 나라가 그의 수호정령의 나라이며, 이후에는 반드시 그 나라로 인도된다. 교도의 정신이 로아의 세계로 가고 있는 동안 육체에는 수호정령이 빙의한다. 정령은 교도의 입을 통해 조언을 주고 몇 분만에 다시 정령의 세계로 돌아가버린다. 그러는 동안, 교도는 흰자위를 드러내고 경련을 일으키거나 의식을 잃은 채로 있다.

가면을 통해 깃드는 정령

정령사
NEW GUINEA SHAMAN

- 술자의 분류　　：샤먼
- 행사하는 소환술：정령의 강령, 빙의
- 피소환체　　　：그 지역에서 숭배받는 신
- 힘의 근원　　　：술자의 정신력, 신과 정령의 조력, 가면
- 술자의 조건　　：바른 혈통, 문신 등의 증거

오세아니아는 태평양의 섬들과 오스트레일리아 대륙을 합친 넓은 지역이다. 그 중에서도 파푸아 뉴기니는 깊은 정글에 둘러싸인 자연의 낙원 또는 미개한 땅으로 알려져 있었다. 최근 이곳에도 문명화 바람이 급속히 밀어닥치면서, 옛날부터 내려온 현지의 신앙은 버려진 듯이 보인다. 그러나 현지인들은 근대 문화와 외래 종교에 영합하면서도 정령의 존재를 확신하고 있다. 그들에게 정령이란 종교와는 별개의 차원에 있기 때문이다.

정령과 함께 했던 과거

뉴기니의 전설에 의하면, 정령은 형태가 있는 모든 것을 창조하고 동식물과 인간의 구별 없이 가호를 주는 것으로 여겨졌다. 현재 뉴기니의 숲은 상당히 개간되었지만, 수십 년 전까지는 섬 전역이 숲으로 둘러싸여 있었다. 마을 사람들은 아무도 들어가지 않는 깊은 숲 속에 있는 정령들의 가호를 받으면서 살았다.

이런 환경에서 정령과의 교신 역할을 할 사람이 마을 안에서 나온 것은 전혀 이상한 일이 아니다. 일족의 리더는 보통 '빅맨' 이라고 불리는데, 인간의 대표로서 정령과 의사 소통을 했으며 유사시에는 정령의 도움을 얻었다고 한다.

싱싱

뉴기니 사람들은 정령의 조력을 원할 때, 또 정령에게 뭔가를 알리고 싶을 때는 특유의 의식을 행했다. 그것은 일족 모두가 빠짐없이 발을 쿵쿵 구르며 춤을 춤으로써 정령을 불러들이는 것이었다. 이때 추는 춤을 '싱싱' 이라고 부른다. 일반적으로 춤을 추는 사람들 중심에는 다양한 색으로 장식한 크고 기분 나쁜 가면을 쓴 사람이 한 명, 그리고 작은 가면을 쓴 사람이 여러 명 있었다.

가면은 정령의 모습을 본떠 만든 것이었다. 가면으로 인간의 얼굴을 숨김으로써 스스로의 몸에 정령을 빙의시키는 것이다. 또 가면에 심신을 맡긴다는 표현도 가능할 것이다. 빙의한 정령은 가면 쓴 자의 신체를 마음대로 조종했고, 사람들의 소망을 들어줬다고 한다.

의식 때 중심에 있는 큰 가면의 술자는 신(혹은 강력한 정령)을, 그 주위에서 춤추는 작은 가면을 쓴 사람들은 종속 정령을 나타낸다.

이 지역의 신은 여러 명 존재하고, 가면도 다양한 종류가 준비되어 있었다. 만일 술자가 사용하는 가면을 바꾸면 빙의하는 영도 바뀌었다. 싱싱은 현재까지 남아 있지만, 우리들이 볼 수 있는 의식은 완전히 예능화된 것이고 정령을 빙의시킨다는 의미는 별로 담겨 있지 않다.

삼림의 벌채가 진행되면서 현지인들은 정령에게 의지하지 않아도 편안한 생활이 가능해졌다. 그러나 남아 있는 숲 속에서는 아직도 힘을 갖고 있는 소환사와 그 일족이 은밀히 살아가고 있는지도 모를 일이다.

자신을 희생하며 동료를 구하는 마법 의사

샤먼 닥터

APACHE WITCH DOCTORS

- 술자의 분류 : 샤먼
- 행사하는 소환술 : 강령, 제령
- 피소환체 : 정령, 사령
- 힘의 근원 : 술자의 영력, 신이나 정령의 도움
- 술자의 조건 : 영력에 대한 소질이나 혈통, 정령에 대한 신앙심

현재 대부분 나라에서는 병은 병원에서 치료하는 것이라는 생각이 일반
적이다. 그렇다면 의사가 없는 곳이나 의사라는 존재가 아예 없었던 시
대에는 어땠을까? 환자는 고통 속에서 죽음을 기다리고만 있었을까?

"신이여, 어째서 이자는 괴로워해야 합니까? 고통을 없앨 수는 없습니까?"

이런 인간의 순수한 생각이 의료를 위한 주술을 만들어냈다. 그리고 곳
에 따라서는 의료 전문 주술자[108]도 탄생했다.

주술자 집단 아파치족

예로부터 마법 의사는 세계 어디에나 존재했다. 그 중에서도 미국의 아파치
족은 널리 알려져 있다. 그들은 자연의 정령을 깊이 신앙하고, 수많은 술법을
행사한 것으로 잘 알려져 있다.

아파치족이 숭배하는 정령은 우주의 모든 것을 창조한 존재라고 여겨졌다.
동식물은 물론 길바닥에 구르는 돌멩이조차도 예외 없이 정령의 영향을 받는

---

108) 여기에서 말하는 마법 의사는 신이나 정령의 힘을 빌려 치료를 행하는 술자를 말하며,
중국 등지에서 널리 유포되었던 기를 이용하는 수법과는 다르다.

다고 생각했다. 이 때문에 아파치족의 술자는 정령의 힘을 매우 넓은 범위에 활용할 수 있었다. 그들은 병이 난 사람을 치유하고, 분실물을 찾고, 적대자를 저주하여 죽이는 일까지 했다. 정령은 부족의 운명을 좌우하는 사항부터 아주 하찮은 개인적인 소망까지 힘을 빌려줬던 것이다.

그들 사회에서 정령은 늘 가까이에 존재하기 때문에 일족 사람이라면 특별히 주술자가 아니더라도 가호를 받을 수 있다고 믿었다. 예컨대 누군가가 소중한 것을 분실했다고 하자. 분실한 것은 어디에 있든 '정령력(精靈力)'을 유지하고 있으며 주위에 영향을 미친다. 즉, 정령력을 탐지할 수 있는 정령은 모든 것의 장소를 분명히 알 수 있는 법이다. 무엇인가를 잃어버린 소유주는 이 정령에게 간절히 기원함으로써 분실물에 관한 조언을 얻을 수 있다.

그러나 정령은 언제나 소망을 들어주는 것은 아니다. 실제로 도움의 정도가 매우 애매했다. 물건을 찾는 경우라면 모르겠지만, 일족 전체와 관련된 사항인 경우에는 술자가 짊어지게 될 책임도 중대하다. 이 때문에 술자에게는 높은 영력 외에 정령의 도움이 있었던 것을 이해할 수 있는 유연한 자세도 필요했다. 즉, 영력만으로는 주술자의 이름을 쓸 수 없었던 것이다.

샤먼 닥터의 주술

대규모 술법을 행사할 수 있는 자는 일족 중에서도 몇 명으로 한정된다. 특히 병을 치료하는 경우에는 커다란 대가를 지불해야만 한다. 그 대가는 바로 자신의 목숨이었다. 타인의 생명을 구하는 힘은 특별히 강력한 부류에 속하기 때문에, 이것을 행사하는 샤먼 닥터(마법 의사)는 자신의 생명을 단축시켜야 했다.

때로는 술자 자신만이 아니라 그 혈족의 수명까지 줄어드는 일이 있었다. 샤먼 닥터는 자신과 가족이 목숨을 잃고 말 것이라는 각오를 하고 동료의 생명을 구했던 것이다.

그들은 우선 환자가 왜 안 좋은 상태에 빠졌는지 진찰하고, 정령을 강령하여 대답을 구한다. 정령으로부터의 회답은 술자의 입을 통해 얻을 수 있는 것이 아니다. 그 말은 자연 속에서 얻을 수 있다. 예컨대 우레소리가 울려퍼지거나, 동물이 울부짖거나, 곤충이 어딘가 특정한 장소를 기어 돌아다닌다……. 술자는 이 같은 자기 신변에 주의를 기울여야 한다. 즉, 정령이 뭐라고 답했는지 이미지로 포착해야 하는 것이다.

그 결과, 판명하는 병의 원인은 크게 세 종류로 나뉜다. 하나는 터부[109]를 범한 응보, 하나는 다른 사술사(邪術師)의 저주, 또 하나는 사령에게 홀려버린 경우다. 전례가 있는 병이라면 적절한 약초에 의한 조치와 터부에 대한 변상, 저주나 사령을 제거하는 식으로 환자를 회복시킬 수 있다.

그러나 정령으로부터 얻은 이미지가 선명하지 않았던 경우나 자신의 힘으로는 맡을 수 없을 것 같은 상태의 병인 경우 술자는 환자의 치료를 그만둔다. 되지 않는 것은 할 수 없다……. 그런 단념은 분명히 했던 것 같다.

샤먼 닥터의 소환술

마법 의사가 해야 할 일은 '정령의 조언을 정확히 이해하고, 적절한 조치를 행하는 것'이므로 그만큼 경험이 중요했다. 그러나 경험을 쌓으면 쌓을수록 술자는 보다 많은 대가를 치르게 된다. 그들은 늘 모순 속에서 그 힘을 행사해 온 고뇌의 소환사였다.

---

109) 이 세상의 모든 것에는 정령의 힘이 작용한다. 아무리 하찮은 것이라도 특정한 예의로써 취급해야 하며, 무의식일지라도 이것을 깨뜨리는 일은 허락되지 않는다. 깨뜨린 경우에는 터부를 범한 것이 된다.

정령의 강령

마법 의사는 환자의 신체를 구석구석까지 진찰하고, 조금이라도 많은 정보를 얻고 나서 강령의식을 행한다. 이것은 터부를 범한 자나 저주를 받은 자에게는 반드시 그 흔적이 있기 때문이다.

한창 의식을 행하는 중에도 환자에게 질문을 던져 정령이 대답할 힌트를 만든다. 병의 원인이 사령이나 저주에 의한 것이면, 술자는 저주에 유효한 정령을 소환한다. 이것을 환자에게 강령하거나 스스로에게 강령하여 사술사(邪術師)와 격렬히 싸우는 일도 있다.

그렇게 하는 동안 일족 사람들은 계속해서 음악을 울리며 술자와 환자의 정신을 고양시킨다. 그리고 강령의식을 행할 때는 정령에게 줄 선물이 필요했다. 대표적인 것으로 꽃가루를 넣은 작은 주머니, 흠 없는 사슴 가죽, 푹신푹신한 독수리의 깃털, 터키석 등을 들 수 있다.

처음에 준비한 제물만으로는 부족할 때도 있으며, 마법 의사는 그런 경우에 적합한 주문을 환자의 친족에게 알려주고 가져오게 했다.

사술사와 요술사

정령의 힘은 사람에게 해를 입히기 위해 사용할 수도 있다. 이런 정령을 소환하는 술자를 사술사(邪術師) 또는 요술사(妖術師)라고 한다. 사술사는 개인을 목표로 한 주술 사용자이고, 요술사는 일족이나 집단 전부를 상대로 주술을 행사하는 술사다. 여기서 사술사와 요술사가 이용하는 대표적인 술법을 몇 가지 소개한다.

• 벗어날 수 없는 화살(사술) : 사체의 뼈로 화살을 만들고, 이것에 건조시킨 사체의 살, 머리카락, 옷 자투리, 거미, 말의 털, 새나 곤충의 깃털을 붙인다. 이렇게 만들어진 화살은 아무리 떨어져 있어도 저주하는 상대에게 정확하게 명중해 목숨을 빼앗는다.

• 저주(사술) : 저주하는 상대의 피와 머리털, 손톱, 정액 등을 입수하

고, 술자의 분뇨로 더럽힌다. 이것을 칠한 검을 적당한 장소에 갖다놓으면 상대는 반드시 그 검에 닿아 저주를 받는다.

● 사령 강령(요술) : 사령을 불러내거나 제물의 목숨에서 사령을 만들어내는 술법으로, 저주하고 싶은 부족의 식수원 등에 주술을 건다. 목표가 된 집단은 사령에 의해 더럽혀진 물을 마시게 된다. 그리하여 정신쇠약을 일으키고 미쳐버리게 되며 자살 등으로 파멸하고 만다.

생명과의 교환으로 수호를 주는 자

마야·아스텍 신관

AZTEC & MAYA SHAMANIC PRIESTS

- 술자의 분류 : 샤먼
- 행사하는 소환술 : 강령술, 예언과 과거를 봄
- 피소환체 : 신의 힘
- 힘의 근원 : 영력, 제물
- 술자의 조건 : 대대로 신관을 계승하는 가계일 것

마야 문명은 기원전 3000년경부터 17세기에 이르기까지 멕시코 남부에서 과테말라, 벨리즈를 중심으로 한 온두라스, 엘살바도르 지역에서 번영했다. 그리고 15세기경 멕시코 중앙 고원을 중심으로 번창했던 것이 아스텍 문명이다. 형태를 바꾸면서도 4천 년 이상이나 계속된 마야 문명에 비해, 아스텍은 불과 1백 년 후인 16세기(1522년)에 멸망하고 말았다. 두 문명의 최대 특징은 신관의 존재다. 신전과 오브제, 예언서 등 수많은 유산은 신관의 지시에 따라 만들어졌다. 신관은 다양한 주술을 이용하여 마야·아스텍 문명을 지탱했다.

마야·아스텍 신관의 공적

아스텍은 그전에 흥망을 거쳐온 올멕, 테오티우와칸, 토토낙 다음으로 태어난 정통적인 문화다. 마야도 올멕의 영향을 강하게 받아 아스텍과 거의 같은 문화 체계를 갖고 있었다. 그러나 밀림 내에서 고립된 상태였기 때문에 건축물이나 예술, 달력 등에 관해서는 독자적인 문화 형태를 유지했다.

마야·아스텍에는 신관을 정점으로 한 계급제도가 있었다. 양 문명 사회에서는 종교가 최상의 가치를 지니고 있었고 정치, 경제, 군사 그리고 사회 생활이 모두 밀접한 관계를 맺고 있었다. 실질적으로 신관은 귀족이나 족장 이상의 권력을 가진 지고한 존재였다. 기본적으로 세습제이며, 대개 귀족 출신이 그 자리에 올랐던 듯하다. 정무 외에 새로운 지식을 찾아 문화의 발전을 촉진하는 것도 그들의 큰 임무 중 하나였다.

마야·아스텍 하면 장대한 피라미드와 정확한 달력 등 고도의 문명으로 알려져 있지만, 그것도 모두 신관의 공적이다. 그리고 더욱 많은 신의 가호를 받을 수 있도록 연구하고 탐색하는 것도 신관의 사명이었다. 마야·아스텍 신관의 주술적 능력의 중심은 수호신의 소환(강령)이었다. 타문화의 영향과 시대에 따라 소환되는 신은 다양하게 변했지만, 소환된 신의 신탁에 의해 부족의 활동과 운명이 좌우되는 것만은 쉽사리 변하지 않았다.

종말 사상

'인류를 시초로 했던 세계가 끝날 날은 결국 찾아온다……' 이런 생각은 종말 사상이라 불리며 과거부터 현재까지 세계 여러 곳에서 활발히 논의되어 왔다. 북구 신화나 기독교, 불교 등은 물론 현대에 생긴 신흥 종교들도 종말 사상을 받아들이고 있다.

마야·아스텍에서도 종말 사상은 신화의 중심 테마로서 강하게 신앙되었다. 신화에서 말하는 예언에 따르면 "제1의 태양 시대는 거인의 세계였지만, 재규어에게 습격당해 멸망했다. 제2의 태양 시대는 바람이 불고, 사람들은 원숭이가 되어 멸망했다. 제3의 태양 시대는 불로, 제4의 태양 시대는 홍수에 의해 멸망하고, 지금은 제5의 태양 시대가 되었다. 그리고 결국 지진에 의해 멸망할 것이다"라고 되어 있다. 덧붙여 제5의 태양 시대는 서력 2011년 12월 24일로 끝을 고한다고 한다.

종말 사상의 영향 때문인지 마야에서는 달력과 시간 환산 기술이 고도로 발달했다. 마야의 달력은 현대의 시간과 거의 차이가 없을 정도로 대단히 과학적이었다. 또한 자연과학뿐만 아니라 마술 분야에서도 마야와 아스텍에서는 먼 과거에 대한 연구와 먼 미래를 투시할 수 있는 예지 기술이 발달했다.

마야 · 아스텍 신관의 소환술

마야와 아스텍 문명에서 행했던 의식을 이야기하면서 인신 제물에 대한 사항을 빠뜨릴 수는 없다. 신을 기리거나 소환하는 의식은 대개 극도로 잔혹한, 동시에 복잡한 절차와 규칙이 존재했다. 그러나 중남미를 정복한 스페인인에 의해 종교에 관한 대부분의 기록은 모두 불태워지고 파괴되고 말았다. 당시의 서구인들은 잔혹하고 피비린내 나는 의식에 경악하고, 모든 것을 역사의 어둠에 매장하려 했을 것이다. 여기서는 아주 조금 남은 귀중한 기록을 소개하겠다.

태양 재생의 의식

아스텍에서 숭배받았던 태양신은 인간의 피와 심장을 활력원으로 삼았다. 태양신은 제물이 없으면 죽는다고 여겨졌기 때문에 태양신의 재생을 위한 의식이 정기적으로 행해졌다. 의식은 신성하고 중요한 행사여서, 미크틀란테쿠틀리(Mictlantecutli)라는 인신 제물을 주관하는 신까지 존재했을 정도였다.

지진이나 큰비, 기근 등의 재해가 일어났을 때는 대량의 제물을 포획하기 위해 다른 부족과 전쟁을 일으켰다. 이런 전쟁 후에는 포로나 노예가 한 번에 수십 명에서 최대 수만 명이나 희생되었다. 살아 있는 인간을 신전이나 제단에서 죽이고, 피와 심장을 하늘에 바쳤던 것이다.

의식의 모습

　의식이 행해지는 장소는 대개 태양에 좀더 가까운 높은 곳이었다. 그 중에는 높이 50미터를 넘는 훌륭한 제단도 있었다. 각지에 남은 제단의 유적 중에는 한 면에 두개골을 부조해놓은 것도 있다.

　우선 칠람이라고 불리는, 신들과 대화할 수 있는 신관이 신탁을 행한다. 제단에 끌려나온 제물을 처리하는 것은 족장을 비롯한 귀족의 역할로, 그들은 챠크라 불린다. 그리고 칠람의 지시에 따라 상급 신관 나콤이 희생자의 가슴을 흑묘석으로 만든 전용 나이프로 찢어 심장을 도려낸다. 칠람에게 건네진 심장은 신상에 문질러 칠해진다. 그리고 심장이 도려내진 유체는 나콤과 챠크에 의해 가죽이 벗겨지거나 토막내져 제단 밑으로 버려진다. 밑에서 기다리고 있던 다른 신관과 시민들은 이 살 토막을 뼈만 남을 때까지 잘게 자른다. 의식이 최고조에 달할 즈음 칠람은 신령과 교신하여 다음 지시를 받들거나 여러 가지 가호를 기원한다. 이것이 의식의 일반적인 흐름이다.

또한 이처럼 제물의 피와 심장을 신전에게 바치는 일 외에도 사람들은 고행으로써 신앙을 맹세했다. 신관을 비롯한 모든 시민은 자신의 혀나 입술, 남자 성기에 상처를 내고 그 피를 신상에 칠하며 부족의 가호를 기원했다고 한다.

전사에게 가호를 주는 술

신관이 행사했던 특수한 소환술로서 술자가 아닌 사람에게 신령을 빙의시키는 경우가 있었다. 부족간의 전쟁 때 전사에게 수호신을 빙의시키는 것이 그 대표적인 경우다. 오늘날 남아 있는 석상이나 벽화에 그려진 전사의 가면과 머리 장식은 빙의한 수호신을 모방한 것이라고 알려져 있다. 수호신의 가호를 얻은 전사는 죽음을 두려워하지 않는 귀신처럼 강한 힘을 발휘했다고 한다.

일본

풍부한 자연에서 얻은 교훈으로
외래 마술을 개량한 소환사들

세계의 동쪽 끄트머리에 있는 작은 섬나라 일본……. 장대한 대륙에 다가붙듯이 떠 있는 이 섬나라에도 많은 마술사가 있었다. 역사의 큰 흐름 속에서 그들은 사람들을 이끄는 빛이 되고, 또 때로는 어둠에 잊혀지면서 조용히 명맥을 유지해왔다.

중국이나 이집트 등에 비하면 일본은 역사가 짧은 나라다. 또 고대부터 중세, 근대에 이르기까지 일본이 세계에 미친 영향도 별로 크다고 할 수 없다. 그러나 이곳에는 독자적으로 발전을 이룩한 많은 소환술과 그것을 행사하는 소환사가 존재했다.

일본의 마술 가운데 몇 가지는 원래 대륙에서 전해졌던 것이다. 예컨대 요상한 이미지를 풍기는 밀교는 인도가 그 발상지로, 중국을 거쳐 일본에 들어온 것이었다. 그리고 소환술을 특기로 하는 마술사 하면 시키가미(式神)를 사용하는 것으로 유명한 온묘지(陰陽師)를 떠올리지만, 그들이 수행하는 온묘도(陰陽道) 또한 중국 철학에 기초한 것이었다.

반대로 일본에서 탄생된 독자적 마술의 하나로 무술(巫術)이 있다. 신을 몸에 머물게 하여 의지를 전하는 샤먼은 고대 세계 어디에든 있었지만, 무녀(巫女 : 일본식 발음으론 후죠이지만 여기서는 무녀라는 명칭으로 쓴다 – 옮긴이)는 일본에서 가장 오래되고 유능한 소환사로 인정받고 있다.

그리고 영산(靈山)에서의 수행을 통해 신통력을 얻으려 한 슈겐자(修驗者)와 그들이 신봉하는 슈겐도(修驗道) 또한 외국에서 들어온 것이 아니다. 슈겐도는 그때까지 일본에 유입된 여러 가지 종교와 철학을 받아들이고 풍토에 따라 다듬어진 마술이라 할 수 있다.

고대 사회에 자연 발생했던 무술 외의 이들 마술에는 공통점이 있다. 그것은 수입된 것을 일본의 풍토와 일본인 자체의 사고방식에 맞춰 독자적인 것으로 변모시켰다는 점이다. 일본에는 예로부터 풍부한 자연이 있었다. 사람들은 사계절마다 모습을

바꾸는 자연을 보며 '불변적인 것, 절대적인 것 따위는 존재하지 않는다' 고 생각했을 지도 모른다. 그리고 술자들은 섬나라라는 폐쇄적 환경에 처해 있으면서도 옛것을 고집하지 않았다. 외래의 새로운 사상이나 기술을 받아들이는 데 성공했던 것도 자연으로부터 얻은 교훈의 결과가 아닐까 싶다.

또 산과 깊이 관련되어 있거나 정령 소환술이 많은 것도 일본 마술의 특징이다. 영기(靈氣)를 방출하는 산들, 그곳에서 유출된 청정한 물, 맑은 공기, 끊임없는 연기와 마그마를 뿜어내는 화산, 외부로부터 새로운 기술을 가져오는 넓은 바다……. 사람들은 자신을 둘러싼 이들 환경에 각별한 존경을 갖고 접해왔다. 인간은 혹독한 자연에 공포를 느끼는 법이지만, 일본의 자연은 혹독하면서도 어딘가 부드러움이 있다. 이 독특한 감각이 마술의 발전에도 미묘하게 영향을 끼쳤을 것이다.

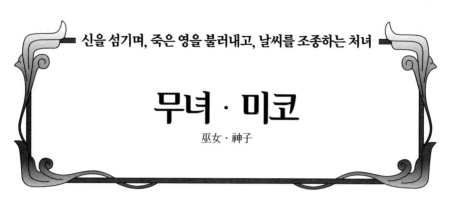

무녀 · 미코

巫女 · 神子

- **술자의 분류** : 샤먼
- **행사하는 소환술** : 강령(신령 · 사령 · 정령과의 정신 교감), 제령(除靈), 예언, 먼 곳에 있는 자와 의 정신 교감, 기후 통제 등
- **피소환체** : 신, 영 등
- **힘의 근원** : 자신의 정신력, 처녀성이 가진 영력, 신령 등의 조력
- **술자의 조건** : 영력의 소질이 뛰어날 것, 처녀일 것
- **대표적인 술자** : 야마토히메노 미코토(倭姬命), 진구(神功) 황후, 히미코(卑彌呼)

소위 샤먼은 일찍이 세계 속에 존재하며 지역 사회에 없어서는 안 될 존재였다. 고대 일본의 샤먼은 무녀라고 불렸다. 무녀는 태고적부터 신사나 제사를 담당하는 한편, 신의 의지를 통치자나 민중에게 전하는 역할을 해왔다. 그들은 신이나 영의 말을 듣고 일반인에게 전할 수 있는 특이한 능력의 소유자였으며, 이 점이 바로 소환사로서의 능력을 나타낸 것이었다.

신령과 일체화하는 능력

무녀란 궁정이나 신사를 위해 일하며 가구라(神樂)[110]와 유다테(湯立)[111]등 신의 일을 집행하는 '신녀(神女)'를 말한다. 무녀는 신의 종복이며 영을 다루는 전문가이기도 했다. 그리고 특별한 능력을 갖고 있다고 믿어졌다. 이 특수

---

110) 가구라 : 神樂. 신 앞에서 연주되는 가무. 초혼(招魂), 정혼(靜魂)과 같은 의미를 가진다.

111) 유다테 : 湯立. 목욕 가마에 끓인 뜨거운 물을 흩뿌림으로써 그 장소의 부정을 씻어 없앤다.

한 능력이야말로 소환사로서의 힘이었다. 신령이나 사령을 자신에게 빙의시켜 신탁을 받거나 나쁜 영을 제거했다. 강령이나 제령을 행하는 자는 '이치코(市子)'라고 불리는데, 이것도 무녀의 한 부류였다.

무녀가 행사할 수 있는 기본적인 능력은 영의 존재를 감지하는 것이었다. 원래 영력이 높으면 신이나 영의 메시지를 전하거나 신령을 자신에게 빙의시킬 수도 있었다. 그중에서도 '강령'과 '공수'는 유명하며, 무녀 능력의 대명사라 해도 무방하다. 소환술을 행하면서 무녀들은 신령과 일체화하고 몸에 머문 힘을 빌려 많은 기적을 만들어냈다고 한다.

모든 능력을 가진 샤먼

샤먼의 대부분은 세간에서 흔히 말하는 탈혼형(Ecstasy Type) 샤먼으로 분류된다. 술자의 육체에서 빠져나온 혼과 정신이 다른 세계로 가서 정령 또는 신령과 직접 교류하는 것이다. 이와는 별개의 교령(交靈) 수단이 빙의형이다. 이 것은 정령이나 신령을 자신에게 끌어오는 수법이다. 이런 수법을 행하는 자들을 빙의(혹은 빙령)형(Possession Type) 샤먼이라고 부른다.

원리를 설명하면 이렇다. 탈혼형 샤먼은 다른 세계로 향하기 위한 '길'이나 '문'을 각각 갖고 있으며, 자신으로부터 다른 세계에 있는 신령이나 정령이 있는 곳으로 향한다. 빙의형 샤먼은 다른 세계로 향할 필요없이 신령이나 정령 등의 대상으로 통하는 '회선'을 갖고 있다. 그리고 목적에 따라 다양한 상대를 선택해 자신이 있는 곳으로 불러낸다.

그런데 일본의 무녀 가운데 뛰어난 자는 탈혼형과 빙의형 양쪽 능력을 다 갖고 있으면서 상황에 따라 나누어 사용할 수 있었다. 강령이나 공수 등은 빙의를, 기우나 태풍을 진압할 때는 탈혼을 사용하는 식이었다.

일본 외의 지역에서도 샤먼은 존재하지만, 무녀는 특히 개인 능력이 높고 다용성이 있었다. 그렇다고 해서 모든 무녀가 기적을 행할 수 있었던 것은 아니다. 그러나 유명한 술자는 기후조차도 자유롭게 조종할 수 있었다고 한다.

뛰어난 소질과 처녀성

원래대로라면 남자든 여자든 상관없이 샤먼이 될 수 있을 것이다. 그러나 고대 일본에서는 영능력자의 역할은 감수성이 강한 여자에게 맡겨졌다. 일설에 따르면 무녀가 되기 위한 수행을 쌓으면 누구라도 어느 정도의 능력은 익힌다고 한다. 그렇지만 높은 능력을 갖기 위해서는 상당한 영적 소질이 필요하다.

소질이 얼마나 중요한가를 분명히 나타내는 것이 오키나와의 무녀(유타)다. 오키나와에서 무녀로서의 소질을 가진 여성은 원인 불명의 무병(巫病)에 걸린다. 그리고 그 중 적당한 자만이 병고 중에 신령의 신탁을 받아 무녀로서의 힘을 얻는다.

이것은 '소질만이 무녀를 선택'하는 대표적인 예다. 또한 무녀의 능력은 그 처녀성에 있다고 알려져 있다. 처녀의 자격을 잃은 무녀는 대부분 초능력에 현저히 손상을 입든가 아니면 완전히 잃어버린다고 한다.

참고로 서양의 '성녀(聖女)'112)라고 불리는 백마술사도 마찬가지다. 처녀 상실 후에는 초능력을 잃어버리는 것이다. 이는 무녀나 성녀를 매개로 하여 파워를 부여하는 '보이지 않는 무엇인가'가 깨끗함을 좋아하기 때문일 것이다. 또 하나, 무녀의 조건으로서 '혈통'이 있다. 특히 강한 영적 체질을 가진 일족으로 태어난 여성은 무녀가 되기에 적당하다. 그 영적 능력은 결혼해 아이를 낳는다 해도 손상되지 않는다. 그리고 영적 체질은 대를 이어가며 자자손손 전해진다.

---

112) 성녀 : 聖女. 성모 마리아를 섬기는 신성한 여성들의 총칭. 백마술이라 불리는, 신의 도움으로 얻은 마술을 다룰 수 있다.

몸에 머무는 신

대개 샤먼에게는 수호받는 '무엇인가' 가 있다. 무녀 또한 마찬가지로, 그 몸을 수호하고 힘을 부여해주는 것이 존재한다. 이런 수호자는 무녀의 경우 동물령, 정령, 신령, 부처, 조상령 등 다양하다. 무녀의 성질과 영력의 강도는 수호자와 크게 관련이 있다. 하지만 그것만으로 모든 게 결정되는 것은 아니다. 사람이 알지 못하는 존재를 몸 속에 계속 머물게 해야 하므로 술자에게도 그 나름대로의 능력이 요구된다.

무녀의 능력을 결정하는 기준은 우선 수호자의 힘이다. 능력이 뛰어난 무녀는 보다 수준 높은 수호자와 접촉할 수 있으며, 접촉한 수호자를 계속 머무르게 할 수도 있다. 그러면 수호자의 힘을 이끌어내는 것도 가능해진다. 무녀는 이 3단계 절차에 따라 술법을 행사하므로, 결론적으로는 수호자의 힘과 무녀의 능력이 비례한다고 볼 수 있다.

일본 최초의 무녀, 히미코

일본 최초의 무녀는 『위지왜인전(魏志倭人傳)』에 등장하는 야요이 시대의 여왕 히미코(卑迷呼 또는 히메코. 출생 및 사망 연월일은 확실치 않다)다. 원시 사회에서 샤먼은 세계 어디에나 있었다. 그러므로 일본에서의 기원을 정확하게 파악하기는 어렵다. 그러나 역사상 인물로는 히미코가 최초라고 해도 별 지장이 없을 것이다.

고대 왕국에서는 국사를 대부분 점이나 신탁 등으로 결정했다. 따라서 신의 말을 전하는 신관이나 샤먼은 나라의 중요 인물로서 높은 지위에 있었을 것이다. 히미코 또한 키도(鬼道)라고 불리는 무술을 사용해 나라를 다스린 지도자였다.

히미코는 마술을 행사할 때 신쿄(神鏡)라는 무술 도구를 애용했다고 한다.

신쿄는 성스러운 빛을 뿜으며 악령을 퇴치하는 힘을 갖고 있었다. 또한 악령을 가두거나 먼 곳의 풍경을 비추는 일도 가능했다.

살아남은 신의 딸들

무녀라는 말이 없었던 시대부터 메이지 시대 이전까지 무녀는 거의 그 형태를 바꾸지 않고 계승되어 왔다. 그러나 일본에 서양 문화가 들어오고 근대화가 진행됨에 따라 점차 무녀는 구석으로 쫓겨나고 말았다. 무녀만이 아니었다. 일본에 존재한 모든 마술사가 같은 운명을 겪었다. 과학으로 설명할 수 없는 것, 과학적이지 않은 것은 모두 배척한다는 것이 일본의 근대화 정신이었다.

사람들에게 인정받지 못하게 된 무녀의 대부분은 지역 촌락을 떠났다. 그리고 여행을 하면서 점을 쳐주거나 춤을 주면서 생계를 꾸려나갔다. 또 제사 등

일본 각지의 무녀들

히미코가 나타난 전후에도 일본의 전국 어디에나 무녀는 존재해왔다. 어떤 작은 집단에서든 신의 의지를 전하는 존재가 필요했던 것이다. 대부분 지역에서는 무녀의 자격이 처녀인 여성에게 주어졌고, 이들은 제사를 담당했다. '무녀'라는 호칭은 전국적 규모로 볼 때 오히려 일반적이지 않다. 대개 지방마다 다른 호칭이 있었던 것이다. 다음 표는 각 지방 무녀들의 명칭이다.

도호쿠 (東北)	이타코, 이치코, 아사히, 아즈사, 아리마사, 오가미사마, 오가민, 와카오나카마, 미고, 오신메이
에치고(越後)	만치
사도(佐渡)	아리마사
신슈(信州)	노노
간토(關東)	오유미, 사사하타키
세토우치(瀨戶內)	호니, 이치죠
미나미큐슈(南九州)	메시죠, 네시, 가라스
오키나와(沖繩)	유타, 간카카랴, 무누치

을 위해 꼭 필요한 수만큼 남았던 무녀들조차 원래 모습대로의 존속은 허락되지 않았다.

현대 일본의 무녀는 앞에서 설명한 신녀와 이치코(市子)로 명확히 분화되었다. 신녀의 역할은 신의 일을 행하는 것이지만 형식화 · 예능화가 급속하게 진행되었다. 하츠모데(정월의 첫 참배 – 옮긴이) 등에서 볼 수 있는 하카마 차림의 소녀는 이 무리에 들어간다.

이치코는 영능력자로서 강령이나 제령의 전문가가 되었다. 대표적인 것은 오야마(恐山)의 이타코일 것이다. 이타코는 영적인 힘만을 가진 무녀로서 살아남은 유형이라 할 수 있다.

무녀의 소환술

신을 부르는 의식

무녀는 각각의 성질에 따라 술법을 행사할 때의 조건과 사용 도구가 달랐다. 일괄적으로 '이것이 필요' 하다는 것은 존재하지 않았다. 장소도 선택하지 않고 소도구도 일체 필요없으며, 늘 접신 상태에 있는 무녀도 있었다. 일반적인 무녀는 영력이 집중되는 곳에 만들어진 제단에서 의식을 행했다. 의식에 적합한 장소가 없는 경우에는 영력이 집중되도록 주문을 외어서 부정을 없애고 인위적으로 장소를 만들기도 했다.

또 술법을 행사하기 위한 준비로 강이나 바다 또는 맑은 물로 몸을 씻고, 죄와 부정을 없애는 목욕재계로 정신을 집중시켰다. 때로는 부정을 없애는 춤을 추는 일도 있었다. 이것은 무녀춤이라고도 불리며, 소환술을 행하는 무녀가 정신을 고양시키기 위해 손에는 방울이나 부채, 비쭈기나무(옛날 일본에서 신사의 경내에 심는 상록수의 총칭 – 옮긴이)의 가지 등을 들고 오른쪽 왼쪽으로 빙글빙글 도는 무용 의식이다. 이 춤에는 액막이의 의미도 있다고 여겨져 현

대의 신사에서도 축제 시기 등에는 무녀의 춤이 펼쳐지기도 한다.

이렇게 몸을 깨끗이 한 무녀는 영소에 들어가 의식을 시작한다. 기도와 춤을 바치면서 정신을 고양시키며 신령에게 빙의하기 쉬운 상태가 되면, 이윽고 신령이 내려와 무녀와 교신을 한다.

공수(구치요세)

공수란 사람들의 요청에 따라 무녀가 신령이나 사령을 사람의 몸에 옮겨 붙게 해 그 뜻을 말로 전하는 술법이다. 사령을 빙의시키는 매개가 되는 것은 무녀뿐만이 아니다. 그 장소에 있는 다른 누구 또는 인형 등이 사용되는 일도 있다. 또 사령뿐 아니라 산자의 혼(생령)이나 신, 정령이나 동물령도 불러낼 수 있다.

신령이나 정령 등을 불러내는 경우는 '가미쿠치(神口)', 죽은 자의 혼을 불러내는 경우를 '시니쿠치(死口)', 생령을 불러내는 경우를 '이키쿠치(生口)'라고 하며 각각 다른 술법을 사용한다.

술법의 사용 방법은 일정치 않다. 부름을 받는 자가 죽은 시점부터의 시간 경과나 그때의 상황과 심정, 불러내는 측(강령 의뢰자)의 심정이 크게 영향을 끼친다. 사령의 강령을 행하는 경우, 그 대상이 되는 영이 사망하고 나서 어느 정도의 시간이 지났는가에 따라 술법이 달라진다.

대상이 사후 1백 일을 경과하지 않은 경우라면 신쿠치(新口)라는 소환술을, 사후 1백 일 이상 경과했다면 후루쿠치(古口)라는 술법을 사용한다. 대상이 죽은 후의 경과 시간에 비례해 위험도가 높아진다. 또 병이나 사고, 살인 등으로 죽음에 이른 자나 자신의 죽음을 잘 이해할 수 없는 유아의 영을 불러내는 것은 위험하기 때문에 매우 조심스런 준비가 필요하다.

이와 같이 위험이 따르는 경우나 소환이 어려운 상황에서의 준비 중 하나로 하나요세(花寄世)가 있다. 술법을 행하는 장소 가득히 꽃과 조화를 장식한다. 이는 영을 위로하고, 영계를 재현하기 위해서다.

공수가 무사히 끝나면 작은 배에 죽은 자의 영과 제물을 싣고 강(혹은 바다)에 흘려보내는 경우가 있다. 배가 아무 일 없이 바다로 (바다의 경우에는 먼바다까지) 흘러갔다면, 그 영은 무사히 정화하는 것으로 여겨진다. 이것이 후나코나가시(舟っこ流し)라는 기법이다.

술법을 한참 행할 때 수단과 판단이 잘못되었거나 술자의 힘이 부족하면 사령의 공격을 받는 일도 있다. 술법을 행사하는 동안은 마음을 방어할 수 없으므로 커다란 손상을 입어 수명이 줄어들기도 하고, 심할 때는 혼을 빼앗겨 죽음으로써 사령에게 육체를 빼앗기기도 한다.

제령과 기우

제령(除靈)이란 이른바 제거를 뜻하는데, 사람에게 빙의한 나쁜 영을 진압시킨다는 의미다. 넓은 뜻으로는 악운을 제거하거나 좋지 않은 상황에 무녀가 관여해 일의 흐름을 좋은 방향으로 바꾼다는 의미도 있다.

제령사나 퇴마사 등 제령을 행하는 이능력자는 무녀 외에도 존재하지만, 무녀의 제령은 그 방식부터가 다르다. 영 그 자체를 소멸시키거나 없애는 일은 하지 않는다. 문제가 되는 신령이나 사령을 불러내, 왜 그 같은 행동을 하는지 이유를 물어서 해를 끼치지 않도록 만드는 것이다. 다만 지나치게 강력한 파워를 지닌 정령이나 악령의 경우에는 폭주하는 힘이 천재지변을 일으키는 수도 있다. 그럴 때는 무녀가 자신의 목숨을 희생해 영을 위로하는 일도 있다고 한다.

기우(祈雨)는 신녀나 가구라 무녀가 사용하는 소환술로서 날씨를 조종하는 신들에게 기도를 올려 비를 내리게 하는 것이다. 현대 일본에서도 비가 전혀 내리지 않을 때에는 제단에서 무녀가 춤을 추며 신에게 비를 기원하는 의식이 각지에서 행해지고 있다.

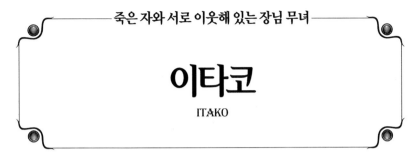

이타코
ITAKO

- 술자의 분류   : 샤먼
- 행사하는 소환술 : 사령과의 교신, 강령
- 피소환체   : 사령
- 힘의 근원   : 자신의 정신력, 수호신 혹은 수호불의 도움
- 술자의 조건   : 영력의 소질이 뛰어날 것

이타코란?

이타코란 개인의 이름이 아니라 도호쿠(東北) 지방의 츠가루(津輕) 남부 지역에서 활동하는 지방 무녀의 호칭이다. 특히 사령의 강령술 공수에 정통한 것이 특징이다. 이타코라는 말은 이치코라는 말이 변화한 것이라고 한다. 또 아이누족의 언어인 '이타쿠(말하다)' 라는 말에 도호쿠 지방의 애칭 '~코' 가 합쳐진 것이라는 설과 신불(新佛 : 죽은 후 처음으로 우란분재에 모시는 영혼 - 옮긴이)의 계명을 판에 쓰고 제사를 지내므로 '이타(板)코' 가 되었다는 설도 있다. 그러나 어느 이야기가 진짜인지는 알 수 없다.

이타코의 본가, 오야마

이타코 하면 곧 오야마(恐山)를 떠올릴 만큼, 이 둘은 떼려야 뗄 수 없는 존재다. 오야마는 아오모리(青森) 현 시모키타(下北) 반도의 중심부에 있으며, 일본의 3대 정령 중 하나로 꼽힌다.

도호쿠 지방에는 "죽으면 오야마로 간다" 는 말이 있을 정도로, 오야마는 옛날부터 사람들의 혼이 모이는 산으로 숭배되었다. 오야마와 이타코가 유명해진 것은 쇼와(昭和) 30년(1955년)무렵부터다. 매스컴에서 활발하게 보도했기 때문이다. 그래서 현재는 일본 각지에서 무녀들과 관광객이 모여들고 있다.

그런데 이타코는 오야마에만 있는 것이 아니다. "오야마 외의 이타코는 이타코가 아니다"라는 풍조도 큰 오해라고 할 수 있다. 츠가루 반도 가나기마치(金木町) 가와쿠라(川倉)의 지조봉(地像盆)은 이타코의 별명인 '이타코마치'와 연관시켜 이타코마치(町)라고 부르고 있다. 여기에도 많은 이타코가 모여 있다.

이타코가 되려면

이타코는 대부분 장님이다. 눈이 보이지 않기 때문에 날카로워진 감각을 통해 능력이 생기는 것이라고 추측된다. 기본적으로 첫 월경 전에 장님이 된 소녀가 이타코가 될 자격을 얻는다. 소녀는 스승을 따라 경문이나 기도, 점 등의 수업과 정신 단련을 4~5년 정도 한다. 이것이 가미츠케(神憑け)라고 불리는 영적 의식이다. 가미츠케 의식은 소녀가 이타코로서의 자격을 얻었는지 어떤지 그녀가 가진 수호신 또는 수호불에게 묻는 것이다. 여기까지 수행을 하면 소녀는 비로소 강령을 행한다.

수호신이나 수호불이 소녀를 인정하면 의식은 성공이다. 수호신이나 수호불의 가호 아래 마침내 소녀에게 이타코라는 이름이 붙는 것이다. 실패한 경우에는 수행을 더 쌓아야 한다. 그후엔 스승으로부터 독립해 혼자 생계를 꾸리게 된다. 이타코는 각 가정의 소망에 따라 히간(彼岸: 춘분이나 추분 전후 일주일 동안 행하는 불교 행사 – 옮긴이)이나 백중맞이 때 사자를 공양하거나 제사에 불려가 의식을 행한다. 그리고 점술을 행하기도 한다.

이타코의 현황

이타코가 되려면 엄격한 수행을 쌓아야 하기 때문에 이를 지망하는 자는 거의 없어졌다. 하지만 이타코가 공수를 하는 경우에는 단시간에 돈을 벌 수 있다. 이 때문에 최근에는 전국의 많은 '자칭 무녀'들이 도호쿠 지방에 모이고 있다. 그리고 자신을 이타코라 칭하면서 가짜 공수를 행함으로써 수단과 방법을 가리지 않고 돈을 벌기도 한다. 관람료(복채)와 공수료는 3~5분이라는 짧은 시간 동안 평균 1천 엔이다. 그런데도 많은 사람이 공수를 희망한다고 한다.

원래 이타코는 우수한 술자였다. 그러나 현재의 상황이 지속된다면 진짜 이타코가 살아남긴 매우 어려울 것 같다. 현대에 살아남은 소환사들이 전설의 존재가 되어버리는 것도 그리 먼 미래는 아닐지 모른다.

시키가미를 소환하는 어둠의 도사

온묘지

陰陽師

- 술자의 분류 : 소서러
- 행사하는 소환술 : 시키가미(式神)의 소환
- 피소환체 : 시키가미, 종이 인형 시키가미
- 힘의 근원 : 음양오행의 기, 자신의 정신력
- 술자의 조건 : 역학이나 점에 정통할 것, 귀(鬼)의 정체를 간파하는 힘
- 대표적인 술자 : 아베노 세이메이(安倍晴明), 카모 타다유키(賀茂忠行), 아시야 도만(葦屋道滿)

> 수많은 소환사들 가운데 온묘지만큼 직접적이고 공격적인 술자는 드물 것이다. 온묘지는 이른바 프로 주술사로서, 시키가미나 그 밖의 마술을 행사하는 국가의 수호자였다.

온묘도와 온묘지

한마디로 말하면, 온묘도(陰陽道)의 뿌리는 중국의 도교[113]다. 그리고 온묘지(陰陽師)의 술법도 도교의 방술에서 발전한 것이다. 도교는 일본에 건너온 후 온묘도가 되었다. 그러나 온묘도는 종교라기보다는 마술로서 발전했다. 도교와 마찬가지로 음양오행설과 점, 방술이 기본이지만, 온묘도는 일본에서 성립된 것으로 생각해도 큰 무리는 없다.

온묘도에서는 철학과 사상이 그리 중시되지 않으며, 보다 현실에 직면한 여러 가지 술법의 연구와 추구가 활발히 행해졌다. 온묘지는 주술자로서 특히 유명하다. 그러나 그에 앞서 점장이[114]로서의 일이 있었다. 음양오행을 바탕

---

113) 이 책 '도사' 편 참조.

114) 날의 길흉을 판단하는 달력점 외에 쵸쿠반(式盤)이라는 도구를 사용한 시키가미점(式

으로 점을 쳐서 길흉을 찾고, 흉조에 대해서는 주술을 실시해 흉사를 미연에 방지한다. 이것이 온묘지의 기본이었다.

도교에서의 소환술은 하급 주술이었지만, 온묘도의 소환술은 수준 높은 술법 중의 하나로 여겨졌다. 일본에서는 소환 능력이야말로 술자의 실력을 나타내는 척도였기 때문이다.

고용된 소환사

일반적으로 마술은 종교와 밀접하게 결부되어 있거나, 궁극적인 뭔가를 구하기 위해 수행하는 경우가 많았다. 그러나 온묘지에게는 그런 성격이 없었다. 예를 들면, 일본의 밀교는 원칙적으로[115] 중생 모두의 행복을 기원하며 슈

神占), 그리고 점대를 사용한 역점(易占)을 행했다.

115) 불교에서는 모든 사람을 평등하다고 보지만, 밀교에선 '진호국가(鎭護國家)'를 기본으

겐도는 민중의 기원을 법력으로 이뤄주는 종교였다. 그러나 온묘지는 이들과는 분명 다른 존재였다.

기본적으로 그들이 수호하는 대상은 왕실과 귀족으로 한정되었다. 온묘지는 왕실을 주술적으로 지키는 관리로서 생활을 보호받는 대신 수호의 역할을 했다. 즉, 일본에서 유일하게 돈으로 고용된 프로 마술사였다고 할 수 있다. 그들은 도교 계통의 신[116]에게도 제사를 지내지만, 이는 어디까지나 길상(吉祥)을 구하고 흉사를 피하기 위한 수단이었을 뿐이다. 신에 대한 봉사를 목적으로 하는 종교와는 성격이 달랐던 것이다.

정무로서의 온묘도

고대 일본에는 중국으로부터 천문과 주역, 방술 등 다양한 주술적 지식이 전해졌다. 이들 점술과 방술을 특기로 하는 승려나 주술자도 많았지만, 당시에는 부업이나 취미의 영역에서 벗어나지 못했다.

그러나 텐무(天武) 천황[117]은 이런 중국 전래의 주술적 지식을 전문으로 연구하는 자를 원했다. 이들을 모아 정치 기구의 하나로서 독립시키고자 했던

로 한다. '굶주리는 아이에게 직접 음식을 주기보다는 굶주리는 엄마에게 먹을 것을 줘 아이에게 젖을 주도록 하는 편이 훨씬 효과적'이라는 사고방식이다. 즉, 제왕을 수호하면 민중에게 이익이 온다는 것이다.

116) 온묘우도의 주재신은 타이잔후쿤(泰山府君)이라고 한다. 타이잔후쿤은 명계를 지배하는 신이며, 살아 있는 자의 길흉화복을 지배한다. 교토(京都)의 아카야마(赤山) 선원에서 타이잔후쿤을 제사지내고 있다.

117) 텐무(天武) 천황(?~686) : 텐지(天智) 천황의 동생. 텐지 천황이 죽은 후, 그의 아들인 오토모(大友) 황자(皇子)를 상대로 거병을 일으켰다. 이것이 이른바 임신(壬申)의 난이다. 싸움에 승리한 텐무 천황은 제40대 천황의 자리에 올랐다. 몸소 역점을 행하는 일이 많았고, 주술에도 열심인 천황이었다.

것이다. 이리하여 창설된 것이 온묘료(陰陽寮)라는 관청이었으며, 주술에 정통한 자들이 많이 모였다. 이것이 온묘도의 시작이었다. 온묘료는 나카츠카사쇼(中務省)[118]에 속하며, 달력의 발행이나 점을 주요 직무로 수행했다.

헤이안(平安) 시대가 되면서 온묘도는 전성기를 맞이했다. 온묘도뿐만 아니라 전체 일본 주술계의 수퍼스타인 아베노 세이메이가 등장한 것도 이 시대였다. 헤이안 귀족들은 재앙을 피하고 행복을 얻기 위해 무슨 일이든 온묘지의 지시에 따라 행동하게 되었다. 이 때문에 온묘지의 지위는 상승했으며, 온묘지의 의견에 따라 원호를 바꾸는 '개원(改元)'도 여러 번 행해졌다.

이런 상황에서 온묘도는 카모(賀茂) 집안과 츠치미카도(土御門) 집안의 두 씨족으로 분열하고 그들에게 독점되기 시작했다. 카모가는 이른바 원류이며, 카모 타다유키와 카모노 야스노리(賀茂保憲) 부자를 배출한 명문이다. 츠치미카도가의 시조는 카모노 야스노리의 제자였던 아베노 세이메이로, 원류에서 분파한 셈이다. 카모가는 주로 달력[歷]에 관한 일을 맡고, 츠치미카도가는 천문을 담당했다.

민중 속으로 파고드는 온묘지들

온묘도는 처음부터 끝까지 왕실의 뒷받침을 받으며 성립되었다. 그렇기 때문에 전란의 시대가 되어 귀족 사회가 붕괴하자 온묘지도 대부분 일자리를 잃게 되었다. 이리하여 온묘지는 하야하고, 그 결과 온묘도의 지식과 주술은 형태를 바꿔 민중 사이에 파고들어갔다. 한 예로, 유력 무사들은 전쟁에 관한 일을 점치기 위해 온묘지를 고용하기도 했다.

시대가 좀더 흐르고 도쿠가와(德川) 막부의 치세가 되자 온묘지나 주술을

---

118) 나카츠카사쇼 : 中務省. 8성(省) 중 하나. 천황을 모시며, 조칙 문서의 작성 등을 행했다.

사용하는 자들은 다시 중용되었다. 도쿠가와가의 브레인으로 알려져 있는 텐카이(天海)는 천태종의 승려였다. 그가 중용된 이유 중에는 온묘(음양)의 점을 쳐서 출진 날짜를 정하는 점술사로서의 역할도 있었다. 그 점에서 텐카이는 근세에서 가장 유명한 온묘지라 할 수 있을 것이다.

훗날 도쿠가와 이에야스는 토요토미가의 분노를 사는 바람에 유배되었던 츠치미카도가의 당주를 불러들여 발탁하기도 한다. 세력이 커진 츠치미카도가는 곧 카모가의 자손인 카데이케(幸德井家)가 갖고 있던 달력의 발행권을 뺏고 잠시 동안 영화를 누렸다. 그러나 메이지 이후에 달력의 발행 독점권이 없어지자 츠치미카도가는 힘을 잃고 온묘도의 실체 또한 소멸하고 말았다.

그러나 현대에도 온묘도의 정수를 농밀하게 남긴 신사나 절은 아직 남아 있다. 교토의 세이메이(晴明) 신사와 히에이 산록의 아카야마 선원 등은 지금도 여전히 열렬한 신앙인들이 모이고 있다.

온묘지의 소환술

소환 지식의 터득

온묘지는 뭔가를 바라고 수행하는 것은 아니다. 그들의 일은 길흉을 판단하고 그에 적절한 대처 방법을 선택하는 것이다. 온묘도를 지향하는 자는 우선 점의 기본이 되는 음양오행 등의 지식을 습득한다. 많은 경우 스승 밑에서 학문과 주법의 습득에 힘을 쏟는다.

왕실이 온묘도를 통제한 때도 있었던 만큼 국가에 봉사하는 온묘지들은 도시를 떠나 산 적이 없었다. 말하자면 야외에서 수행을 할 기회가 거의 없었던 것이다.

음양오행설

음양오행설은 중국에서 생겨난 사상이다. 세계의 모든 것은 음과 양의 두 가지 기로 성립되어 있다는 음양설(陰陽說)과 세계는 목(木), 화(火), 토(土), 금(金), 수(水)라는 다섯 가지 성질의 오행(五行)으로 이루어져 있다는 오행설이 더해져 생겼다.

음양오행설에선 세계의 모든 것을 오행으로 분류할 수 있다고 여기며, 이것들은 각각 목기(木氣), 화기(火氣), 토기(土氣), 금기(金氣), 수기(水氣)의 성질을 갖는다고 한다. 오행 각각에 상성(相性)이 있는데, 좋은 상성을 '상생(相生)', 나쁜 상성을 '상극(相剋)'이라 부른다. 이 상생·상극의 상황을 보고 세계의 모든 길흉을 판단할 수 있다. 유명한 청룡, 주작, 백호, 현무의 사신(四神)도 오행의 관념에서 생겨난 4방위의 수호 짐승이다. 음양오행 사상은 서양의 연금술사들의 이론과 매우 비슷하다.

시키가미 소환술

'시키가미(式神)' 혹은 '시키신' 의 술법은 온묘지의 소환술로서 매우 유명하다. 엄밀히 말하면 그들이 사용하는 몇 가지 소환술을 모두 합해 '시키가미'라고 칭하기도 한다. 시키가미는 원래 점에 사용한 쵸쿠반(式盤〈로쿠진센반六壬占盤〉)을 수호하는 십이신장(十二神將)을 의미하며, 온묘도의 수호신이었다고 여겨진다.

실제로 출현하는 시키가미가 어떤 모습인지 확실히는 모른다. 다만 유명한 온묘지인 아베노 세이메이의 일화 중에 그의 아내가 시키가미를 보고 매우 무서워했다는 이야기가 전해진다. 또 잎사귀에 소환된 시키가미가 개구리를 눌러 으깼다는 기록도 있다. 『읍부동연기(泣不動緣起)』나 『부동이익연기(不動利益緣起)』 등에 묘사된 내용으로 판단해보면, 시키가미는 괴물 같은 모습이었으리라 추측할 수 있다.

시키가미 소환술에 필요한 것은 주문과 인(印)이며, 의식을 통해 시키가미가 소환된다. 소환된 시키가미를 오랜 시간 컨트롤하는 것은 어렵기 때문에 일시적으로 불러내 사용하는 것이 일반적이었다. 시키가미의 용도는 다양해서 솜씨가 뛰어난 술자라면 가사일부터 암살까지 여러 가지 일을 시킬 수 있었다. 다만 누군가를 주살(呪殺)하기 위해 시키가미를 보냈을 땐 상대의 주력이 강한 경우 오히려 술자를 죽여버린다고 한다.

도사가 사용하는 귀(鬼)에도 이와 비슷한 습성이 있으므로, 시키가미와 귀는 동일 존재가 아닐까 하는 생각도 든다. 더욱이 슈겐쟈가 소환하는 호법동자(護法童子)도 시키가미와 매우 비슷한 모습을 하고 있으므로, 이것도 뭔가 관련이 있을지 모른다.

종이 인형에 의한 시키가미 소환

사람이나 동물의 형태로 종이를 자르고 접든지, 지면에 사람이나 동물을 그린다. 이것에 주문을 외고 기를 넣어 실체화시킨다. 실체화된 종이 인형은 술자가 술법 사용을 멈추면 원래의 종이로 되돌아간다. 이것이 종이 인형에 의한 시키가미 소환술이다.

인형이나 부적을 미리 준비해두면 갑자기 적에게 기습당할 때도 간단히 사용할 수 있다. 주문을 외어 부적을 던지면 괴물이 출현해 적에게 덤벼들 것이다. 기록에 남아 있는 괴물 같은 시키가미에 비해, 종이 인형 시키가미는 일반인이 연상하기에 쉬운 시키가미 술법이다. 그러나 엄밀히 말하면, 종이를 실체화시키는 것은 시키가미의 술법은 아니다. 도사가 사용하는 전지성병법(剪紙成兵法)[119]과 같은 것인 셈이다.

예를 들면 종이를 잘라 만든 인형은 단순히 잘려진 종이에 지나지 않지만, 주술의 세계에서는 형태가 같은 것엔 상관 관계가 있다. 즉, 종이 인형은 사람의 형태를 띠고 있기 때문에 사람에 가까운 의미를 갖는다고 여겨지는 것이다. 다만 인형은 생명이 없으므로 대신 인형에게 '기'를 불어넣어 사람과 똑같이 움직이게 해야 한다. 이것이 도교의 전지성병법의 원리다.

종이 인형에 의한 시키가미는 진짜와는 달라서 술법이 깨져도 술자를 해치는 일은 없다. 다시 종이로 되돌아갈 뿐이다. 그러나 가짜인만큼 진짜보다 파워가 떨어지며, 또 술법을 계속 걸어둘 수 없으므로 역시 오랜 시간의 사역은 곤란하다.

---

119) 전지성병법 : 剪紙成兵法. '도사' 편 참조.

3월 3일은 종이 인형 사역의 날?

종이로 만들어진 인형은 주술적으로는 사람과 가까운 존재다. 이것을 이용해 자신의 몸에 붙은 부정함이나 죄를 인형에게 옮기고 재앙을 피하는 주술이 고안되었다. 이것은 '나데모노(撫物)'라고 말하며, 섣달 그믐날의 '큰액막이'나 6월 30일의 '불제(祓除)' 때 사용되었다.

좋지 않은 것이 옮겨진 종이 인형은 강이나 바다 등에 흘려보낸다. 현대에도 건강을 기원하며 종이 병아리 인형을 강에 흘려보내는 '나가시비나(流し雛)'의 풍습이 전해지고 있는데, 이것은 나데모노 불제에서 유래한 것이다.

아베노 세이메이

安倍晴明

- 술자의 분류 : 소서러
- 행사하는 소환술 : 시키가미의 소환
- 피소환체 : 시키가미, 종이 인형 시키가미
- 힘의 근원 : 음양오행의 '기', 자신의 정신력
- 술자의 조건 : 역술이나 점에 정통할 것, 귀(鬼)의 정체를 간파하는 힘

영광과 전설로 채색된 인생

아베노 세이메이는 최강으로 평가받은 온묘지며, 일본 주술사 가운데서도 가장 유명한 인물이다. 그는 실로 온묘도의 상징이라고도 할 수 있는 존재이며, 그의 활약은 많은 전설로 남아 있다.

921년에 태어난 아베노 세이메이는 오사카(大阪)시 아베(阿倍野) 구에 있는 아베노 세이메이 신사가 탄생지로 되어 있다. 후에 일본 최강의 온묘지가 되는 그는 출생 시점부터 남다른 일화가 있었다. 야스나(保名)라고 하는 세이메이의 아버지는 어느 날 시노다(信太) 숲에 살고 있는 여우 한 마리를 도와주었다. 야스나에게 은혜를 갚고 싶었던 여우는 얼마 후 구스바라는 젊은 여자로 변신해 야스나 앞에 나타났다. 이윽고 두 사람은 사랑하는 사이가 되어 결혼을 했다. 이렇게 해서 태어난 아이가 세이메이였다.

가족은 사이 좋게 살았다. 그런데 방심하고 있던 구스바가 우연히 자신의 정체를 남편과 아들에게 알리고 말았다. 원래 화생(化生)한 자는 정체가 발각되면 떠나야 하는 법이다. 구스바는 "내가 그리워지면 시노다 숲에 만나러 오세요"라는 의미의 시를 남기고, 울면서 아베노 집안을 떠났다. 남겨진 세이메이는 그리움에 못 이겨 시노다 숲을 찾아갔다. 그리고 마침내 어미 여우를 찾

아냈다. 그러나 집에 돌아갈 수 없었던 어미 여우는 안타까운 마음에 강한 주력을 세이메이에게 주었다.

아베노 세이메이는 85세로 사망했지만, 그의 신비한 주술은 사람들의 기억 속에 남아 오랫동안 전해져 내려왔다. 그와 관련된 일화는 고전 『지금과 옛날 이야기(今昔物語)』나 그 밖의 일화집 등에 많이 실려 있다. 에도 시대가 되고 나서도 세이메이를 소재로 한 죠루리(淨瑠璃 : 음곡에 맞춰 낭송하는 옛이야기 - 옮긴이) 작품이 만들어졌다. 아베노 세이메이는 후세 사람들로부터도 주목받은 위대한 술자였던 것이다.

온묘지로서의 수행

세이메이는 어린 시절부터 온묘도의 대가인 카모 타다유키 밑에서 온묘도를 배웠다. 처음엔 그도 온묘지를 목표로 한 소년들 중의 한 명에 지나지 않았다. 그러나 얼마 되지 않아 그 재능을 인정받아 고명한 온묘지로 군림하게 되었다. 세이메이의 재능을 처음 발견한 사람은 스승인 카모 타다유키였다. 카모는 어떤 사건을 계기로 세이메이를 귀여워하게 되었다고 한다. 여기에 관한 흥미로운 이야기가 있다.

어린 세이메이가 어느 날 밤 소 수레를 끌며 걷고 있었다. 그런데 문득 앞을 보자 이 세상 사람이라곤 생각할 수 없는 이상한 모습을 한 자들이 세이메이 쪽을 향해 걸어오는 것이었다. 그는 당황하여 스승에게 사실을 알렸다. 수레 안에서 자고 있던 카모는 눈을 뜨고 밖을 내다봤다. 그러자 정말로 여러 명의 괴물들이 오고 있었다. 그것들은 악귀로서 보통 사람의 눈에는 보이지 않는 존재였다.

귀는 사람에게 달라붙어 재앙을 일으키는 법이다. 이를 염려한 카모는 주술을 사용해 자신들의 모습을 감추고 귀들을 그냥 지나치게 했다. 결과적으로 세이메이가 귀신의 모습을 보고 그것을 알려준 덕분에 카모 일행은 무사할 수 있었던 것이다. 이 사건으로 카모는 어린 세이메이에게서 천부적 재능을 느끼고 아낌없이 온묘도의 모든 것을 가르쳤다.

이윽고 세이메이는 그때까지 카모가 맡고 있던 온묘도의 일 가운데 천문에 관한 일을 담당하게까지 되었다. 이리하여 달력은 카모가가 담당하고 천문은 세이메이의 자손인 츠치미카도가가 맡게 되었던 것이다.

도마 법사와의 싸움

아베노 세이메이와 동시대의 온묘지 중에 아시야 도만(芦屋道滿)이라는 술자가 있었다. 둘 모두 뛰어난 술자였으며 늘 서로를 라이벌로 생각했다. 귀족

끼리의 분쟁이 일어나면 두 사람은 반드시 다른 세력에 고용되어 주력을 다퉜다. 하지만 도만은 언제나 세이메이에게 한 발 뒤졌다. 이 숙명의 라이벌에 얽힌 이야기로 다음과 같은 일화가 있다.

어느 날 도마(道魔) 법사라는 인물이 아베노 세이메이를 찾아왔다. 세이메이는 법사가 데려온 두 명의 동자가 시키가미의 변신임을 금방 간파했다. 법사가 자신을 시험하러 왔다는 것을 눈치챈 세이메이는 몰래 주문을 외어 동자를 숨겨버렸다. 당황한 법사는 세이메이에게 사과하고 자신이 부리고 있는 동자를 돌려받았다. 도마 법사, 그것은 아시야 도만의 별명이었다.

카잔 천황의 출가를 미리 알다

아베노 세이메이는 천문과 소환술에 뛰어났다. 특히 시키가미 사역에 관해서는 다양한 방법으로, 게다가 장시간 사용할 수 있었다. 이를 증명하는 이야기 중에 다음과 같은 일화가 있다. 이것은 그의 이름이 사람들에게 알려지게 된 후의 이야기다.

카잔(花山) 천황은 후지와라(藤原)의 음모에 걸려들어 천황의 자리를 버리고 출가했다. 밤중에 천황이 소 수레를 타고 궁중을 나와 세이메이의 집 앞까지 왔을 때, 집 안에서 세이메이의 목소리가 들려왔다.

"천황이 양위된 듯하다. 시키가미여, 궁중에 입궐하라."

이 말에 놀란 천황이 주변을 둘러보자 아무도 없는 장소에서 "천황은 집 앞까지 와 계십니다"라는 목소리가 대답을 했다. 아무도 없는 듯이 보였지만 사실은 시키가미가 있었던 것이다.

이 일화를 통해 두 가지 사실을 알 수 있다. 즉, 세이메이는 천문의 이변을 통해 천황의 양위를 미리 알았으며, 집에서 시키가미를 하인 대신 부리고 있었다는 사실이다.

수많은 전설

시키가미 사역은 온묘도 중에서도 최고의 술법이며, 시키가미의 컨트롤은 대단한 노력을 필요로 한다. 그러나 세이메이는 시키가미를 마치 수족처럼 간단히 다뤘다. '시키가미를 부리는 술자'로서의 높은 재능이 그를 유명하게 만들었다 해도 과언이 아닐 것이다.

집안일을 돕는 시키가미

세이메이의 집에서는 아무도 없을 때도 창이나 문이 열리고 닫히고 했다. 이것은 세이메이의 명령으로 시키가미가 한 일이었다. 이처럼 세이메이의 집에서는 시키가미가 매우 요긴하게 사용되었던 듯하다. 그러나 집안 사람들이 이상한 현상과 때때로 모습을 나타내는 시키가미의 괴상한 모습에 겁을 먹었다. 결국 세이메이는 시키가미를 집에서는 부리지 않게 되었다. 그 뒤로 시키가미는 다리 밑에 갇혀 있다가 필요할 때만 소환되었다고 한다.

종이 새

세이메이는 종이 시키가미를 사용하는 데도 뛰어났다. 세이메이의 주인인 후지와라노 미치나가(藤原道長)가 호죠지(法成寺)를 건설할 때의 일이었다. 미치나가가 애견과 함께 절을 짓는 모습을 보러 갔다. 그런데 옆에 있던 애견이 경내에 들어가려는 미치나가의 옷을 물고 놓지 않는 것이었다. 누군가 자신에게 주문을 걸고 있다는 것을 직감한 미치나가는 세이메이를 불러 그자를 찾아내도록 명했다.

세이메이는 품에서 종이를 꺼내 새의 형태로 만들고 주문을 외어 던져 올렸다. 그러자 종이는 한 마리의 백로가 되어 날아갔다. 하인이 추적하자 백로는 아시야 도만의 집에 떨어졌다. 도만은 미치나가 앞에 끌려와 심문을 받았

다. 결국 도만은 정적의 의뢰를 받고 미치나가에게 주술을 걸려고 했던 사실
을 자백했다.

숙적과의 대결

당시 천황이 아베노 세이메이와 그의 라이벌인 아시야 도만을 불러 힘 대
결을 시킨 적이 있었다. 그들은 상자 속에 무엇이 들어 있는지 맞힘으로써 승
부를 가리게 되었다. 상자가 나오자 두 사람은 똑같은 대답을 했는데, 물론 둘
다 정답이었다. 이 승부는 몇 번이나 반복되었지만 결과는 언제나 같았다. 그
러나 얼마 되지 않아 승부에도 끝이 찾아왔다.

귤이 든 상자가 나왔을 때 아시야 도만은 "귤"이라고 대답했지만, 세이메이는 "쥐"라고 말했던 것이다. 상자 속에 귤이 들어 있는 것을 알고 있던 황제는 승부가 났다고 생각했다. 그러나 세이메이는 상자를 꼭 열어봐달라고 부탁했다. 이윽고 상자를 열자 안에서는 귤이 아니라 쥐가 나왔다. 이대로는 승부가 나지 않으리라 생각한 세이메이가 주력을 사용해 귤을 쥐로 바꿔버렸던 것이다.

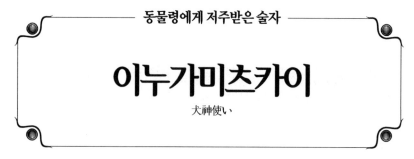

동물령에게 저주받은 술자

이누가미츠카이

犬神使い

- 술자의 분류 : 소서러
- 행사하는 소환술 : 시키가미의 소환
- 피소환체 : 시키가미, 종이 인형 시키가미
- 힘의 근원 : 음양오행의 '기', 자신의 정신력
- 술자의 조건 : 역술이나 점에 정통할 것, 귀(鬼)의 정체를 간파하는 힘

악령의 이용

중국의 방술이 일본에 전해져 온묘도가 되었던 것과 마찬가지로 어둠의 방술인 무고(巫蠱)도 일본에 들어와 비밀스럽게 퍼졌다. 다양한 기법 중에 무고의 의식으로 만들어진 악령을 사역하는 대표적인 술자가 이누가미츠카이다. 민간에 전해진 또 다른 무고로는 오카야마(岡山)의 토뵤(蛇神), 신슈(信州)의 쿠다키츠네(管狐)와 오사키키츠네(オサキ狐) 등이 잘 알려져 있다.

이누가미의 실체

일반에게 이누가미는 코치(高智)의 산간부에 남은 '츠키모노(憑き物)'로 잘 알려져 있다. 츠키모노는 어떤 이유로 악령의 저주를 받고 그것이 원인이 되어 일어나는 병을 말한다. 그러나 실제로는 '이누가미(犬神)'라는 악령을 사역하는 일종의 소환술이다. 온묘도의 원류인 중국의 도교에는 주법(呪法) '무고'가 있으며, 이 가운데 '견고(犬蠱)'라는 주술이 존재했다. 개의 영을 사용해 주문을 거는 것으로, 이것이 일본에 전해진 후 민간에게 퍼져 독자적으로 발달한 것으로 보인다.

이누가미의 작성법

개의 영을 움직이기 위해서는 우선 술자 자신이 악령부터 만들어내야 한다. 이 작성법은 상당히 무서운 것이었다. 먼저 살아 있는 개를 땅에 묻고 머리만 내놓는다. 그리고 개의 눈앞에, 그것도 절대로 닿을 수 없는 거리에 먹을 것을 두고 그대로 방치해둔다. 그러면 개는 굶주림에 괴로워하게 되고, 이 괴로움이 절정에 달하면 그때 목을 베어버린다.

탄생된 개의 사령은 술자에게 붙어 주술로 움직일 수 있게 된다. 말하자면 악령에게 일부러 저주하게 만드는 행위라고 할 수 있다. 한을 품고 죽은 개의 영은 강렬한 파워를 가지며 술자에게도 큰 힘이 깃들이게 된다. 그 능력은 다른 자를 저주하는 것이며, 저주받은 상대는 재산을 잃거나 죽고 만다.

이누가미의 가계

이누가미는 그를 부리는 사람이 죽어도 소멸하지 않는다. 대신 술자의 자손, 주로 어머니 쪽에서 아이에게로 전해진다. 이것을 이누가미의 가계라고

말한다. 이누가미는 자신이 빙의한 가계의 사람을 위해 일하고 명령에 응한다. 타인의 재산을 빼앗아 이누가미 가계의 사람에게 가져오고, 그래서 이누가미의 가계는 점점 유복해졌다고 전해진다. 또 이누가미의 가계 사람이 밉게 생각하는 사람이 있으면 그 사람에게 씌어 해를 입히는 일도 있다. 단순히 기분 나쁜 정도라 해도 이누가미는 상대에게 가차없이 해를 가한다. 이 때문에 이누가미의 가계에 속한 사람은 주위에서 두려움의 대상이 되었으며, 또 차별을 받았다고 한다.

산과 들에 머무르며 고행을 견디는 승려

슈겐쟈
修驗者

- 술자의 분류 : 샤먼, 프리스트, 소서러
- 행사하는 소환술 : 신불(神佛) 힘의 소환, 귀신의 사역
- 피소환체 : 귀신, 호법동자, 용신, 텐구(天狗)의 힘, 쿠다키츠네(管狐), 노키츠네(野狐 : 여우의 영)
- 힘의 근원 : 신불의 힘, 자연의 기, 정신력
- 술자의 조건 : 자연과 일체화하는 힘, 고행에 견디는 힘
- 대표적인 술자 : 엔노 오즈누(役小角), 묘렌(命蓮), 노죠 타이시(能除太子)

> 슈겐쟈는 산야의 수행승이라고도 불리며, 그 이름처럼 산과 들에서 법력을 익힌 주술자다. 그리고 민중의 염원을 이뤄주기 위해 주술을 사용하는 승려이기도 하다. 슈겐도는 발전 과정에서 밀교(密敎) 온묘도(陰陽道) 등으로부터 주법을 받아들였기 때문에, 일본의 주법들의 복합체라고도 할 수 있는 존재가 되었다.

복합 종교

일본에는 예로부터 산에 대한 신앙이 있었다. 산은 선조의 영이 향하는 땅이며, 신비한 힘을 가진 정령의 주거지이며, 강물과 나무 열매 등의 혜택을 가져다주는 근원이기도 하다. 그런 산에 들어가 깨끗한 '기'를 받아들이려는 수행자는 지극히 자연스럽게 발생했다. 그들의 대부분은 신선도(神仙道)[120]나 잡밀(雜密)을 공부한 자로서, 여기에 예로부터의 산악 신앙이 혼합되어 독특한 종교가 생겨나게 되었다. 이것이 바로 슈겐도(修驗道)다.

---

120) 신선도 : 도교의 일종.

경위를 생각하면 신도(神道), 밀교, 도교를 혼합한 복합 종교라고 할 수 있다. 슈겐도는 수많은 무명의 수행자들로 인해 생긴 종교라는 견해가 지배적이지만, 한편으론 그 원조가 엔노 오즈누라는 설도 있다.

닌자의 뿌리?

슈겐도가 세상에 널리 알려지게 된 것은 헤이안 시대이며, 일본 각지의 명산이 영지(靈地)로서 수행의 장소가 되었다. 현재 영산(靈山)으로 알려진 산들의 대부분은 이 시대에 열린 것으로 생각된다.

슈겐도는 각 시대에 다양한 방면에서 주목을 받았으며, 슈겐도 자체도 외부로부터 커다란 영향을 받았다. 순수한 밀교인 진언종(眞言宗)이나 천태종 등은 슈겐도를 받아들이려고 했다. 이렇게 해서 생긴 것이 쇼고인(聖護院)과 다이고지(醍醐寺)를 본산으로 하는 밀교계 슈겐도다. 당초에는 교의가 분명하지 않았던 슈겐도도 밀교를 받아들임으로써 그 사상 체계를 정리해갔다.

또한 슈겐도가 각지를 돌며 수행하는 종교인 점에 착안하여 다른 나라를 감시하기 위해 슈겐쟈를 스파이로 고용하는 권력자도 있었다. 이런 면에서 닌자(忍者)의 뿌리가 슈겐쟈에 있다고 말하는 사람들도 있다. 스파이가 아니더라도 다른 사람의 눈을 피하기 위해 슈겐쟈로 변장하는 일은 전란 시대에 빈번히 행해졌다. 전쟁에 지고 도망치는 무사나 범죄자 등이 추격대로부터 도망치기 위해 산에 들어가 슈겐쟈의 모습으로 변신하기도 했다. 이 때문에 슈겐쟈는 한때 수상쩍은 존재로 여겨지기도 했다.

슈겐쟈의 역할 가운데 지방 민중들에게 종교 의식과 예능 등의 문화를 전달했던 것도 간과할 수 없는 부분이다. 한 메이지 시대가 되면서 내려진 신불(神佛) 분리령과 그에 이은 슈겐도 폐지령에 의해 슈겐도는 큰 타격을 입었다. 탄압을 받게 된 그들은 밀교의 일파로 살아남게 되었다. 이후에는 근근이 존속해왔지만 근래 들어 자연과의 일체화를 지향하는 자세 때문에 다시 주목받고 있다. 메이지 시대 이후에 쇠퇴했던 영산도 슈겐도의 부흥에 힘입어 다시 일어서게 되었다.

엄격한 수행

슈겐쟈의 별명이 '산야의 수행승'인 것처럼, 슈겐쟈는 산악에서 오랜 시간 고행을 했다. 이 수행의 목적은 법력 혹은 험력(驗力)이라고 불리는 주력을 익히기 위해서였다. 그들은 밀교승과 마찬가지로 경전을 읽고 진언(眞言)을 외며 결인(結印 : 진언종에서 수행자가 손가락을 여러 모양으로 구부려 불보살의 힘이나 깨달음을 상징적으로 나타내는 일 – 옮긴이)하는 연습을 한다. 그러나 슈겐도

의 특징은 자연 속에서의 엄격한 '행(行)'에 있었다. 괴롭고 엄격한 행을 계속함으로써 힘을 얻는다고 믿었던 것이다. 행이야말로 슈겐도의 핵심이라 할 수 있다.

수행의 대부분은 '미네이리(峯入り)'라는, 산에서의 수행이었다. 이것은 영산과 그 주위의 산악 지대를 걸어다니는 것으로, 이를 몇 번 할 수 있는가로 슈겐도의 순위가 결정되었다. 산간을 이동하고, 특히 영력이 강하다고 여겨지는 장소에 도착하면 아홉 자 주문을 외면서 주술을 부리고 신불에 대해 경전을 읽으며 결인하고 진언을 외운다. 이것이 행(行)의 기본이었다. 이 수업은 수행 장소에 따라 내용이 달랐다. 폭포가 있는 곳에서는 폭포를 맞고, 동굴에서는 명상을 하며 단식했다. 또 산 위에 있는 당이나 신사에 틀어박히는 행도 있었다.

색다른 곳에서는 '수라(修羅)의 행'이라 칭하여, 씨름을 하거나, 절벽 위에 매달린 상태로 아래를 바라보며 참회하는 행도 있었다. 아무튼 행은 엄격하면 엄격할수록 좋다고 생각해 슈겐쟈들은 더욱더 수행에 힘썼다. 이 부분은 인도의 고행승과 비슷하다고 보면 된다. 물론 수행 도중에 목숨을 잃는 자도 많았다.

슈겐쟈의 소환술

슈겐쟈의 목적은 민중의 염원(화를 없애고 행복하게 사는 것)을 기도로 실현하는 것이다. 그 때문에 그들은 강한 법력을 원하며 힘을 얻기 위해 엄격한 수행을 한다. 슈겐도에서는 소환술을 행사할 때 결인하고 진언을 외운다. 기법은 밀교와 비슷하지만 옛날부터 다양한 주법을 받아들였기 때문에 여러 가지 소환술이 존재한다.

귀신 사역법

온묘지가 사용하는 시키가미와 아주 비슷한 술법으로, 슈겐자는 초자연적인 힘을 갖는 '귀신'을 소환하고 움직인다. 소환의식에는 인과 진언을 사용하며, 술자 자신의 법력으로 귀신을 컨트롤한다. 보통은 귀신이 명령에 따르지만, 술자의 능력이 높으면 정령이나 신조차 지배할 수 있다고 한다. 그러나 술자 자신의 정신에서 나오는 에너지는 불안정하기 때문에 소환된 대상이 언제 덤벼들지 모를 위험이 있다.

온묘지는 낮은 에너지를 부적으로 조작함으로써 안정된 사역을 가능하게 한다. 그러나 슈겐쟈는 수행으로 높인 자신의 에너지로 강력한 것을 조작할 수 있지만 늘 불안정하다는 약점이 있다.

호법동자법

슈겐도에게 가장 대중적인 소환술이다. 법력은 출력이 불안정하기 때문에 귀신을 부리는 데 어울리지 않는다. 그래서 대신 고안된 것이 '호법(護法)' 혹은 '호법동자(護法童子)'의 소환 사역법이다. 호법은 신불 휘하의 영이며 귀신보다 다루기 쉽다. 기법은 소귀법(召鬼法)과 거의 같지만 사용 목적은 한정되어 있다. 특히 나쁜 일을 행하게 할 수는 없다.

호법은 엄밀하게는 슈겐쟈의 수하가 아니다. '호법존(護法尊)'이라는 신이 불법을 수호하는 행자의 요구에 응해 호법을 파견하는 것이다. 그러므로 일시적인 소환보다는 장기간에 걸쳐 술자를 따르는 일이 많다고 한다. 예를 들면 타이쵸(泰澄)라는 술자는 후세리교쟈(臥行者)·죠죠교쟈(淨定行者)라는 호법을 장기간에 걸쳐 사역했다는 기록이 있다.

호법동자 '켄가이 호법'

켄가이(劍鎧) 호법은 가장 유명한 호법으로,『신귀산연기회권(信貴山緣起繪卷)』에서 그 초상을 발견할 수 있다. 이름에 나타난 것처럼 갑옷을 입고 몇 자루나 되는 칼을 들고 금속 바퀴를 돌리면서 하늘을 나는 아이의 모습을 하고 있다. 이 호법동자는 시기 산에 살고 있던 묘렌(命蓮)이라는 승려가 천황의 병을 치유하기 위해 소환한 것이다. 켄가이 호법은 시기(信貴) 산의 본존인 비사문천(毘沙門天)의 권족이라고 하며, 몸에 지닌 검(劍)은 병마를 포함한 사악한 것들을 쫓아내는 능력을 나타낸 듯하다. 지금도 신앙의 대상이 되고 있으며, 실제로 시기 산에는 켄가이 호법을 제사지냈던 작은 사당이 남아 있다.

비발법

슈겐도를 수양한 승려 묘렌이나 타이쵸는 바리때를 자유자재로 날리는 술법을 터득했다. 이것을 비발법(飛鉢法)이라고 한다. 그들은 마을 사람들에게 바리때를 날려보내 보시를 받았다고 전해진다.

비발법은 언뜻 보면 염력에 의해 바리때를 날리는 것처럼 생각된다. 그러나 실은 이것도 일종의 소환술로서, 바리때는 '술자가 소환한 용신(龍神)'에게 조종되는 것이다. 소환에 응한 용신은 아마도 주발에 봉인되어 주력을 부여해주는 역할을 했던 것 같다.

묘렌이 날린 바리때는 현재도 시기(信貴) 산에 안치되어 있으며, '쿠하츠(쏯鉢) 호법'으로 신앙의 대상이 되고 있다. 그 사당은 산 위에 있는데, 밑에서 물을 퍼와서(쿠하츠 호법의 정체가 용신=물의 신이라는 이유에서) 기원하면 소원이 성취된다고 한다.

텐구 소환법

슈겐도에서 잊어선 안 될 존재가 텐구(天狗)일 것이다. 텐구는 인간을 초월한 절대 법력을 지니고 있다고 여겨진다. 그 힘을 소환하는 것이 바로 텐구 소환법이다. 신장대를 세우고 기도한 뒤에 특별한 인과 진언으로 소환한다. 그러면 텐구의 힘이 술자에게 깃들인다. 이것은 같은 소환이라도 샤먼적 기법으로 분류할 수 있다. 절대적 법력을 얻은 술자는 악마나 악령을 물리치는 데이 힘을 사용해야 한다. 후쿠오카 현의 히코 산에는 '부젠보(豊前坊)'라는 텐구가 있다고 하며, 히코 산의 슈겐쟈들 사이에선 부젠보의 힘을 소환해 악마나 원적을 쓰러뜨리는 기법이 전해졌다.

이즈나법

이즈나(飯網)법의 술자를 '이즈나츠카이'라고 할 정도로 잘 알려진 소환술이다. 이 술법을 사용하기 위해서는 먼저 '쿠다키츠네(管狐)' 혹은 '이즈나(飯網)'라는 작은 동물이 필요하다. 쿠다키츠네의 정체는 아마도 동물령인 듯하다. 술자는 이것을 대나무 관에 넣어 가지고 다닌다. 그리고 쿠다키츠네를 필요에 따라 부림으로써 예지나 주살이 가능하며 부를 가져올 수도 있다. 동물령을 사역한다는 측면에서 중국의 무고(巫蠱)가 뿌리일 것으로 생각된다.

노키츠네 소환법

쿠다키츠네를 사용하는 것 외에 다른 형태의 이즈나법도 전해진다. 이는 '이즈나곤겐(飯網權現)'이라는 여우 신에게 기도를 올리고, 그 권족령인 '노키츠네(野狐)'를 소환하는 방식이다. 이 방식은 호법과 비슷한데, 주살법으로서도 유효했다고 한다. 무로마치 시대에는 이즈나법을 잘 사용하는 귀족이 있었다. 세간에선 그의 출세가 이즈나법 때문이라는 소문이 있었다. 이즈나곤

겐은 훗날 전국 시대에 활동하던 무사 계급의 숭배를 받았으며, 무사 이즈나 츠카이도 등장했다.

텡구에 관한 일화

텡구를 모르는 일본인은 드물 것이다. 텡구는 산의 영 혹은 산에서 수행을 쌓는 슈겐쟈의 모습이라고도 전해진다. 원래는 '아마츠이누(하늘의 개)'라고 하여, 하늘을 달리는 유성을 가리켰다. 그것이 후에 공중을 나는 산의 요괴를 나타내는 '텡구'라는 단어로 쓰이게 되었다.

텡구는 절대적인 법력을 가진 산의 신령으로 간주되어 지역 주민으로부터 숭배받았다. 지금도 전국에는 텡구를 신으로 제사지내는 영산이 많이 있다. 물론 슈겐도에서도 숭배했으나 그 입장이 미묘하다. 전승에 의하면 슈겐쟈에게 힘을 빌려준 반면 불법을 파괴하려고 꾀한 일도 있었기 때문이다. 불교측에서는 텡구를, 정법을 파괴하는 자 또는 마계의 존재로 보기도 한다. 고승 등이 입적할 때 망념에 사로잡혀 있으면 텡구가 된다고도 하며, 실제로 그렇게 된 사람이 많았다고 전해진다.

텡구 중에서도 최강의 힘을 발휘해 왕실의 두려움을 받았던 것은 스토쿠(崇德) 상황(上皇)이었다. 호겐(保元)의 난에 패하고 사누키(카가와현)로 유배되었던 상황은 이를 깊이 원망하고 왕실을 저주하며 죽었다. 사후, 상황은 텡구가 되어 세상에 여러 가지 재앙을 일으켰다고 한다.

한편 슈겐도의 정점에 달한 자는 텡구의 힘을 빌릴 수 있다고 하는데, 그 어디에도 사역했다는 말은 전해지지 않는다. 그런데 뜻밖에도 텡구와 전혀 연이 없는 선종의 승려가 그를 제자로 삼았다는 이야기가 있다. 어느 고승이 산 속에 사원을 개원하려 할 때 텡구가 건설에 협력했다는 것이다. 사실 이것은 텡구의 힘을 소환한 것도, 주력으로 텡구를 속박한 것도 아니었다. 고승의 인덕에 매료되어 텡구 스스로 제자가 되었던 것이다. 이런 방법이야말로 궁극적인 사역법이 아닐까 싶다.

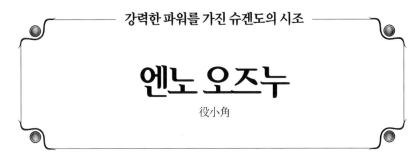

강력한 파워를 가진 슈겐도의 시조

엔노 오즈누

役小角

- 술자의 분류 : 샤먼, 프리스트, 소서러
- 행사하는 소환술 : 신불의 힘 소환, 귀신의 사역
- 피소환체 : 귀신, 호법동자,
- 힘의 근원 : 신불의 힘, 자연의 기, 정신력
- 술자의 조건 : 자연과 일체화하는 힘, 고행에 견디는 힘

권력에 대항한 인생

엔노 오즈누는 엔노 교자(役行者)라고도 불리는, 슈겐도의 시조가 된 인물이다. 많은 전설로 장식된 생애 때문에 가공의 인물로 생각되기도 하지만,『속일본기(續日本紀)』에도 등장하는 분명한 역사상의 인물이다. 전설에 의하면 그는 634년에 야마토국에서 태어났다. 집안은 카모노 에키미(賀茂役君)라는 씨족이며 그의 엔노(役)라는 성은 여기서 나온 것이었다.

엄마 뱃속에서 나온 오즈누는 어찌된 일인지 꽃을 잡고 있었으며 우는 목소리도 남달랐다. 이에 두려운 마음을 가진 모친은 막 태어난 그를 산에 버리고 말았다. 그러나 아기는 며칠이 지나도 전혀 쇠약해지지 않고 건강했다. 그러자 모친은 마음을 바꿔 아기를 집으로 데리고 돌아왔다.

슈겐쟈의 도와 신비 체험

그후 몇 년이 지나자 오즈누는 아무에게도 배운 적이 없는 범자(梵字)를 쓰고 또 혼자서 산으로 들어가는 신비한 아이로 성장했다. 간고지(元興寺)의 승려는 이런 오즈누에게 공작명왕법(孔雀明王法)이라는 밀교의 주법을 가르쳤다. 오즈누가 자주 공중을 날아다녔다는 이야기가 전해지는데, 이 주력(呪力)

269

의 원천은 바로 공작명왕법이었다. 공작명왕법을 습득한 그는 본격적으로 산에서 수행을 시작했다.

그러던 어느 날, 미노오(箕面)의 폭포 앞에서 수행하고 있던 오즈누는 이상한 체험을 했다. 갑자기 폭포 위에 아이가 나타나 놀란 그를 폭포 속의 궁전으로 불러들였던 것이다. 궁전에는 용수(龍樹) 보살이 앉아 있었는데, 그는 오즈누에게 보배로운 구슬을 주었다. 이는 오즈누의 산악 수행이 일정한 성취를 이루었다는 것을 의미한다. 아무튼 이렇게 해서 오즈누는 슈겐쟈로서 강력한 법력을 획득하게 되었다.

오미네야마의 개산

그후에도 오즈누는 산악 수행을 계속했다. 어느 날 그는 천하의 재앙을 진압하기 위해 강력한 신불을 소환하기로 했다. 그래서 그는 오미네야마(大峯山)의 거석 위에서 기도를 바쳤다.

이때 최초로 소환되었던 것이 여신 변재천(弁財天)이었다. 그런데 오즈누가 '재앙을 진압하기에 여신은 너무 온순하다'고 생각하자 변재천은 날아가더니 천하변재천(天河弁財天)이 되었다. 다음에 출현한 것은 지장보살(地藏菩薩)이었다. 이번에도 오즈누는 '부드럽고 온화한 보살로는 충분치 않다'고 생각했다. 그러자 이번에는 호키다이센(伯耆大山)으로 날아가버렸다. 그리고 마지막으로 출현한 불존이 분노의 형상을 한 장왕대권현(藏王大權現)이었다. 오즈누는 '이것이야말로 천하의 재앙을 진압하는 데 어울리는 불존'이라고 생각하고, 기도를 했던 장소에 불존을 안치했다. 이리하여 오미네야마는 영산으로서 개산(開山)하게 되었다.

신을 사역했던 엔노 오즈누

슈겐쟈로서 대성한 오즈누의 곁에는 그에 의해 소환된 '센키(前鬼)'와 '고키(後鬼)'라는 호법이 언제나 따라다녔다. 이들 종복은 매우 충실한 부하였지만, 오즈누는 귀나 호법 등 저급한 영의 사역으로는 만족하지 못해서 귀신을 소환한 적도 있었다.

오즈누가 소환해 법력으로 지배하던 귀신은 땔나무 줍기나 물 퍼올리기에 이용되었다. 귀신이 명령에 따르지 않을 때는 진언을 외어 움직이지 못하게 하거나 고통스럽게 만들었다.

어느 날 오즈누는 카츠라기(葛城) 산과 요시노(吉野)의 킨푸(金峯) 산 사이에 거대한 돌다리를 만들어야겠다고 생각했다. 그래서 주야를 불문하고 귀신을 혹사해 다리 공사를 시켰다. 카츠라기 산에 사는 신 '히토코토 누시노미코토(一言主神)'도 공사에 소환되었다. 얼굴이 추한 히토코토 누시노미코토는 낮 동안엔 공사를 하기 싫어했다. 그러자 이에 분노한 오즈누는 그를 움직이지 못하게 한 다음 등나무 덩굴로 묶어 계곡에 던져버렸다. 그러자 히토코토 누시노미코토도 이런 취급에는 참을 수 없었던지 부근의 주민에게 빙의해 "엔노 오즈누에게 모반의 뜻이 있다"고 왕실에 신고하게 했다.[121] 이 일이 계기가 되어 오즈누는 왕실에서 쫓기는 몸이 되고 말았다.

모반인으로서

오즈누에게 모반의 뜻이 있었는지 어떤지는 알 수 없다. 하지만 그가 왕실의 정치에 만족했던 것 같지는 않다. 그는 독자적으로 세상을 바로잡으려고

---

121) 『속일본기(續日本紀)』에 의하면, 왕실에 신고한 것은 오즈누의 제자인 가라쿠니노 무라지히로타리(韓國連廣足)라고 한다.

노력했다. 그러나 이런 행위는 해석에 따라서는 왕실에 반대하는 모반이 될 수도 있었다.

하긴 당시 일본에서 슈겐도는 비주류적인 사상·종교로서, 불교나 신도(神道)에서 볼 때는 이단이라 말하지 않을 수 없었다. 히토코토 누시(一言主) 사건이 없었다 해도 오즈누는 결국 권력자와 대립했을 것이다. 왕실은 오즈누를 잡으려 했지만, 그의 강력한 법력 앞에선 어쩔 수가 없었다. 그래서 왕실에선 오즈누의 모친을 잡아 인질로 삼았다. 이렇게 되자 오즈누도 얌전히 잡힐 수밖에 없었으며, 이즈(伊豆)로 유배를 가게 되었다. 하지만 그에게는 이런 형벌 따위는 전혀 문제가 되지 않았다. 낮 동안엔 얌전히 지내다가 밤이 되면 하늘을 날아 후지(富士) 산에서 수행을 계속했다.

시간이 흘러 오즈누는 용서를 받고 고향으로 돌아왔다. 그후에도 그는 일본을 여기저기 날아다니며 슈겐도 대부분의 영산을 열어나갔다. 그리고 마지막엔 당나라에 가서 일본으로 다시 돌아오지 않았다. 나중에 당나라에서 "나는 엔노 오즈누다"라고 이름을 밝힌 인물을 만난 일본인이 있었다고 한다. 이 전설적인 슈겐쟈는 실로 파란만장한 인생을 살았다. 같은 일본 마술계의 영웅이라 해도 아베노 세이메이와 비교하면, 마치 그림자로 채색된 삶을 살았던 인물이었다.

인과 진언으로 부처의 힘을 구사하는 승려

밀교승

密教僧

- 술자의 분류 : 프리스트
- 행사하는 소환술 : 기원에 의한 신불의 힘 소환
- 피소환체 : 신불의 힘, 용신
- 힘의 근원 : 신불의 힘(밀교에서는 궁극적으로 대일여래의 힘으로 본다)
- 술자의 조건 : 강한 신앙심, 높은 지력
- 대표적인 술자 : 쿠카이(空海=코보弘法 대사), 료겐(良源=간산元三 대사)

일본 역사 속에서 가장 유명하면서도 최강의 주술자라고 하면, 온묘도의 아베노 세이메이와 쿠카이(空海)를 꼽을 수 있을 것이다. 쿠카이가 다양한 주술을 행했다는 전설은 일본 각지에 남아 있다. 이런 것들이 역사적 사실이라고는 말할 수 없지만, 일본의 순수한 밀교의 시조인 쿠카이의 주술 파워가 매우 높았다는 것을 나타낸다.

밀교는 헤이안 시대부터 메이지 유신까지 국가를 지키는 주술[122]로서, 위정자로부터 신뢰를 받아왔다. 일본에서 원적이나 요괴, 악마를 물리치기 위한 최강의 주술은 밀교였다.

대일여래[123]와의 일체화

밀교승의 목적은 산 채로 부처가 되는 것이며, 이것을 '즉신성불(卽身成佛)'

---

122) 헤이안쿄(平安京)에 있는 궁궐 뒤에는 '진언원(眞言院)'이라는 밀교의 수법을 행하는 건물이 있었다.

123) 대일여래 : 大日如來. 산스크리트어로는 '마하 - 바이로챠 - 나타타 - 가타.' 우주의 광명을 주관하는 부처라는 의미다. 기본으로 하는 경전의 차이에 따라 지(智)를 담당하는 금강계

이라고 한다. 그들은 부처가 되기 위해 엄격한 수행을 하는데, 그 중심이 되는 것은 '삼밀(三密)'이라고 불리는 것이다. 밀교에서는 우주를 대일여래라는 절대적 부처 그 자체라 생각하고, 그 밖의 모든 신불도 대일여래의 화신이라고 본다. 그리고 인간도 대일여래와 같은 구성 요소인 '육대(六大)'[124]로 이뤄져 있으며, 기본적으로는 대일여래와 같다고 간주한다.

인간이 부처가 되기 위해서는 부처와 같은 조건을 갖춰야 한다. 머리에 부처의 모습을 떠올리는 '의밀(意密)', 손가락으로 부처를 뜻하는 결인을 하는 '신밀(身密)', 입으로 부처와 같은 말인 진언을 외는 '구밀(口密)'을 총칭하여 '삼밀'이라고 한다. 이 삼밀을 행하면 부처가 되었다는 의미를 가진다.

삼밀에 의해 밀교승은 신불과 일체화하고, 신불이 가지는 신통력을 사용할 수 있게 된다. 다만 대상이 되는 신불에 따라 떠올리는 모습이 다르면 결인이나 진언도 달라진다. 만일 이 조합이 완전하지 않으면 신불의 신통력을 사용할 수 없을 뿐만 아니라 법벌(法罰)이 내린다고 알려져 있다. 이 때문에 밀교에서는 상세한 가르침을 비밀로 하고, 이를 능력 있는 제자에게만 전수했다. 밀교라는 말의 어원은 여기에 있다.

밀교에는 수많은 신불이 있으며, 각각이 갖고 있는 신통력도 다르다. 수법(修法＝소환술)을 행하여 소원을 실현시키려면, 그것에 적당한 신불을 선택해 수법을 실시한다. 일반적으로는 재앙을 피하는 데는 부동명왕(不動明王)을 중심으로 한 명왕부의 제존(諸尊), 소원의 실현에는 관음 등 보살의 제존, 속세간

(金剛界) 대일여래와 이(理)를 담당하는 태장계(胎藏界) 대일여래로 구별하는데, 일본의 밀교에서는 두 대일여래를 같은 것(金胎不二)으로 여긴다.

124) 육대 : 六大. 인도에서 세계를 구성한다고 생각되었던 지(地) · 수(水) · 화(火) · 풍(風) · 공(空)의 다섯 가지 요소 '오대(五大)'에, 인간의 마음의 움직임을 의미하는 '식(識)'을 더한 것. 밀교에서는 이 여섯 가지로 우주가 구성되어 있다고 생각한다.

의 소망 실현에는 천부(天部)의 제신(諸神)에게 기도를 바친다.

말할 것도 없이 불교는 석가모니가 연 가르침이다. 불교 초기에는 깨달음을 얻고 부처가 된 석가모니만이 숭배의 대상이었다. 그러나 훗날 대승불교가 성립하자 인간을 훨씬 초월한 아미타불이나 사람들의 고뇌를 구하는 관음보살 등 같은 수많은 부처와 보살이 숭배받게 되었다. 이들 제존을 통합하는 절대적 존재로서 출현한 부처가 대일여래다. 그리고 대일여래와 일체화하여 부처가 되는 방법이 밀교인 것이다.

쿠카이의 밀교 전수

부분적으로 밀교적인 성격을 띠는 '잡밀(雜密)'은 이미 나라 시대에 일본에 전해졌다.[125] 그러나 '순밀(純密)'이라 불리는 체계적인 밀교를 일본에 전했던 것은 쿠카이다. 쿠카이는 당나라의 청룡사에 있던 혜과(惠果)에게서 밀교의 비법을 전수받고, 사가(嵯峨) 천황을 귀의하게 했으며, 고야(高野) 산에 곤고부지(金剛峯寺)를 짓고 진언종을 창시했다.

사이쵸(最澄)에 의해 히에이 산 엔랴쿠지(延曆寺)에서 시작된 천태종도 밀교의 요소를 갖고 있었다. 그러나 종합 불교를 지향한 천태종은 밀교, 즉 서양에서 말하는 마술로서의 완성도에서는 진언종에 미치지 못했다. 그 때문에 천태종에서는 사이쵸 스스로 쿠카이에게 밀교의 가르침을 구하기도 하고 제자들을 중국에 유학[126]보내 밀교를 배우면서 천태종 밀교의 확립에 노력했

---

125) 쿠카이는 잡밀의 수행자로부터 '허공장구문법(虛空藏求聞法)'이라는 수법을 배우고, 이를 실천해 위대한 지식을 얻었다고 한다. 또한 천황 자리를 겨냥했던 것으로 알려진 도쿄(道鏡)와 슈겐도의 시조로 말해지는 엔노 오즈누(役小角)도 잡밀을 수행했다.

126) 천태밀교를 확립하고 시가(滋賀) 현의 온죠지(園城寺)를 연 엔친(圓珍)은 밀교의 비법을 터득하기 위해 중국에 건너갔을 정도다.

다고 한다. 덧붙여 진언종을 '동밀(東密)' [127], 천태종의 밀교를 '태밀(台密)' 이라고 하며 이 두 가지가 일본 밀교의 중심이 되었다. 밀교는 종교 철학임과 동시에 고도로 완성된 주술 체계이기도 하여 온묘도와 슈겐도에도 강한 영향을 주었다.

밀교승의 소환술

밀교승은 "신불과 일체화해 신불의 신통력을 사용한다"고 하지만, 실제로는 제단에 신불을 불러놓고 그 신불에 대해 기원을 바치는 방법을 취한다. 이런 방법은 다른 종교와 마찬가지로 보일 것이다. 그러나 밀교에서는 결인하고 진언을 외움으로써 밀교승과 신불이 서로 통하고(가지加持라고도 한다), 그것에 의해 신통력을 사용할 수 있게 되는 것이다.

단상을 중심으로 한 수법

신불을 소환할 수 있는 장소는 깨끗한 장소로 한정된다. 이 '깨끗한 장소' 란 청소가 잘된 곳이라는 의미뿐 아니라, 주적(呪的)으로 깨끗해져[128] 신불을 부르는 데 적당한 장소라는 의미로 사용되기도 한다. 우선 사원의 당내에 있는 제단에 신불을 부른다. 인도의 힌두교나 인도 불교에서는 흙으로 단을 만들고 이 단을 주적으로 깨끗이 한 다음 여기에 신불을 소환했다. 흙 제단은 수법이 끝나면 파괴[129]되었지만, 중국에 불교가 전해지자 단은 나무로 만들어

---

127) 후에는 교토의 토지(東寺), 즉 쿄오고고쿠지(教王護國寺)가 진언종의 중심이 되었다. 이 때문에 진언종을 토지의 밀교라는 의미에서 '동밀' 이라고 부른다.

128) 이 때문에 밀교에서는 인과 진언을 이용해 신불의 자리를 상념으로 만들어내는 기법도 존재한다.

129) 단을 그대로 놔두면 마(魔)에게 이용당한다고 생각했다.

졌으며 늘 사용되게 되었다. 일본에서도 마찬가지다.

밀교의 중요한 수법은 반드시 단에 신불을 불러 행한다. 사원에는 단 속에 불상이 안치되어 있는데, 이 경우에는 불상이 예배의 대상이다. 이에 비해 밀교에서는 신불의 힘을 소환할 때는 반드시 단을 중심으로 수법을 행한다. 다급한 경우에는 결인하고 진언을 외는 것만으로도 신통력을 발휘할 수 있다. 그러나 이 방법은 일시적으로 신불의 힘을 빌리는 것일 뿐, 순수한 수법이라고는 할 수 없다.

호마를 불사르다

밀교 사원에서는 자주 호마(護摩)를 불사른다. 호마란 인도의 '호—마' 라는 말에서 유래했다. 호마를 불태우는 것은 불의 신 아그니의 힘을 빌려 신들에게 공물을 보내는 기원법으로, 밀교에 있어서 가장 대중적인 소환술이라 할 수 있다. 호마를 불사름으로써 번뇌를 모두 태우고 신불에게 염원을 전할 수 있다고 한다. 이것은 주로 부동명왕을 제사지내는 사원에서 행해지지만, 천부의 신이나 보살을 제사지내는 사원에서 행해질 때도 있다.

주살법

불교에서는 살아 있는 것을 죽이는 일을 금하고 있지만, 밀교에는 주살을 행하는 수법이 존재한다. 원래 원령이나 요괴 등 나쁜 것을 물리치는 조복법(調伏法)이라는 수법으로 분류되는 주술인데, 목표로 할 수 있는 것은 악인에 한정되어 있다. 밀교승 쪽에서 본다면 불교를 보호하는 군주에게 적대하는 자도 악인이었으므로, 이런 대상에게 주살법이 자주 행사되었다고 한다. 삼각형의 검은 호마단(護摩壇)을 만들고, 위력 있는 대위덕명왕(大威德明王)이나 국가를 수호하는 대원사명왕(大元師明王)을 제사지내 악인이 멸하기를 기원한다.

제2차 세계대전 중에 일본의 밀교 사원에서는 대원사명왕법에 의한 주살법이 행해졌다는 소문이 있다. 그런데 저주로써 죽일 상대가 놀랍게도 미국 대통령이었다는 것이다. 당시의 미국 대통령 루스벨트는 주살법에 의해 급사했다는 소문이 은밀히 나돌았다.

---

130) 이 절은 현재 존재하지 않는다.

쿠카이의 소환술

헤이안 시대, 교토의 사이지(西寺)[130]에 강한 법력을 가진 '슈빈(守敏)'이라는 승려가 있었다. 천황도 신뢰했던 이 승려는 당나라에서 귀국한 쿠카이와 법력을 겨루었으나 지고 말았다. 체면이 땅에 떨어진 슈빈은 법력을 사용해 세계 속의 용신을 모두 단지에 가둬버렸다. 비를 주관하는 용신이 감금되자 곧 대가뭄이 일어났다. 그러자 천황은 쿠카이에게 기우(祈雨)를 위한 기도를 명했다. 쿠카이는 이미 가뭄의 원인을 꿰뚫고 있었다. 또한 인도에 단 한 마리의 건재한 용신이 있다는 것도 알고 있었다. 쿠카이는 그 용신을 교토의 신센엔(神泉苑)으로 소환해 비를 내리게 하는 데 성공했다. 이 전설에 의하면 쿠카이는 용신을 소환하는 술법에도 뛰어났다고 한다.

근대 · 현대 세계

보다 첨예화된 소환술의 계보

산업혁명 이후 근대부터 현대까지는 과학의 시대라 할 수 있다. 자연과학상의 커다란 업적이 무수히 달성되자 합리적 정신이 세계를 지배하게 되었다. 과학 법칙과 공식이 사람들 사고방식의 기초가 됨과 동시에 일찍이 세계에 보편적으로 존재했던 마술은 부정되고 미신이라는 평가를 받게 되었다. 그러나 신비를 구하는 사람들이 없어진 것은 아니었다. 오컬티즘은 끝내 소멸하지 않았으며, 소환술은 다양하고 복잡하게 전개되어갔다.

이번 장에서는 새로운 타입의 소환사들을 소개하겠다. 영계와의 접촉을 시도하는 강령술사, 현대 과학으로는 설명할 수 없는 현상을 일으키는 초능력자 등이 이 시대를 대표하는 술자라 할 수 있을 것이다. 그들은 술법의 실천뿐만 아니라 그 원리를 해명하고자 연구를 거듭해왔다. 특히 현대 소환사들의 대부분은 소환 그 자체보다 영적 세계의 구조를 깊이 연구하는 것을 궁극의 목적으로 삼고 있다. 그 첫걸음이 의지의 힘, 즉 '인간 마음의 메커니즘'을 찾는 것이다. 그들은, 마음의 수수께끼를 해명할 수 있다면 인류는 과학을 뛰어넘은 새로운 지식을 손에 넣고 더욱 진화할 수 있다고 여기고 있다.

예를 들면, 근대의 마술사 엘리파스 레비는 "마술의 성공 여부는 인간의 의사에 따라 결정되고, 인간의 의사에 따라 마술은 선으로도 악으로도 된다"고 주장했다. 알레스터 크로울리는 "인간 자신이 신에게 도달하기 위한, 텔레마라는 의사가 존재한다"고 주장했으며, 초능력자 사티아 사이바바도 "인간은 신의 화신이다"라고 말했다.

또 시대의 변화와 함께 소환하는 대상도 많이 변화했다. 예전의 소환사들은 소위 신이나 악마를 불러냈다. 그것이 근대에 들어오자 죽은 자의 영이 중심이 되고, 현대에는 더욱 추상적인 '다른 세계에 사는 자'나 '무의식' 같은 것들이 소환되었다. 이것들은 인간의 마음속에 존재하는 에너지라고 말하는 사람도 있다. 초능력자는 현대가

되면서 인식되기 시작한 새로운 분야의 술자일 것이다. 그들이 일으키는 초상(超常) 현상은 현대 과학으로는 설명할 수 없다.

과학, 그 객관성과 보편성은 모든 인간에게 새로운 인식을 주었지만 한계도 곧 드러났다. 과학은 인간을 물질적으로 풍요하게 했으나, 동시에 정신의 왜곡됨을 초래하고 사회적인 폐해를 낳았던 것도 분명한 사실이다. 과학은 확실히 존재하는 '정신 세계'라는 분야를 무시하기 때문에 인간의 마음이 가진 가능성을 찾을 수가 없다.

현대의 소환술은 중세처럼 사회 뒷면에서 은밀히 행해지는 것이 아니다. 과학으로 해명할 수 없는 의문에 대해 다른 방법으로 해답을 얻기 위한 수단이 되기를 지향한다. 또 술자들도 그 대답을 뭔가 구체적인 방법으로 만인에게 설명해야 한다고 생각한다. 그들은 구시대의 소환사와 비교해볼 때 한 획을 긋는 존재이며, '과학적 정신이나 기법 혹은 과학 그 자체를 부정하지 않는다. 레비 이후의 술자들이 근대 정신에 바탕을 둔 '새로운 타입'의 소환사라고 불리는 것도 이 때문이다.

강한 신념이 일으키는 불가사의한 현상

초능력자

ESPER-물체출현 텔레포테이터

- 술자의 분류 : 에스퍼
- 행사하는 소환술 : 물체 출현
- 피소환체 : 모든 물질과 생물
- 힘의 근원 : 의지력
- 술자의 조건 : 순결한 마음의 소유자일 것

•물체를 어딘가에서 갑자기 출현시키거나 이동시키는 능력을 텔레포테이션이라고 한다. 또 이런 능력을 가진 사람은 초상(超常) 현상을 일으키는 '초능력자'로 불린다. 이 소환술의 메커니즘은 어떤 것일까?

이해 불가능한 현상

텔레포테이션이라는 말을 처음 사용한 사람은 19세기 말부터 20세기 초까지 미국에서 활약했던 초상현상 연구가 찰스 포트[131]다. 그를 중심으로 한 몇몇 멤버들의 연구에 의하면, 인간과 물체는 어딘가에서 갑자기 출현하거나 소멸하는 기묘한 습성을 갖고 있으며, 초상현상이라고 할 수 있는 사례는 아주 흔하다는 것이다. 이 사고방식은 영 능력자, 심령학 연구자, 초심리학자 등에게 널리 받아들여져 수없이 많은 실험이 이루어졌다.

텔레포테이션 현상은 옛날 19세기 영국의 강령회에 기록이 남아 있다. 현대에는 영국과 미국이 연구의 중심지다. 연구자들은 과거의 실험을 재현하는

---

131) 찰스 포트 : 미국의 철학자. 과학에 대한 '이단의 시조'로 불리며, 초상현상에 관한 광범위한 데이터를 수집했다.

형태로 실험하며, 꽃이나 돌 등을 출현시키는 데 성공하고 있다. 출현한 물체에 관해서는 설명할 수 없는 불가사의한 사항이 있다. 예를 들면, 출현한 물체의 성분을 분석해보니 70년도 넘는 옛날 것이라는 사실을 알 수 있었다. 텔레포테이션으로 출현하는 것은 공간뿐만 아니라 시간도 뛰어넘는 경우가 있는 것이다.

계속 진행되는 연구

ESP[132]라고 하면 텔레파시나 텔레키네시스[133] 등이 주요한 능력이다. 텔레포테이션은 상당히 고도의, 혹은 드문 현상이라 생각하기 쉽지만 사실은 그렇지도 않다. 연구자들의 실험에 참가한 자는 꼭 우수한 초능력자가 아니더라도 우수한 결과를 남기고 있다.

영국의 영능력 연구자 케네스 바첼더[134]는 자신의 영 체험을 계기로 연구의 길에 들어섰다. 그는 우수한 능력자를 찾는 일은 하지 않고, 오히려 '어떤 인간에게든 초상현상이 일어날 수 있다'는 것을 증명하기 위해 실험을 되풀이했다. 자신의 친구나 근처 사람을 모아 여러 가지 실험을 행하고 텔레포테이션이 일어나는 조건을 확인하려 했던 것이다.

그 결과 '실험자가 현상의 발생을 확신하고 그 결과에 일체 의심을 품지 않는 것'이라는 조건을 발견했지만, 이것은 현대 학문이 기반으로 삼았던 '객관

---

132) ESP : extrasensory perception의 약자. 초능력, 정확하게는 초감각지각을 뜻한다.

133) 텔레키네시스 : 텔레파시는 정신 감응, 텔레키네시스는 물체를 이동시키거나 변형시킴. 둘 다 초능력의 일종.

134) 케네스 바첼더(1921~1988) : 영국의 심령 현상 연구가. 원래는 정신과 의사였는데, 우연히 영현상을 체험한 뒤부터 그 재현의 가능성에 생애를 바쳤다. 훗날의 연구자들에게 정확한 실험 지시 문서를 남긴 것으로도 알려져 있다.

성'과는 완전히 대립되는 인식이었다.

미국에서는 SORRAT(영교靈交·염동念動연구협회)라는 조직이 대규모 실험을 하고 있으며, 현재도 계속하고 있다. 여기에서도 텔레포테이션 발생 조건에 관한 사고방식은 바첼더와 거의 같으며, "신념과 그룹이 가진 마음의 파워에 의해 초상현상은 현실적으로 가능하다"고 말한다. SORRAT에 의한 실험에서 출현했던 물체는 반지, 펜, 냄새가 나는 액체 등 다수였다.

초능력 실험

일반적인 실험방법은 19세기의 강령회와 거의 같다. 간단히 말하면 몇 명이 모여서 물체의 출현을 염원하는 것이다. 강령회나 그 밖의 소환의식에 필요불가결했던 주문 등은 상관없고, 신비적 아이템도 그만큼 중요하지는 않다. 가벼운 분위기와 기대감이 초상현상을 일으키기 위한 첫 번째 조건이다.

또한 정신을 집중시키기 쉽도록 하기 위해 어둠 속에서 실험했다. 일어난 현상을 제3자에게 입증하기 위한 기구—빛나는 마크, 회중 전등, 적외선 카메라 등도 도입되었다. 바첼더는 이 방법으로 몇 번인가 실험을 시도했다. 그 결과, 돌 따위의 대형 물체가 무대에 갑자기 출현한 일도 있어 관중을 몹시 놀라게 하기도 했다.

SORRAT의 미니라보

SORRAT는 초상현상을 확인하기 위해, 심령 연구가인 W.E.콕스를 초빙해 '미니라보'라는 실험 장치를 고안했다. 이것은 수조 속에 물건을 넣은 상태에서 밀봉해 거꾸로 해놓고, 영적인 힘이 작용하는 모습을 관찰하는 것이다. 미니라보 속에서는 여러 가지 텔레포테이션 현상이 일어나고, 펜과 반지 등이 출현했다. 많은 경우 그 장소에 특별한 능력자가 있었던 것은 아니다. 실험에 참가한 극히 평범한 사람들이 염원하는 힘이 초상현상을 일으켰던 것이다. 미니라보를 사용하는 방법에는 비판도 있었지만, 현재도 착실하게 실험이 계속되고 있다.

사티아 사이바바

SATHYA SAI BABA

- 술자의 분류 : 에스퍼
- 행사하는 소환술 : 물체 출현
- 피소환체 : 모든 물질, 성회(聖灰), 신성밀(神聖蜜)
- 힘의 근원 : 신의 은총, 카르마 법칙으로부터의 탈출, 순수한 마음
- 술자의 조건 : 내재하는 신을 깨닫는 것

성자의 환생

현대에서 가장 유명한 초능력자 중 하나가 사이바바일 것이다. 그는 아무것도 없는 공중에서 물품을 꺼내는 등 많은 기적을 보여주었다. 사티아 사이바바, 본명 사투야나라야나 라쥬는 1926년 인도에서 태어났다. 그는 어릴 때부터 초능력을 발휘하여, 힌두교의 성자 시르디 사이바바[135]의 환생이라고 믿어지게 되었다. 시르디는 1918년에 운명했는데, 당시에 신의 화신으로 알려졌던 인물이다.

사이바바의 초능력에 관한 기록은 매우 많다. 그 중에서도 가장 유명한 것은 '모든 것을 물질화하는 능력'이다. 그는 손을 내미는 것만으로도 과자나 꽃, 약초나 신불 등을 그 장소에 출현시킬 수 있다. 게다가 사이바바는 이것을 서슴없이 "변변찮은 일"이라고 말한다. 때로는 어떤 개인의 이름이나 탄생일이 새겨진 메달을 허공에서 꺼내는 일도 있었다. 세계에 하나밖에 없는 깃을 출현시킴으로써 그의 능력이 속임수가 아님을 알 수 있게 했다. 또 사이바바

---

135) 시르디 사이바바 : 1838년 인도 태생. 사티아 사이바바와 마찬가지로 텔레포테이션 능력을 발휘하고, 힌두교도와 이슬람 교도의 융화를 추진했던 인물로도 알려져 있다.

자신뿐만 아니라 그의 옆에 있던 사진이나 초상 등에서 물질이 튀어나오는 신비한 현상도 확인되고 있다.

카르마를 초월하는 순결한 혼

그가 보여주는 기적의 근원은 자연의 법칙과 그 속에 있는 카르마의 법칙까지도 뛰어넘는 '혼'에 있다. 카르마(Karma) 법칙에 의하면, 현재를 결정하는 것은 과거로부터의 행위이며, 그것에 의거해 자연의 법칙이 성립되고 아무도 이 법칙에서 벗어날 수 없다는 것이다.

그러나 외면적이고 현상적인 것은 카르마로 결정된다 해도 내면적인 마음의 상태나 영적 사항은 그 사람의 혼의 상태로 결정된다. 혼이 순결하면 카르마나 그 밑에 있는 자연의 법칙을 능가하고 기적을 일으킬 수 있다는 것이다. 실제로 사이바바는 그렇게 생각하고 스스로 실천한다.

"만일 그 사람이 순결한 혼을 가지고 나의 가르침을 실천한다면, 나의 은총은 자연적으로 그의 것이 된다. 카르마가 나설 때(경우)가 아닌 것"이라고 사이바바는 주장한다. 그의 기적은 그만의 것이 아니라 조건이 갖춰지면 누구에게든 일어날 수 있다는 것이다.

신에게 이르는 가르침

사이바바의 생각을 가장 분명히 나타내는 것이 '인간이란 무엇인가'라는 근본적인 물음에 대한 답이다.

"당신들은 모두 신의 화신이다. 나와 마찬가지로 인간의 혈육을 입은 신이다. 다만 그것을 깨닫지 못하고 있을 뿐이다."

일반적으로 신은 인간과는 전혀 다른 존재로 인식되고 있지만, 그는 그렇게 생각하지 않는다. 인간과 신이 같은 존재라고 한다면, 공간에서 물질을 꺼내는 기적도 확실히 어디서나 있을 수 있는 일일 것이다. 사이바바는 모든 종교를 뛰어넘은 '도사'로서 봉사 활동에 힘쓰고 있다.[136] 세계에는 많은 신자가 있고, 그는 약자를 구하기 위해 계속해서 초능력을 발휘하고 있다.

비부티와 암리타

사이바바가 꺼내는 물질 중에서 특히 유명한 것이 비부티(성스러운 재)와 암리타(신성한 물)일 것이다. 이것들은 주로 불가사의한 효능이 있는 정체불명의 물질로 알려져 있다. 비부티는 겉보기엔 마치 재 같지만, 이것을 마시면 어떤 병이라도 바로 치유된다고 한다. 암리타는 달콤하고 향기가 나는 꿀로, 비부티와 같이 출현하는 일도 있다.

---

136) 사이바바가 이 세계에 나타난 목적은 세계 평화의 실현이라고 한다. 그는 죽은 후에 플레마(사랑의) 사이바바로서 재생할 것이라고 예언했다.

강령술사

MEDIUM

- ● 술자의 분류 : 메디움, 채널러
- ● 행사하는 소환술 : 강령술(사자의 영, 정령, 천사, 우주 의식)
- ● 피소환체 : 사자의 영, 다른 세계의 존재
- ● 힘의 근원 : 술자에 따라 다르다(영매 능력, 마력 매개체, 자신의 의지 등)
- ● 술자의 조건 : 미지의 세계에 대한 탐구심을 가진 자
- ● 대표적인 술자 : 에마뉴엘 스웨덴보르그, 프란츠 안톤 메스머, 프레드릭 마이어스, 헬레나 페트로브나 블라바츠키, 앤드류 잭슨 데이비스, 티모시 리어리, 에드가 케이시, 다릴 앤커

> 과거 시대에 마술이라 불렸던 것은 근대 이후 과학과 강하게 결부되면서, 몇 가지 기법으로 분화되었다. 근대와 현대의 술자들은 강령 등의 술법에 의해 다른 세계에 있는 자와 교신하거나 불러들이는 실험을 되풀이하고 있다. 기법은 다르지만 그들의 공통된 바람은 다른 세계와의 접촉이었다.

영적 우주와의 교신자들

스웨덴보르그의 영계 통신, 메스머의 최면 요법, 은비학(隱秘學), 강령회, 그리고 채널링…….이것들은 모두 미지의 세계, 즉 다른 세계와 교신하기 위한 수단이었다. 다른 세계의 메시지를 받는 능력을 영매(靈媒)라고 하며, 그 능력을 가진 자를 '강령술사' 혹은 '영매'라고 한다. 그들은 다른 세계에 사는 자와 접촉한 증거를 몇 가지 방법으로 증명해왔다. 메시지를 기록하거나, 메시지에 따라 행동하여 어떤 성과를 올리거나, 실제로 다른 세계의 존재를 많은 사람들 앞에 불러내거나 하는 것이다.

인간의 시각이 미치는 세계만이 절대 유일의 것은 아니다. 보이지 않는 세계, 그것은 이른바 사후 세계일지도 모르며 우주의 끝일지도 모른다. 인간 무의식의 밑바닥에 하나의 세계가 존재할 가능성도 있다.

보이지 않는 세계가 존재한다고 믿으며 그 연구에 생애를 보낸 사람도 적지 않다. 강령술사들은 각각의 생각에 따라 통상적으론 볼 수 없는 모든 세계를 보려고 시도했다. 그들이 말하는 다른 세계에는 신, 천사, 정령, 죽은 자의 영, 악령, 우주 의식 등 많은 주민이 있다고 한다.

심령주의와 은비학

근대의 강령술사는 크게 두 가지 타입으로 나눌 수 있다. 하나는 '인간의 무의식이 일으키는 초상적인 힘에 의해 영과 교신할 수 있다'고 주장하는 심령주의자(스피리츄어리스트)이고, 또 하나는 '인간의 의지력에 의해 고대의 예지인 마술을 발동시켜 영을 소환한다'는 은비학주의자(오컬티스트)다.

에마뉴엘 스웨덴보르그(1688~1772)는 강령술사의 원조로 여겨지는 인물로, 만년에 갑자기 영을 볼 수 있는 능력을 갖게 되면서 영계의 모습을 상세히 기술했다. 이것이 근대 강령술 최초의 성과라고 할 수 있다. 그의 연구는 심령주의적이었지만, 카발라에도 정통하고 은비주의적인 면도 있었다.

스웨덴보르그의 연구 성과는 19세기 프랑스의 프란시스 마리 샤를르 푸리에[137]의 사상과 융합하고, 이후 많은 심령주의(스피리츄어리즘) 강령술사를 탄생시켰다. 그리고 19세기 말, 영국에 부흥했던 심령주의 운동에 의해 앤드

---

137) 프란시스 마리 샤를르 푸리에(1722~1837) : François Marie Charles Fourier. 프랑스의 공상적 사회주의자.『사운동(四運動) 및 일반 운명의 이론』 등의 저서가 있고, 지구의 이상 세계를 그린 환상적인 사상가로 알려져 있다.

류 잭슨 데이비스[138]나 프레드릭 마이어스[139] 등의 뛰어난 술자가 배출되었다. 영국에서 강령회가 유행했던 것도 이 시기였다.

은비학(오컬티즘)은 오스트리아의 의사 프란츠 안톤 메스머로부터 은비학 부흥의 시조 엘리파스 레비[140]에게, 다음으로 신지학회(神智學會)[141]를 설립했던 헬레나 페트로브나 블라바츠키 부인에게, 나아가 과학적인 눈을 갖춘 루돌프 슈타이너에게로 계승되었다.

현대의 강령술사들

20세기의 강령술사들은 19세기나 그 이전과는 명백히 다른, 이계상(異界像), 즉 '심원한 영적 우주'를 마음에 그리게 되었다. 그리고 강령술사와 교류하거나 소환되는 것도 크게 변화했다. 옛날에는 죽은 자의 영, 천사, 신 같은 우상적인 것들이 소환의 대상이었다. 그러나 현대엔 더욱 추상적이고 붙잡기 어려운 것들로 변해왔다.

예를 들면 아카식 레코드(akashic record) 개념이나 다릴 앤커가 채널링에 의해 불러낸 우주 의식 바샤르[142]에 의해 이 경향이 증명될 것이다. 지구 밖의

---

138) 앤드류 잭슨 데이비스 : 심령주의 운동의 시조라고 일컬어지는 영국의 사상가.

139) 프레드릭 마이어스 : 영국 심령연구협회의 창설자. 당시의 주요한 영매 현상에 모두 입회하고, 심령학 연구의 새 시대를 열었다. 텔레키네시스나 텔레파시와 같은 초심리학 용어를 만든 인물이기도 하다.

140) 엘리파스 레비 : '엘리파스 레비' 편 참조.

141) 신지학회 : 1875년에 블라바츠키 부인에 의해 설립된 신비학 연구 단체. 현재의 서양 오컬티즘에 많은 영향을 주었다.

142) 바샤르 : 천체 키사사니에 산다는 우주 의식(意識). 채널러인 다릴 앤커와의 대화로 구성된 책이 모두 세 권에 이른다.

지성이라는 개념에서 본다면, 알레스터 크로울리[143]가 흑마술로 소환했던 지성도 이 범주에 들지 모르겠다.

1960년대의 미국에 등장한 히피[144]를 강령술사의 일원으로 인정할지 어떨지는 어려운 부분이다. 그러나 그들의 영웅이었던 티모시 리어리(1910~1996)는 신들과의 교신에 성공하고, 많은 저서를 남겼다.

히피는 카운터 컬처 운동[145]의 선구자이며, 물질 문명 일변도였던 당시의 세계에 정신 문화의 중요성을 호소했다. 그리고 이 운동 속에서 전혀 새로운 현대의 강령술이라 불리는 것이 태어나게 되었다. 바로 채널링이다.

채널링을 비롯한 현대 강령술의 공통된 개념은 '교신 능력은 인간의 의식 수준을 가늠하는 진화 지표'라고 간주한다는 것이다. 신지학이나 인지학에서 발단된 사상이 여기에서 구체적인 형태가 되었다.

신비의 사냥꾼 인간

강령술사들, 아니 지식과 미지의 세계와 관련이 있는 옛 마술사들의 연구 성과는 다양한 형태로 현대까지 계승되어왔다. 필시 인간이 태고적부터 의문을 품어왔던 '저 세계'의 연구에 관해서도 스웨덴보르그의 영계 통신에서 현대에 이르기까지 지속적인 연구를 통해 광범위한 지식이 축적되어왔다.

그리고 지금도 '보이지 않는 세계'로부터 많은 메시지가 오고 있다. 왜 그

---

143) 알레스터 크로울리 : '알레스터 크로울리' 편 참조.

144) 히피 : Hippy. 정상적인 사회 생활에서 일탈해 자유분방하게 살아가는 것을 실천했던 1960년대 미국의 젊은이들. "자연으로 돌아가라"를 슬로건으로 내걸었다.

145) 카운터 컬처 운동 : Counter Culture Movement. '카운터 컬처'라는 것은 비주류 문화를 말한다. 원래 히피 운동에서 발단되었으며, 물질 중심의 사회나 과학을 부정하는 운동을 가리킨다. 현재는 과격한 젊은이들의 문화를 의미하는 경우도 있다.

것이 존재하는지, 왜 간단하게 미신이라고 결론지어버릴 수 없는지 그 이유를 계속 찾으며 마술사들은 연구를 계속할 것이다. 숨겨진 비밀을 어떻게든 알고 싶어하는 인간이 가질 수 있는 능력의 한계를 다해 고안한 기법, 그것이 현대의 강령술이다.

강령술사의 소환술

강령술은 18세기부터 20세기에 이르는 동안 크게 변모하여 많은 사상의 발견, 아이템의 고안과 더불어 차례로 새로운 개념을 만들어냈다. 여기서는 중요하다고 생각되는 키워드와 아이템을 소개하겠다.

영계 통신

강령에 의해 남겨진 영과의 교신 기록은 저작물로 정리된 것도 많다. 기록을 남기는 것은 영계와 영의 존재를 증명하는 데 매우 중요한 일이었다. 19세기 영국의 강령회 이후에 활발해졌으며, 흔히 '영계 통신'이라고 불린다. 대표적인 것으로는 미국의 영 '실버 버치'와 교신했던 『실버 버치 영언집(靈言集)』, 프랑스의 과학사 앨런 카르넥에 의한 『영의 서』, 심령주의 운동의 지도적 인물 프레드릭 마이어스의 『영원의 대도(大道)』 등이 있다.

엑토플라즘

강령회 때 영매의 신체로부터 나와 영체(靈體)를 형성하는 흰 원형(原形) 물질. 코나 입에서 연기나 구름처럼 뭉게뭉게 나온다. 이 물질의 정체는 분명하지 않지만, 주성분은 단백질이라는 설이 있다.

위저드 반

강령회에서 사용하는 알파벳이나 예스·노가 기록된 쟁반. 참가자는 컵 위에 손가락을 놓고 쟁반 위에서 움직이는 컵을 보면서 영의 말을 이해한다. 이것은 '자동서기(自動書記)'라는 수법이다. 강력한 영매가 주최하는 강령회라면 영은 술자의 육체를 빌려 그 장소에 나타나기 때문에 위저드 반(盤)이 필요 없다. 술자의 힘이 약한 경우나 술자가 없을 때만 사용되었다.

동물자기

은비주의 프란츠 안톤 메스머(1733~1815)는 자석을 사용해 영매를 트랜스 상태로 이끌고 죽은 자의 영과 교신했다. 그는 인간이 '동물자기(動物磁氣)'라고 불리는 미지의 에너지를 체내에 갖고 있으며, 그 흐름이 쵀면 현상을 일으킨다고 주장했다. 이 설은 훗날 19세기 전반 프랑스에서 마술과 결부되어 엘리파스 레비가 증명하게 된다. 레비는 동물자기가 마술이나 기적을 일으키는 영매인 성기광(星氣光)이라는 유체(流體)라고 설명했다.

신지학

러시아의 영매 헬레나 페트로브나 블라바츠키 부인(1831~1891)은 은비학을 새로운 시대의 학문으로 변화시켰다. 그녀는 인도를 중심으로 한 동양의 비술을 서구의 전승과 융합시켜 윤회 환생이나 카르마와 같은 개념, '인간이 영적으로 진화하기 위한 단계' 등 세계의 근원에 관한 나름대로의 이론을 전개했다. 그리고 그녀 이후에 은비학은 영매 현상을 과학적으로 검증하는 학문이 되었다. 블라바츠키 부인은 "영매 현상은 우발적 현상이 아니라 어떤 필연성을 갖고 나타난다. 그것을 아는 것은 인간의 영적 수준을 상승시킨다"고 주장하면서, 신지학(神智學)이라는 학문을 만들어냈다.

인지학

은비학은 원래 '숨겨진 과학'이었는데, 현대에 계승되는 과정에서 점차 그 신비성을 잃어갔다. 철학자인 루돌프 슈타이너(1861~1925)는 은비학을 합리화하고, 독자적인 오컬트 이론을 성립시켰다. 그는 "심령 현상에 의해 나타나는 영은 인간의 일부분으로서 우주의 심연과 이어져 있고, 그것을 아는 것은 인간이 진화하기 위한 방법의 하나다"라고 결론지었다. 슈타이너는 영적인 관점에서 새로이 인간의 구조를 정리하고 철학에 가까운 것으로서 세상에 발표했다. 그가 창시한 학문은 '인지학(人智學)'이라 불리며, 현재 세계에서 활발한 운동이 전개되고 있다.

아카식 레코드

아카식 레코드는 전 우주의 기록을 담은 의식의 집합체로, 보통은 인간의 무의식 속 아주 깊은 곳에 잠자고 있다고 한다. 아카식 레코드를 발견한 것은 미국의 잠자는 현인 에드가 케이시(1877~1945)다. 그는 수면 중에 그 속으로 들어가 과거와 미래의 모든 기록을 읽을 수 있었다. 케이시는 과거의 사건을 증명하거나, 미래 예지를 모두 적중시켰다. 전설의 대륙인 아틀란티스나 무 대륙의 존재에 관해서도 상세한 설명을 했다.

채널링

채널링은 영어의 Channel에서 온 말로, '자기 외의 의식과 초자연적인 커뮤니케이션을 취하는 것'이라고 해석되며, 술자는 '채널러'라고 불린다. 술자는 트랜스 상태에 들어가거나 잠잘 때 '채널'하며, 다른 세계의 의식과 교류하는 경우가 많다. 현대에서 가장 유명한 채널러는 다릴 앤커다. 그는 트랜스 상태에서 우주 의식 바샤르와 접촉한다.

강령회

소환술사의 소환 방법에 관해서는 시대나 술자 개인에 따라 상당한 차이가 있다. 여기서는 유명한 소환술로서 강령회에 대해 이야기해보자.

19세기 후반 빅토리아 왕조 시대의 영국에서는 강령회가 활발하게 열렸다. 영매가 소환한 영을 몇 명이 함께 바라보는 모임인데, 그 장소의 전원이 영 체험을 할 수 있었다. 대개는 귀족들이 개최하는 파티의 여흥이었지만, 때로는 본격적인 영 소환도 행해졌다.

강령회에 입회하는 사람의 수는 보통 다섯 명에서 열 명으로, 전원이 테이블을 둘러싸고 앉아 서로의 손을 잡는다. 테이블은 원형 테이블이 가장 좋은데, 이것이 마법진의 역할을 한다. 조명은 어둡게 하고 촛대를 준비해 불을 켜고 향불을 피운다. 준비가 끝나면 주최자를 맡은 영매가 영을 불러낸다. 술자가 유능한 경우에는 영이 영매를 통해 말을 하며, 때로는 엑토플라즘으로서 출현했다. 강령회는 오락의 요소가 많이 포함되어 있지만, 이런 수준에까지 이르면 조사할 가치가 있는 사례가 된다.

강령회 붐을 일으킨 영매 다니엘 홈[146]의 강령술은 대단했는데, 모임에 참가한 사람은 정체를 알 수 없는 추위에 몸을 떨었다고 한다. 당시의 영국을 대표하는 문호 찰스 디킨스나 코난 도일도 강령에 심취했으며, 불가사의한 현상을 몇 번이나 체험했다고 전해진다.

---

146) 다니엘 홈 : 19세기 말 영국에서 활약했던 마술사, 영매. 트랜스 상태가 되면 20미터 이상 되는 공중으로 떠올라 당시의 과학자들을 놀라게 했다고 한다. 초능력이나 폴터가이스트 현상도 보였으며, 19세기 최대의 마술사라고도 알려졌다.

엘리파스 레비

ÉIPHAS ÉLVI

- ● 술자의 분류　　　: 카발리스트, 메디움
- ● 행사하는 소환술 : 강령술
- ● 피소환체　　　　: 죽은 자의 영
- ● 힘의 근원　　　　: 성기광(星氣光: astral light)
- ● 술자의 조건　　　: 소환에 명확한 목적을 갖고 있을 것

근대 정신으로 말하는 카발라

과학의 세기였던 19세기, 고대 마술에 과학의 빛을 비추려 했던 남자가 있었다. 그는 고대의 예지를 수집하고 중세로부터 계승된 마술의 재해석에 몰두한 결과, 마침내 오컬티즘 부흥의 상징이 되는 불멸의 명저를 완성시켰다. 그 인물은 바로 근대 마술의 원조로 알려진 엘리파스 레비[147]다.

엘리파스 레비라는 이름은 프랑스 인명 알퐁소 루이 콘스탄을 히브리어로 읽은 것이다. 알퐁소는 1856년에 저서 『고등 마술의 교리와 제의(祭儀)』를 발표했을 때부터 레비라는 이름을 사용했다. 그는 히브리의 오컬티즘, 특히 카발라에 정통한 인물로, "카발라는 만물을 지배하는 마술의 열쇠"라고까지 말했다.

19세기 유럽에는 이미 많은 마술 이론과 기법이 존재하고 신비학도 발달해 있었다. 그러나 이 모두가 잡다하고 정리되어 있지 않은 상태였다. 레비는 카발라를 기초로 하여 과학으로는 설명할 수 없는 모든 사상을 하나로 정리하고자 시도했다. 그는 자신의 저서 속에서 "마술이란 고대의 성스러운 과학이

---

147) 엘리파스 레비 : 정확히는 엘리파스 레비 자베드. 일반적으로 자베드는 생략하고 부른다.

다"라고 선언하기도 했다. 오랫동안 배척받아온 마술에 과학이라는 근대 정신을 상징하는 빛을 끌어왔던 것이다.

성기광 이론

레비는 카발라, 기독교 신비주의, 그리고 연금술과 관련된 헤르메스학[148] 등을 구사하고, 세 개의 마술 기본 법칙을 설정했다.

하나는 코러스폰던트 법칙[149]으로, 인간을 소우주(마이크로코스모스)라 가정하고 그것들이 모두 대우주(매크로코스모스)와 대응한다고 하는 생각이다.[150] 두 번째는 인간의 의지력에 관한 이론이다. 의지의 힘은 증기나 전류와 같은 현실적인 파워이며, 적절한 방법으로 조작하거나 증강된다면 어떤 일도 가능해진다는 것이다.

가장 중요한 최후의 이론은 마술을 행하기 위한 에너지원이 되는 물질의 제시다. 레비는 이것을 성기광(애스트럴 라이트)[151]이라고 불렀다. 성기광(星氣光)은 우주를 보편적으로 채우는 유체이며, 모든 마술이나 기적을 가능케 하는 매체다. 마술사라고 불리는 자들은 스스로의 의지로 성기광을 제어하고

---

148) 헤르메스학 : 점성술 · 마술 · 연금술 등 신비 사상의 뿌리라고도 할 수 있는 문서 『헤르메스 문서』에 관련된 학문. 비교(秘敎)의 아버지라 불리는 헤르메스라는 신(혹은 인물)이 말했던 문서의 연구에서 레비는 몇 가지 실적을 거두었다.

149) 코러스폰던트 법칙 : Correspondent Law. 이 사상은 중세의 신앙에 뿌리를 두고 있다. 예를 들면, 서양 점성술에서는 인체의 각 부분과 우주의 몇 부분이 대응 관계에 있다고 주장한다.

150) 원래는 파라켈수스가 사용했던 말이며, 메스머에 의해 제창된 동물자기설을 구사하고 마술적인 재해석을 시도한 것이다.

151) 성기광(애스트럴 라이트) : Astral Light. 파라켈수스의 연구서 『자연의 빛』(1942년 발간)의 제목인 이 말은 직감적으로 획득된 인간의 인식을 가리키며, 모든 것에 포함되어 있다고 한다. 레비는 이것과 연관지어 성기광(星氣光)이라는 이름을 붙였다.

마술을 행사한다. 성기광 이론에 의해 모든 초자연 현상은 설명이 가능해질 것이다. 성기광을 다양한 형태로 이용할 수 있다면, 예컨대 테이블을 움직이거나 자동서기(自動書記)를 행할 수 있는 것이다.

마술에 대한 진지한 자세

레비는 자신의 이론을 전개하면서 나름대로 마술의 높은 경지에 도달했다. 마술을 배우기 위해서는 우선 의지력을 강건히 하고 스스로를 단련해야 한다. 그는 마술을 행사할 때 혼신의 힘을 쏟았다.

"영혼을 불러낼 때는 어떤 경우라도 타당한 이유와 목적이 있어야 한다. 단순한 호기심에서 죽은 자의 영혼을 불러내는 것은 심신을 소모시킬 뿐 아무런 득이 없다. 마술의 학문을 장난으로 하는 것은 허용되지 않는다."

그의 저서에 있는 말이다. 레비는 애매한 심령주의를 철저히 비판했는데, 그런 그의 자세에 찬동하는 사람들도 많이 있었다.

은비학의 체계화

1810년, 파리의 가난한 구두 가게 아들로 태어난 레비는 12세 때 교회 의례에 감동하여 신학교에 진학할 결심을 했다. 그곳에서 메스머의 동물자기설[152]을 가르치는 스승 플레르 코론나의 강의에 열중했다. 그는 메스머리즘에 매혹당하여 은비학을 비롯해 오컬트 연구에 매진하게 된다. 동물자기설은 당시의 학자들에 의해 부정되고 있었다. 그러나 메스머의 연구는 '메스머리즘' 이라 불리며 정신 의학, 심리학, 마술 등의 분야에 큰 영향을 끼쳤다.

레비는 1852년에 운명적인 만남을 가졌다. 폴란드의 수학자이며 신비사상

152) 동물자기설 : 1779년에 간행된 메스머의 저서 『동물자기설(動物磁氣說)』에 나오는 용어. 정신 마법의 선구자 역할을 했으나, 간행 당시에는 의학계로부터 비난받았다.

가이기도 한 헤네 블론스키[153])의 사상을 배운 것이다. 블론스키는 메시아니
즘[154])이라는 독특한 사상의 소유자로, 그의 사상은 철학과 과학, 종교가 혼연
일체가 된 것이었다. 여기에 이르러 레비는 전부터 흥미를 품고 있던 은비학
의 체계화를 계획하게 된다.

르네상스 이후 마술이나 은비학은 사회의 한구석으로 내몰리고 이단 사상
으로 여겨졌다. 레비는 마술을 세간에서 인정받은 다른 말로 표현해야 한다
는 것을 깨달았다. 그 촉매로 선택된 것이 서구의 숨겨진 과학 카발라였다. 카
발라는 신의 예지를 해독하는 학문으로서 기독교에서도 용인되었고[155]), 서
구 은비학의 핵심이 되어 있었다.

특히 소환술을 행하기 위해 카발라는 중요하게 여겨졌으며, 10여 세기에 걸
쳐 사용되어왔다. 이 책의 '랍비' 편에서 설명했던 것처럼 카발라는 논리적이
고 단순하면서도 절대적인 교의를 갖고 있다. 그리고 특정 문자에 소환을 위
한 주문이 숨겨져 있다.

신학교 시절부터 기독교의 어두운 부분에 깊이 심취했던 레비는 얼마 안
있어 탁월한 카발리스트로 성장했다. 그는 우주의 이원론을 주장하고 그 관
념을 '솔로몬의 대상징'이라는 그림으로 나타냈다. 카발라의 두 노인으로 상
징되는 솔로몬의 이중 삼각형. 이 육각형은 대우주의 상징이기도 하다. 그 속
에 빛과 그림자, 선과 악, 정신과 물질, 객관과 주체 같은 대극(對極)을 포함하

---

153) 헤네 블론스키 : 19세기 폴란드에서 활약했던 수학자이며 신비사상가. 구세주 출현을 믿
는 메시아 대망론자로서도 알려져 있다.

154) 메시아니즘 : Messiahnism. 구세주(메시아)를 기다리며 신앙하는 사상.

155) 종교학자 피코 델라 미란돌라가 1569년에 출판한 『정선(精選) 카발라』 등과 같이, 카발
라에 심취하는 신비연구가는 카발라를 신의 언어를 푸는 열쇠라고 생각했다. 카발라에 의해
해석된 성서는 무한한 지(知)의 보고가 되었다.

여 모든 세계의 사상을 표현한 것이다.

이리하여 최종적으로 레비는 카발라와 기독교적 시각에서 마술을 논했다. 또한 마술과 그에 관련된 이론을 뽑아 경전화하고, 마술 이론가로서 『고등 마술의 교리와 제의』『마술의 역사』『대신비의 열쇠』 등 여러 권의 저서를 발표했다.

타로 카드

레비는 점술에 이용되는 카드로 널리 알려진 타로 카드의 부흥에도 관여했다. 출처가 불분명한 타로는 14세기 무렵 서구에 들어와 집시들이 미래를 점치기 위해 사용했다. 1780년 프랑스의 고고학자 쿨 드 제브란이 "타로는 이집트 언어의 신 토트가 지은 책의 단편"이라고 주장했는데, 이것이 광범위하게 퍼졌다. 그후에도 연구는 진행되었고, 제브란의 주장은 에티라라는 점술사에게 계승되었다.

레비는 그의 저서 속에서 에티라를 조소한 바 있다. 그러나 그 또한 이집트 기원설의 지지자이며, 카발라적 견지에서 카드를 상세하게 해석했다. 22장의 그림 카드가 히브리 문자의 수와 일치했던 것이 그 계기가 되었던 것 같다. 타로 카드는 레비와 함께 고대 오컬티즘 부흥의 상징으로 일컬어지는 아이템이다.

대담한 해석

레비의 의견에는 비판도 많았다. 통합된 것처럼 보이는 마술은 메스머리즘을 표준으로 한 재해석이라고 할 수 있다. 또 그는 기존의 카발라 마법진이나 마법원 등도 깨끗이 고쳐 만들었다. "전통적인 신비학을 개인적인 방법으로 왜곡하고 있다"는 것이 레비를 향한 비판의 주된 논지였다. 그럼에도 그를 흠모하는 사람들이 적지 않았다. 레비의 마술서는 문학적인 매력이 있어서 보들레르나 말라르메, 랭보 같은 문호에게도 영감을 줬다. 그는 마술 이론가로서 살다가 1875년 몇몇 제자를 남기고 죽었다. 그후 레비는 장미십자회[156]의 마술사였다는 소문이 일었다. 이론가라기엔 너무도 예술적이고 유능했기 때문일 것이다.

후세에 남긴 유산

레비가 남긴 이론은 신지학으로 발전하고, 다른 한편으로는 '자아'나 '의지'를 주제로 한 철학이 탄생하는 등 그가 후세에 미친 영향은 막대하다. 레비에게 찬동하는 자가 있었다면 반발하는 자도 있었다. 알레스터 크로울리[157]는 레비를 상당히 싫어했지만, "나는 레비의 환생"이라고 거리낌없이 공언했다고 한다.

레비는 거대한 지(知)의 통합인 마술과 카발라를 결합시켰다. 그것을 유지하기 위해서는 '조화'라는 개념이 필요불가결하다. 성기광은 우주와 인간의

---

156) 장미십자회 : Rosicrusian. 기독교와 마술의 통합을 통해 완전한 세계의 창조를 지향했던 결사로, 17세기 유럽에서 대대적인 운동을 펼쳤다. 크리스천 로젠크로이츠라는 영적 지도자를 받들고, 19세기 오컬트 부흥의 기반이 되기도 했다.

157) 알레스터 크로울리 : Aleister Crowley. 20세기 최대의 마술사. 상세한 것은 '알레스터 크로울리' 편 참조.

조화라는 커다란 일을 훌륭히 해내는 물질이다. 그리고 레비가 생각하는 우주는 근대 사상으로 통하는 '어딘가에서 모든 것이 하나로 연결되어 있는 우주'였을지도 모른다.

레비의 소환술

마술연구가로서 알려진 레비는 독자적인 마법 인을 몇 가지 고안했던 것으로 알려졌다. 그러나 소환술은 극히 드물게 행했다고 한다. 그는 영을 자주 불러내는 일은 좋지 않다고 믿었다. 그는 "환각이나 환청, 한기 등에 시달리거나 육체적·정신적으로 건강을 유지하기가 어려워진다"고 말했다. 그에게 소환술의 행사는 많은 에너지를 필요로 하는 작업이며 위험이 따르는 일이었다.

펜타그램

펜타그램은 다섯 개의 빛줄기를 가진 별 모양 속에 점성술에서 사용되는 천체의 사인이나 히브리 문자 등을 장식하고 주위에 알파벳과 숫자를 배합한 마법 인으로, 레비가 술법을 행사할 때 가장 애용했다. 이것은 지(地)·풍(風)·수(水)·화(火)의 4대 요소인 성기광에 대해 술자의 의지가 가장 유효하게 작용하도록 만들어졌다. 그는 이 인을 사용해 영을 소환하고 그 장소에 구금할 수 있었다. 레비는 이 밖에도 '마술사의 서클' '파문의 사인' '샤바트의 산양' '파라켈수스의 세 갈래로 갈라진 창' 등 수많은 마법 인을 소개했다.

펜타그램 사용법

펜타그램은 본래 일곱 가지 금속158)으로 만들어야 한다. 그것이 불가능한

---

158) 상세한 것은 밝혀지지 않았다.

경우, 새 백색 대리석 위에 순금 도료로 그리거나 어린 양의 가죽 위에 주홍색으로 그리도록 한다. 그리고 다음과 같은 복잡한 절차로 준비를 한다.

①펜타그램에 숨을 내뿜고 성수를 끼얹는다.

②향료, 몰약, 갈대, 유황, 장뇌(樟腦)의 다섯 종류 방향의 연기로 건조시킨다.

③가브리엘, 라파엘, 아나엘, 사마엘, 오리피엘의 다섯 정령 이름을 계속 외며 숨을 다섯 번 내뿜는다.

④북, 남, 서, 동의 방향, 그리고 중심부에 해당하는 지면에 펜타그램을 순서대로 놓고, 성사문자(聖四文字)[159]를 외운다.

⑤'아레프' '타우'[160]라는 말을 입 안에서 외운다.

---

159) 성사문자 : 聖四文字. 카발라에서 신의 이름으로 표현되는 YHWH(야훼=여호와).

160) 타우 : 히브리의 오컬트 교의의 말.

이로써 펜타그램을 사용할 수 있다. 사용할 때는 펜타그램을 제단 위에 두고, 술자는 펜타그램과 같은 의장(意匠)의 인을 몸에 부착해야 한다. 소환의식을 행하는 동기는 애정이나 예지 중 어느 한쪽이다. 생전에 사랑했던 죽은 자의 영 등을 불러내는 것은 그렇게 어렵지 않다. 그러나 술자와 연이 없는 저명한 사람을 불러내려면 앞서 그 인물의 사람됨을 알아둘 필요가 있다. 레비는 소환하는 영에 관해 21일간의 연구 기간을 가지라고 말했다.

아폴로니우스의 소환

레비는 펜타그램을 사용하여 1854년 영국에서 영의 소환에 성공한다. 소환된 것은 '투아나의 아폴로니우스'[161]라는 고대 마술사로, 그때의 상세한 기록이 남아 있다.

"……초혼을 위해 준비된 방은 작은 탑 속에 마련되었다. 거기에는 네 개의 오목 거울과 제단이 있었고, 흰 대리석으로 된 제단 상부에는 자기를 띤 쇠사슬이 감겨 있었다. 흰 대리석에는 다섯 빛줄기의 별 기호가 새겨져 있으며 금색으로 칠해져 있었다.

제단 밑에 깔린 흰 어린 양의 모피 표면에도 같은 기호가 그려져 있었다. 테이블 중앙에는 동으로 만든 작은 풍로가 놓이고, 오리나무와 월계수로 만든 목탄이 곁들여지고, 눈앞의 삼각대 위에도 풍로가 또 하나 놓여 있었다.

내가 전례서의 주문을 외기 시작하자 점화된 불꽃이 타올랐다. 그것이 꺼진 후에 다시 한 번 점화된 불꽃의 맞은편에는 아폴로니우스의 망령이 우뚝 서 있었다."

---

161) 아폴로니우스(?~?) : Apollonis. 기원 1세기에 활약했던 카파도키아 타냐 출신의 철학자이자 마술사. 예언이나 소생술을 행하고, 커다란 대중 욕탕으로 유명한 카라칼라 황제로부터 신전을 하사받은 것으로도 알려져 있다.

알레스터 크로울리

ALEISTER CROWLEY

- 술자의 분류　　　: 샤먼
- 행사하는 소환술 : 흑마술 전반(특히 성性마술)
- 피소환체　　　　: 다른 세계의 '지성'
- 힘의 근원　　　　: 텔레마(술자 자신의 의지), 성적 오르가즘
- 술자의 조건　　　: 텔레마에 눈뜬 자일 것

마인의 생애

　20세기 초반 유럽을 떨게 만들었던 마인 크로울리. 그는 끊임없이 배덕적인 마술의식을 했기 때문에 '세계 최대의 악인' 혹은 '타락 마왕' 등의 악명이 붙은 유명인이었다. 그러나 크로울리는 새로운 시대의 영적 원리를 확립한 것으로 알려졌으며, 마술계에서는 독보적인 제1인자였다.

　크로울리는 1875년 영국에서 전도목사의 아들로 태어났다. 그러나 그는 엄격한 원리주의(fundamentalism) 방식의 기독교 교육에 대단한 혐오감을 가지고 자랐다. 그는 12세 때 마술사와 만나고, 케임브리지 대학 졸업 후 22세로 비밀결사인 황금의 새벽단[162]에 입단한다. 하지만 이 조직을 탈퇴한 후, 크로울리는 스스로 흑마술 결사 A∴A∴(은의 별)[163]을 창립하고, 1920년에는 이탈리아 시칠리아 섬의 케팔에 텔레마 수도원을 지었다. 텔레마 수도원은 당시 '흑마술의 집'으로서 사람들에게 두려움의 대상이었다.

---

162) 황금의 새벽단 : 19세기 말에 영국에서 결성되어 한 세기를 풍미했던 마술 비밀결사. 창설자인 맥그리거 메이저스는 의식(儀式) 마술의 달인으로 알려져 있다.

163) 1908년에 크로울리가 설립한 마술 비밀결사. 처음에는 황금의 새벽단을 계승하는 마술을 가르쳤으나 점차 요가와 마술에 치우치게 되었고, 결국에는 의식 마술을 포기하고 말았다.

1923년, 크로울리는 당시의 지도자인 무솔리니에 의해 이탈리아에서 추방 당했다. 그후 튀니지, 프랑스, 독일 등을 방랑하고, 만년에는 영국에 돌아가 저작과 시작에 전념했다. 만년에 그는 마술 수행(遂行)을 위해 마약에 빠졌고, 1947년 운명했다.

악마적인 생애를 보낸 인물이지만, 그는 마술 이외의 분야에서도 몇 가지 재능을 발휘했다. 젊었을 때는 등산을 즐겨하여 히말라야 등정에도 성공했다. 또 자신이 접촉했던 외계 지성의 그림을 그려 발표하기도 했다. 특히 1919년에 뉴욕의 그리니치 빌리지에 출품했던 〈성유계(星幽界)의 어린양〉은 커다란 화제가 되기도 했다.

광란의 성 마술

크로울리는 소환술뿐만 아니라 흑마술에도 뛰어난 술자였으며, 그 다양한 악행은 기독교 세계에서 철저히 비판받았다. 그는 구미와 멕시코, 이집트 등지에서 활동하며, 악마를 불러내는 의식이라고 하면서 악취미적인 회합을 여러 차례로 펼쳤다. 난교 파티는 물론 소년 소녀를 고문하는가 하면, 종국에는 젊은 여성과 원숭이를 교미시키는 의식까지 행했다.

또 크로울리 자신도 그를 따르는 '비색(緋色)의 여성'164)과 성교하는 것으로 수많은 강령성 마술을 행했다. 비라캄165)이라는 여성을 이용해 접촉한 아블디즈라는 이름의 '지성'166)은 훗날 크로울리가 창설하는 비밀결사 A∴A∴의 영적 대표자가 되었다.

---

164) 비색(緋色)의 여성 : 크로울리가 성 마술을 행할 때 파트너가 되는 여성.

165) 비라캄 : 크로울리의 제2의 비색의 여성. 본명은 메리 데스트 스타제스.

166) 근대와 현대의 소환사들 일부는 이전 세기까지 정령이나 신으로 불렸던 존재를 외계 지성 또는 이차원의 지성체 등으로 표현했다. 크로울리는 총칭하여 '지성(知性)'이라고 불렀다.

그리고 수정(水晶)을 이용한 영시(靈視), 흡혈귀 의식, 성적 에너지를 보급하기 위해 행하는 달의 의식 등 다채로운 마술을 행사했으며, 타로 카드나 카발라 연구에까지 족적을 남겼다. 크로울리는 고대의 마술을 부흥시키면서도 새로운 시대를 지배하는 원리를 찾아갔다. 그는 신비를 탐구하는 것이야말로 자신에게 주어진 사명167)이라고 믿었다.

마술의 세계에서 크로울리는 뛰어난 능력을 가진 술자로서 알려져 있지만 파괴적인 행동 때문에 마인이라 불리며 두려움의 대상이 되었던 것은 20대 후반부터다. 그 계기는 외계 지성으로부터의 메시지였다.

'거룩한 수호천사' 와의 접촉

젊은 날의 크로울리가 소속해 있던 황금의 새벽단은 1900년에 내분으로 분열했다. 세속적인 싸움이 분열의 원인이었지만, 크로울리 자신은 교단 지도자인 메이저스가 술자로서의 자질을 잃어버렸기 때문이라고 생각했다. 애초부터 메이저스는 "지구의 영적 운명을 이끄는 비밀의 수령" 이라 불리는 수수께끼에 휩싸인 영적 지도자의 대리인일 수밖에 없었던 것이다.

교단 분열 후 크로울리는 그 비밀의 수령을 찾기 위한 여행을 떠나기로 결심한다. 그리고 멕시코, 하와이, 실론, 인도 등지를 떠돌아다니며 요가와 불교의 영적 기법을 배웠다.

1904년, 전 해에 결혼했던 크로울리는 허니문을 떠났다. 그리고 이집트의 카이로에 들렀을 때, 외계 생명체와 대화할 기회를 얻게 되었다. 영적인 소양도 없고 수업도 한 일이 없는 신부 로즈에게 갑작스럽게 빙의한 '지성' 은 크

---

167) 크로울리가 태어났던 1875년은 고명한 마술사인 레비가 죽은 해이며, 러시아의 영매 블라바츠키 부인이 신지학회를 설립한 해이기도 하다. 중요한 해에 태어났기 때문에 크로울리는 자신의 운명이 마술과 연관될 수밖에 없다고 생각했다.

로울리의 수호천사 에이워스[168]라는 이름을 갖고 있었다. 그는 사흘에 걸쳐 계속 크로울리에게 말했다.

"하드! 누이트의 현현. 모든 남자와 여자는 별이다……."

에이워스는 인류에 대한 새로운 겁(劫)의 시작을 고했다고 한다. 크로울리의 해설에 의하면, 겁이란 인간의 의식 진화에 있어서 한 시대의 단락이다. 기독교 이전의 이교 시대가 '이시스의 겁', 기독교가 지배했던 2천 년간은 '오시리스의 겁', 다음에 오는 것은 새로운 의식 단계 '호루스의 겁'이다. 호루스의 겁을 맞게 되면 사람들은 이제까지와 다른 새로운 생각으로 살아가지 않으면 안 된다. 그것이 그리스어로 '의지'를 의미하는 '텔레마'다. 기독교 시대의 구세주를 바라는 무력한 인간이 아니라 의지를 갖고 스스로 신의 경지에

---

168) 에이워스 : 크로울리의 말에 따르면 "수호천사 에이워스는 고대 수메르인이 숭배했던 신비한 도사"였다고 한다. 수메르 문명의 해석은 그의 연구 테마 중 하나였다.

저주받은 『법의 서』

크로울리는 수많은 저작을 남겼지만, 그 중에서도 기분 나쁜 에피소드로 장식된 『법(法)의 서(書)』의 존재를 잊을 수 없다. 『법의 서』는 수호천사 에이워스의 메시지를 기록한 예언서로, 크로울리가 제창하는 텔레마 철학의 성전으로 자리매김된다.

내용 중에는 "네가 의지하는 것을 이뤄라. 이것이야말로 법의 모든 것이 된다!" 같이 진실한 의지에 따르라는 언급이 많다. 그러나 이것들은 악마의 예언이라고 불리며, 책이 거듭 출판될 때마다 전쟁이나 대참사가 초래되는 것으로 유명하다.

초판이 발행된 1912년에는 발칸 전쟁이 발발하고, 재판이 발행된 1913년에는 제1차 세계대전이 시작되었다. 제3판의 발행년인 1928년은 세계 공황의 방아쇠가 되었던 월 스트리트의 대공황, 제4판의 1937년은 중일전쟁, 런던판의 1938년은 제2차 세계대전, 그리고 일본에서 초판이 나왔던 1983년[169]에는 차드 전쟁과 대한항공기 폭파사건이 일어났다. 또 1967년에 해적판이 발행되었지만, 이때도 제3차 중동전쟁이 있었다.

이 같은 모든 흉사는 크로울리가 지옥에서 내린 저주라는 소문이 사람들 사이에 널리 퍼졌다. 『법의 서』 그 자체에 관해서도, 이 책의 편집자 가족이 차례로 쓰러지거나 읽은 자에게 재앙이 내리는 등 불길한 에피소드는 이루 셀 수 없을 정도다.

---

169) 일본어판은 1997년까지 10판이 발행되고 있다.

눈뜨는 것이야말로 인간의 이상적 자세라는 것이다.

'나는 사람들을 이끄는 도사로서 이 세계에 파견되었다…….' 크로울리는 그렇게 인식하고 이후에는 '의지의 철학'을 행동의 근간에 두게 되었다.

새로운 마술사 상(像)

에이워스로부터 메시지를 얻은 그는 옛것을 깨끗이 정리해야 한다는 해답을 이끌어냈다. 크로울리가 말하는 옛것이란 전통적인 의식마술이다.

"옛 시대의 의례는 어두운 것이다. 사악한 의례는 버려야 한다. 선한 의례를 원한다면 예언자로 하여금 깨끗이 정리하게 하라. 그러면 이 지(智)는 진실한 것이 된다."

전통적인 의식마술에 필요한 것은 정밀한 마법진이나 마법 무기, 법의와 제물 등이었다. 술자는 스스로 마법진에 들어가 몸을 지키고 정령이나 악마, 신 등을 불러냈다. 그러나 마법진이라는 결계 속에 몸을 둔다는 것은 우주로부터 분리되는 것을 의미한다.

크로울리는 의식의 절차나 수법을 전부 부정했던 것은 아니며, A∴A∴에서도 적극적으로 전통 의식을 수행했다.[170] 그러나 이것은 이른바 매뉴얼에 첨가되어 작업을 행한 것뿐이며, 각각의 술자가 받은 예지를 증명하는 것은 아니었다. 게다가 본래 그가 취급하는 마술의 테마는 '술자와 우주의 일체화'였다. 마술을 성공시키기 위해서는 완전한 무방비 상태, 즉 육체도 정신도 없고 단지 영만이 의식 속 영역에 들어갈 필요가 있다.

또한 크로울리는 외부인에게는 절대 비밀이었던 황금의 새벽단의 모든 의

---

170) 교단에서는 존 데이 박사나 레비가 애용했던 칠망성(七芒星)의 상징도 사용했고, 크로울리 자신이 고안한 마술용 기호도 존재했다.

례를, 개인적으로 기록했던 『춘추분점(春秋分点)』[171]에서 공개했다. 원래 비밀결사는 비의를 지킬 것을 첫 번째 조건으로 하며, 그것으로 조직을 존속시킨다. 이 비의를 폭로한 사건으로 인해 황금의 새벽단뿐만 아니라 많은 마술결사가 타격을 받았다.

그는 "진실한 마술의 부활은 1904년에 시작되었다"고 선언하고, 옛 관습을 타파하고 새로운 시대를 만드는 활동을 본격적으로 시작했다. 그것이 의례 공개였고 성 마술이었으며, 마약이나 술, 그 밖의 의식을 조종하는 여러 방법들이었다. 결과적으로는 모든 것이 세간의 도덕 기준에 반하는 파괴적 행위였다. 여기까지 이르자 크로울리는 양식 있는 사람들은 물론 동료여야 할 다른 마술사들까지도 적으로 만들고 말았다.

인간은 신이 될 수 있는가

크로울리는 저서 『마술 – 이론과 실천』에서 "마술이란 의지에 따라 변화를 일으키게 하는 과학이며 기술"이라고 쓰고 있다. 그를 비롯한 근대의 술자들은 확실히 그전까지의 자세를 바꿨다. 매뉴얼대로 의식을 하는 것이 아니라 창의와 연구, 혹은 영감에 의해 술법을 행사했다.

크로울리는 마술을 만인의 것이라 생각하고, 인간은 마술의 여러 법칙에 따라 살아가야 한다고 주장했다. 선택된 자가 모이는 비밀결사와는 달리 본인의 의지만 있으면 누구라도 마술을 다룰 수 있다는 것이었다.

로즈에게 빙의했던 수호천사 에이워스는 "모든 남자와 여자는 별"이라고 선언했다. 이는 '인간은 스스로의 의지에 따라 신이 될 수 있다, 또는 인간의 의지야말로 세계를 움직이는 것이다'라고 해석할 수 있다. 이처럼 약간은 대중적

---

171) 『춘추분점(春秋分点)』: 1909년부터 1913년에 걸쳐 모두 10권이 간행되었다.

인 사고방식이 많은 사람에게 받아들여졌는지, 세계 최대의 악인으로까지 불린 크로울리를 흠모하는 사람들이 지금도 약 10만 명 가까이 있다고 한다.

그는 스스로를 「요한의 묵시록」의 적그리스도, '짐승의 수 666'이라고 칭했다. 자신이 악마로 어필하고 싶었던 것은 아니고, 그전까지의 신을 대신하는 새로운 시대의 신을 인간 속에서 구했던 것이다.

개인의 의지가 존중되는 현대에서, 크로울리의 '개인의 의지가 마술적인 힘을 이끌어낸다'는 생각은 그렇게 이상한 것이라 느껴지지는 않을 것이다. 마인 크로울리의 철학은 사후 반세기를 맞이하여 그 꽃을 피우려 하고 있는지도 모른다.

크로울리의 소환술

크로울리가 터득했던 소환술은 성적 행위를 동반하는 흑마술이며, 서양의 마술에 인도의 탄트라[172]와 중국의 방중술[173]을 혼합한 것 같다고 할 수 있다. 이 마술의 가장 중요한 요소는 성적 오르가즘이었다. 성적 쾌락이 절정에 이르렀을 때 얻은 행복감의 '의식'으로 '지성'과 교신했던 것이다.

오르가즘은 욕망의 리비도에 의해 몸밖으로 배출되어서는 안 된다. 오르가즘이 지속되는 동안이야말로 의식이 순결한 상태이며, 그때만 교신이 가능해진다. 성적 절정은 확실히 육체의 존재를 잊을 정도로 강렬한 체험이다. 진실한 의지를 노출했을 때야말로 인지(人智)를 초월하는 '지성'과 접촉할 수 있다는 말일 것이다.

성적 절정을 잘 느끼지 못할 때는 마약이나 술 등으로 보충했다(실험을 시작

---

172) 탄트라 : Tantra. 인도에서 시작되어 티베트의 라마교에 혼입된 탄트라교의 이론과 술(術). 성 에너지를 술의 파워 소스로 삼고 있다.

173) 방중술 : 중국 도사들이 가지고 있는 술의 일종. 성 에너지로 술을 행사한다.

했던 시대에는 마약 같은 약물을 금지하는 법률은 없었다). 또한 헤로인이나 코카인, 아편, 에테르 등을 복용한 상태에서 실험하기도 했다.

술법의 기초가 되었던 것은 크로울리 자신이 부활시킨 중세의 소환의식, '고쳐의 예비 주문'이었다. 이 주문은 '태어나지 않은 자의 소환'이란 이름으로도 알려졌는데, 태어나지 않은 자란 '진실한 의지'이며 육체의 탄생에도 죽음에도 좌우되지 않는 일종의 트랜스 상태를 의미한다.

후기

어릴 때, 절대로 손에 넣을 수 없다는 것을 알면서도 너무나 욕심나던 것이 세 가지 있었습니다. 탐스러운 꼬리와 하늘을 날 수 있는 날개, 그리고 신비한 마법의 힘이었습니다.

'마법의 힘만 있으면, 꼬리든 날개든 뭐든지 가질 수 있는데……'

상상력이 왕성한 위험한 개구쟁이였지요. 이번에 이 책을 집필하는 도중에 왠지 그런 어린 시절이 떠올랐습니다.

'순수했던 마음을 잃어버리지 않는다면, 어쩌면 마법을 사용할 수 있을지도 모른다……'

이것이 집필 후의 감상입니다. 망상 버릇이 심한 위험한 어른이지요.

－이토이 켄이치(系井賢一)

도교, 밀교, 온묘도(陰陽道), 슈겐도(修驗道) 등을 담당했던 오바야시입니다. 조사하는 동안 동양 쪽 주술은 밀교와 도교 두 가지가 쌍벽을 이루며, 서양과는 달리 사회적으로도 인지되고 있다는 생각을 했습니다. 온묘도를 통해 일본에도 도교의 주술이 흘러들어왔습니다. 어쩌면 일본은 주술 초강국인지도 모릅니다. 그 증거로서 일본인은 '암흑의 파괴신' 을 소환하고, 그 파괴신을 마스코트 대신 가게 앞에 장식하는 참으로 무서운 민족입니다. 암흑의 파괴신까지 이용해서 세계에서 으뜸가는 경제대국이 된 것인지도 모르겠어요. 이 파괴신의 이름은 '커다란 암흑의 신' 통칭 '오쿠로사마' 라고 합니다. 어쩌면 일본인들이야말로 소환술로 불러낸 그 어떤 것보다 무시무시한 존재가 아닐는지…….

— 오바야시 켄지(大林憲司)

그리스, 랍비, 솔로몬 왕 부분을 담당했던 시부이치입니다. 집필하면서 다카히라(高平) 씨를 비롯한 관계자 여러분께 대단히 폐를 끼쳤습니다. 지면을 빌려 깊이 사과드립니다. 그러나 이번 이야기를 하게 된 덕분에 저 자신도 마술이나 소환 같은 주제에 대해 깊은 이해를 하게 되었습니다. 좋은 공부가 되었습니다. 부족한 글이지만 제가 쓴 내용이 조금이라도 독자 여러분에게 도움이 된다면 좋겠습니다.

— 시부이치 카스미치(澁市主有)

처음 하는 집필이라 힘든 점도 있었지만, 성심껏 지도해주신 다카히라 선생님 덕분에 무사히 마칠 수 있었습니다. 선생님께 감사드립니다. 실은 쓰고 있는 동안 그 내용이 점점 남의 일이 아닌 것처럼 느껴졌습니다. 옛날에 나도 숟가락을 구부리거나 야외 캠프장에서 비구름을 좇던 일이 있었지 하는 기억을 떠올리게 되었습니다. 경험이 있는 만큼 소환술은 제게 가까운 느낌이 듭니다.

보이지 않는 것을 볼 수 있는 유연한 눈을 가진 사람은 한결같이 소환술의 가까운 거리를 실감할 것이라고 생각합니다. 아무튼 어떤 의미에서 '당사자'라 할 수 있는 저는 내심 득의의 미소를 지으며 근대·현대를 중심으로 애정을 담아 썼습니다. 모두가 공감할 수 있으면 다행이겠지요. 어딘가에서 만날 수 있다면 좋을 텐데 하는 생각도 듭니다.

- 시미즈 아야리(紫水文理)

이집트, 고대 유럽, 중세 유럽을 담당했던 마류토입니다. 원고를 쓰면서 다시 조사해보니 문헌도 많고 경우에 따라선 상반되는 자료도 있었습니다. 당시 사람들에 비하면 현대의 우리들은 혜택받고 있다는 생각이 듭니다. 당시의 소환사들이 참고자료에 있는 책을 봤다면 아마 울면서도 기뻐했을 것입니다.

소환술이 어떻게 사용되었는지, 그 시대의 다른 사람들과 어떤 형태로 접했는지, 이런 것들은 소환사의 성격이나 소환술의 방향에 커다란 영향을 줍니다. 고대와 중세에는 외부로부터 받는 평가도 다르고 가치관도 달랐습니다. 환생 사상의 드루이드들은 연금술과 같이 영원한 생명을 구하는 일은 하지 않았던 것입니다. 사회 배경과 함께 소환술을 본다면 깊이를 더할 수 있을 것입니다. 이 책이 당신의 참고문헌에 더해질 수 있다면 좋겠습니다.

- 마류토(魔龍斗)

저는 소환술을 마술의 방류라고 인식했는데, 이 책을 만들고 난 후 아무래도 틀린 게 있지 않나 생각했습니다. 오히려 소환술이 처음부터 있었고, 거기에서 다른 마술이 발전해온 것이 아니었을까 하고 말입니다.

인간을 힘없는 존재라고 가정했을 때, 다른 뭔가를 이용하지 않으면 강한 힘은 행사할 수 없습니다. 오히려 그렇게 생각하는 쪽이 이치에 맞습니다. 어쨌든 인류는 도구나 지식을 이용해 생활을 유지한다는 특성을 가진 종족이기 때문입니다. 하지만 과학이 더욱 벽에 부딪치게 될 장래에 이를 대신할 새로운 기술이 탄생될 가능성은 충분히 있습니다. 그 기술이 소환술이라면…….
이런 상상을 하면 매일매일이 즐거워집니다.

– 다카히라 나루미(高平鳴海)

〔참고문헌〕

■ 고대 유럽

켈트인(ケルト人, 1979, 河出書房新社), ゲルハルト・ヘルム

세계의 신화전설·총해설(世界の神話傳說·總解說, 1991, 自由國民社)

켈트 신화(ケルト神話, 1991, 靑土社), プロインシァス・マッカーナ

도설 금지편(圖說 金枝編, 1994, 東京書籍), ジェームズ・フレイザー

켈트의 요정(ケルトの妖精, 1996, あんず堂), 井村君江

아더왕 전설사전(アーサー王傳說事典, 1996, 原書房), ローナン・コグラン

평상복을 입은 유럽사(ふだん着のヨーロッパ史, 1987, 平凡社), 井上泰男

룬 문자(ルーン文字, 1996, 學藝書林), 矢島文夫 감수

마녀와 마술의 사전(魔女と魔術の事典, 1996, 原書房), ローズマリー・エレン・グィリー

바이킹(ヴァイキング, 1988, 人文書院), ヨハネス・ブレンステッズ

바이킹의 역사(ヴァイキングの歴史, 1987, 恒文社), グウイン・ジョーンズ

북구 신화(北歐神話, 1992, 靑土社), H. R. エリス・デイビッドソン

게르만 신화(ゲルマン神話, 1972, 讀賣新聞社), 吉村貞司

세계 수목 신화(世界樹木神話, 1995, 八坂書房), 藤井史郎, 藤田尊潮, 善本孝

■ 중세 유럽

연금술의 세계(錬金術の世界, 1995, 靑土社), ヨハンネス・ファブリキウス

요술사·비술사·연금술사의 박물관(妖術師·秘術師·錬金術師の博物館, 1986, 法政大學出版局), グリョ・ド・シヴリ

오컬트 도상학(オカルトの圖像學, 1994, 靑土社), フレッド・ゲティングス

흑마술(黑魔術, 1992, 河出書房新社), リチャード・キャヴェンディッシュ

검은 연금술(黑い錬金術, 1991, 白水社), 種村季弘

해룡제의 밤(海龍祭の夜, 1988, 集英社), 諸星大二郎

파라켈수스론(パラケルスス論, 1992, みずす書房), C. G. ユング

연금술의 부활(錬金術の復活, 1992, 裳華房), 曾根興三

오컬트(オカルト, 1985, 平河出版社), コリン・ウィルソン

미스터리들(ミステリーズ, 1987, 工作舍), コリン・ウィルソン

사탄(サタン, 1987, 敎文社), J.B. ラッセル

중세의 아웃사이더들(中世のアウトサイダーたち, 1992, 白水社), F. イルジーグラー, A. ラジッタ

유럽의 신화전설(ヨーロッパの神話傳説, 1991, 靑土社), ジャックリーン・シンプソン

마녀사냥(魔女狩り, 1991, 創元社), ジャン・ミシェル・サルマン

마술, 또 하나의 유럽 정신사(魔術もう一つのヨーロッパ精神史, [イメージの博物誌4], 1978, 平凡社), フランシス・キング

악마의 친구 : 파우스트 박사의 진실(惡魔の友ファウスト博士の眞實, 1987, 中央公論社), ハンスヨルク・マウス

악마학입문(惡魔學入門, 1986, 北宋社), J. チャールズ・ウォール

악마적 르네상스 : 엘리자베스조의 오컬트 철학(魔術的ルネサンスエリザベス朝のオカルト哲學, 1987, 晶文社), フランセス・イエイツ

타락한 천사들(墮した天使たち, 1996, 心交社), ロバート・マッセロ

지옥 사전(地獄の辭典, 1990, 講談社), コラン・ド・パランシー

판타지의 마족들(幻想世界の住人たちⅡ, 1989, 新紀元社), 健部伸明 편저

마술사의 향연(魔術師の饗宴, 1989, 新紀元社), 山北篤と怪兵隊

세계사 용어집(世界史用語集, 1983, 山川出版社)

장미십자의 마법(薔薇十字の魔法, 1986, 靑土社), 種村季弘

장미십자단(薔薇十字團, 1990, 平凡社), クリストファー・マッキントッシュ

장미십자의 각성(薔薇十字の覺醒, 1986, 工作舍), フランセス・E・イエイツ

신비의 카발라(神秘のカバラ, 1985, 國書刊行會), ダイアン・フォーチュン

신들의 재생(神々の再生, 1996, 東京書籍), 伊藤博明

카발라(カバラ, 1994, 創文社), アレクサンドル・サフラン

카발라(カバラ, 1988, 靑土社), 箱崎總一

유대 신비주의(ユダヤ神秘主義, 1985, 法政大學出版局), ゲルショム・ショーレム

세계 초능력백과(世界の超能力百科, 1992, 靑土社), コリン・ウィルソン

■ 일본 · 중국

일본의 신도(日本の神道, 1969, 東京國文社), 日本思想研究會

신(神, 1937, 臨川書店), 道大辭典

산과 신앙 : 공산(山と信仰恐山, 1995, 佼成出版社), 宮本裟雄, 高松敬吉

일본대백과전서(日本大百科全書, 1984, 小學館)

세계대백과사전(世界大百科事典, 1988, 平凡社)

일본 샤머니즘 연구 · 상(日本シャマニズムの研究 上, 1988, 櫻井德太郎著作集 第五卷 吉川弘文館)

일본 샤머니즘 연구 · 하(日本シャマニズムの研究 下, 1988, 櫻井德太郎著作集 第六卷 吉川弘文館)

무녀의 민족학(巫女の民族學, 1991, 靑弓社), 川村邦光

별책 역사독본 : 특별증간55 주술—금단의 비법(別册歷史讀本 特別增刊55 呪術—禁斷の秘法, 1994, 新人物往來社)

중국의 주법(中國の呪法, 1984, 平河出版社), 澤田瑞穗

극오비전 · 주술비법대전집(極奧秘傳 · まじない 秘法大全集, 1982, 修學社), 棟田彰城

도교의 책(道敎の本, 1992, Books Esoterica 學習研究社), 少年社 외 편

수험도의 책(修驗道の本, 1993, Books Esoterica 學習研究社), 少年社 외 편

음양도의 책(陰陽道の本, 1993, Books Esoterica 學習研究社), 少年社 외 편

이계록(異界錄, 1989, 双葉社), 諸星大二郎

호중천(壺中天, 1991, 双葉社), 諸星大二郎

암흑신화(暗黑神話, 1978, 集英社), 諸星大二郎

공자암흑전①②(孔子暗黑傳①②, 1978, 集英社), 諸星大二郎

■ 인도 · 티베트

힌두교의 책(ヒンドゥ─敎の本, 1994, Books Esoterica 學習研究社), 少年社 외 편

성스런 이끌기 : 인도 영원의 서(聖なる導き インド永遠の書, 1996, 德間書店), サンダー · シング

인도의 신들 : 인류의 지혜(インドの神々 人類の知慧 双書3, 1997, 創元社), リチャード · ウォーターストーン

자기를 아는 요가(自己を知るヨーガ, 1993, めるくまーる), スワミ · サッチダーナンダ

티베트 밀교의 책(チベット密教の本, 1994, Books Esoterica 學習研究社), 少年社 외 편

신비! 티베트 밀교 입문(神秘! チベット密教入門, 1996, 學習研究社), 高藤聰一郎

신정 티베트 사자의 서(新訂 チベットの死者の書, 1994, 講談社)

티베트 영원의 서(チベット永遠の書, 1994, 德間書店), テオドール・イリオン

■ 중근동 · 지중해

그리스 로마 신화(ギリシア・ローマ神話, 1978, 岩波文庫), トーマス・ブルフィンチ

그리스 신화 소사전(ギリシア神話小事典, 1979, 現代敎養文庫, 社會思想社), バーナード・エヴスリン

그리스 문명 : 신화에서 국가도시로(ギリシア文明 神話から都市國家へ, ['知の再發見' 双書18] 創元社), 1993, ピエール・レベック

그리스 신화 : 신 · 영웅록(ギリシア神話 神 · 英雄錄, 1995, 新紀元社), 草野巧

고대 비교의 책(古代秘教の本, 1996, Books Esoterica 學習研究社), 少年社 외 편

신개역 성서(新改譯 聖書, 1973, 聖書刊行會)

유대인(ユダヤ人, 1986, 現代新書 講談社), 上田和夫

유대를 아는 사전(ユダヤを知る事典, 1996, 東京堂出版), 瀧川義人

구약성서 시대의 이스라엘사(舊約聖書時代のイスラエル史, 1988, 山川出版社), H. ヤーヘルスマ

구약성서의 세계(舊約聖書の世界, [三省堂選書166], 1992, 三省堂), 池田裕

세계사 : 흑마술의 제왕들(世界史 黑魔術の帝王たち, 1996, 日本文藝社), 桐生操

카바라 Q&A : 유대 신비주의 입문(カバラQ&A ユダヤ神秘主義入門, 1995, 三交社), エーリヒ・ビショフ

생명의 나무 : 중심의 심벌리즘(生命の樹 中心のシンボリズム, [イメージの博物誌15], 1982, 平凡社), ロジャー・クック

솔로몬의 큰 열쇠(ソロモンの大いなる鍵, 1990, CHURCH OF WICCA), マグレガー・メイザース 편

게티아 : 솔로몬의 작은 열쇠(ゲーティア ソロモンの小さき鍵, 1991, CHURCH OF WICCA), アレイスター・クロウリー 편

유대교의 책(ユダヤ敎の本, 1995, Books Esoterica13 學習研究社), 少年社 외 편

이집트의 신들(エジプトの神々, 1987, 六興出版), J. チェルニー

고대 이집트의 신들(古代エジプトの神々, 1988, 日本放送出版協會), 三笠宮崇仁親王

고대 이집트 이야기(古代エジプトの物語, 1974, 社會思想社), 矢島文夫

투탕카멘의 수수께끼(ツタンカーメンの謎, 1984, 講談社), 吉村作治

이집트학 야화(エジプト學夜話, 1980, 青土社), 酒井傳六

이집트 고왕국(エジプト古王國, 1971, 創元社), シリル・アンルドレッド

신과 묘의 고대사(神と墓の古代史, 1972, 法政大學出版局), C. W. ツェーラム)

고대인의 유언(古代人の遺言, 1981, 白揚社), ウィリアム・フィクス

세계종교사전(世界宗敎事典, 1987, 講談社), 村上重良

마술의 역사(魔術の歷史, 1987, 筑摩書房), J. B. ラッセル

세계종교사(世界宗敎史, 1991, 筑摩書房), ミルチア・エリアーデ

고대 이집트 동경(古代エジプト憧憬, 1987, 國書刊行會), 横山一郎

세계사 소사전(世界史小辭典, 1984, 山川出版社)

■ 기타 변경지역

세계 종교 대사전(世界宗敎大事典, 1991, 平凡社)

요괴 정령 사전(妖怪と精靈の事典, 1995, 靑土社), ローズマリ・エレン・グィリー

세계 종교 총람(世界 '宗敎 總覽, 1994, 人物往來社), 井門富二夫 외

밀리오네 전세계사전(ミリオーネ全世界事典, 1981, 學習硏究社)

세계의 종교와 경전 총해설 증보신판(世界の宗敎と經典總解說 增補新版, 1987, 自由國民社)

주술(呪術, 1975, 白水社), J. A. ロニー

오세아니아를 아는 사전(オセアニアを知る事典, 1990, 平凡社)

세계의 문화사적 제8권 마야의 신전(世界の文化史蹟 第8卷 マヤの神殿, 1978, 講談社), 石田英一郎 편저

샤머니즘의 세계(シャーマニズムの世界, 1978, 春秋社), 櫻井德太郎 편저

매드맨 시리즈①·옹고로의 가면(マッドメンシリーズ①·オンゴロの假面, 1981, 秋田書店), 諸星大二郎

매드맨 시리즈② · 큰 부활(マッドメンシリーズ② · 大いなる復活, 1982, 秋田書店), 諸星大二郎
서복전설(徐福傳說, 1979, 集英社), 諸星大二郎

■ 근 · 현대

불가사의와 친해지는 책(不思議となかよくする本, 1991, ファンハウス), 牧野朝子

금단의 방과후 샤머니즘(禁斷の放課後シャーマニズム, 1994, 光榮), 桐生靜, 神渡宿女, 香山リカ

여기까지 왔다 : 저승의 과학(ここまで來た "あの世" の科學, 1994, 祥傳社), 天外伺朗

사피오 [1996년 12월 25일호](SAPIO [1996年 12月 25日號], 小學館)

최신 가타카나어 사전(最新カタカナ語辭典, 1988, 現代出版), 現代言語研究所 편

초현상 사전(超常現象の事典, 1994, 靑土社), 린 · 피크넷 편저

공간으로부터의 물질화(空間からの物質化, 1994, たま出版), 존 · 데비드슨

진실의 사이바바(眞實のサイババ, 1994, 三五館), 靑山圭秀

법의 서(法の書, 1983, 國書刊行會), 알레스터 · 크로울리

마술의 부활—세계마법대전 제5권(魔術の復活—世界魔法大全 第5卷, 1983, 國書刊行會), 케네스 · 그랜트

마술사의 향연(魔術師の饗宴, 1989, 新紀元社), 山北篤と怪兵隊

마술로의 여행(魔術への旅, 1993, 新紀元社), 眞柄隆也

부드러운 마녀(やさしい魔女, 1994, 國書刊行會), 마리안 · 그린

세계사 : 전율의 마녀사냥(世界史戰慄の魔女狩り, 1993, 日本文藝社), 鏡リュウジ

신비학의 책(神秘學の本, 1996, Books Esoterica 第18號 學習研究社), 少年社 외 편

마녀의 비법 : 백마술과 흑마술의 비밀(魔女の秘法 白魔術と黑魔術の秘密, [トワイライトゾーン別冊], 1984, KKワールドフォトプレス), 魔女バベッタ

고등마술의 교리와 제의 : 교리편 · 제의편(高等魔術の教理と祭儀 教理篇 · 祭儀篇, 1992, 人文書院), 엘리파스 · 레비

에피소드 마법의 역사 : 흑마술과 백마술(エピソード魔法の歷史 黑魔術と白魔術, 1979, 社會思想社), 게리 · 제닝스

세계 오컬트 사전(世界オカルト事典, 1988, 講談社), 사라 · 리트비노프 편

〔찾아보기〕